MULU

目　录

长篇谍战小说

徽州儿女

谨以此书献给为国牺牲的徽州儿女

张万金◎著

时代出版传媒股份有限公司
安徽文艺出版社

图书在版编目（ＣＩＰ）数据

徽州儿女/张万金著.--合肥：安徽文艺出版社,2021.7
（2023.4 重印）
ISBN 978-7-5396-7216-8

Ⅰ．①徽… Ⅱ．①张… Ⅲ．①长篇小说－中国－当代
Ⅳ．①I247.5

中国版本图书馆 CIP 数据核字(2021)第 103614 号

出 版 人：姚　巍
责任编辑：胡　莉　　　　　装帧设计：张诚鑫
....
出版发行　安徽文艺出版社　　www.awpub.com
地　　　址：合肥市翡翠路 1118 号　　邮政编码：230071
营 销 部：(0551)63533889
印　　　制：山东百润本色印刷有限公司　　(0635)3962683
....
开本：700×1000　1/16　印张：13.75　字数：200 千字
版次：2021 年 7 月第 1 版
印次：2023 年 4 月第 3 次印刷
定价：59.80 元
....

第一章

01

1937 年 11 月 27 日,日军开始对皖南狂轰滥炸。六天后,日军侵占郎溪,杀害居民 600 余人。

同年 11 月底,日军侵入广德县城,没能逃离的男女老幼尽遭屠戮。

同年 12 月 5 日,日军飞机狂轰芜湖。当时在英商怡和洋行趸船外舷停泊的"德和号"客轮上满载 6000 多避难回广东的人员,船中妇女儿童占百分之八十。日军飞机轰炸命中"德和号"客轮,船身崩开下沉,船上乘客漂浮江面。日军飞机俯冲投弹扫射,生者寥寥。

接着,日机轰炸了绩溪、屯溪、歙县、黟县、休宁、太平、石埭等地。

徽州师范学校也未能在日军的这波轰炸中幸免。

许文浦和他的同学们不得不中断了学业。

夕阳那残余的霞光,在天边逐渐淡去。天又暗了下来,华灯初上的学校里,来来往往的老师和同学步履匆匆,他们知道从哪里来,如今却不知道要到何处去。

战争,留下的是鲜血,是毁于一旦的家园,更是永远无法抚平的伤痛。

深秋,阵阵微风冰凉。

许文浦收拾好了行李,准备去和数学老师告别,这时隔壁班的女同学胡子珍急匆匆地跑到他跟前。

"文浦哥,你这是要去哪儿?"

许文浦说:"子珍,你还不抓紧回家,在这儿干什么? 听说日军的飞机还要来轰炸,说不定你父母正在着急地找你呢。"

胡子珍拉着许文浦的手说："哪还有什么家啊，刚才老师说，日军的飞机今天下午把我们胡梁村炸平了，村里的 100 多人没有一个活着出来……"

泪水顺着胡子珍的脸颊恣意流淌。

许文浦轻轻地为她拭去眼泪："你的亲人虽然不在了，但他们若泉下有知，一定不希望你活得痛苦，他们一定希望你在悲伤之后，好好地活着。所以，我们要坚强起来。你失去了父母，至少还有我们这么多同学。让我们一起穿过黑暗，迎接天明。"

云一样的思绪，飘过来又飘过去，最终还是落在自己的手掌上，哀怨如薄雾。

情绪渐渐平复的胡子珍问许文浦："文浦哥，你打算回家还是去外地?"

"我在 6 岁的时候父母就去世了，后来是舅舅抚养了我。现在我打起了背包，还真的不知道去哪里呢。按说，我应该回到舅舅那里，帮舅舅做农活，可我有些不甘……"

这个晚上，两个青年坐在冰冷的石凳上伤感着，这是他们在校园的最后的时光。

"文浦哥，你说人与人之间的相遇是否就像这流星，瞬间迸发出令人羡慕的火花，却注定只是匆匆而过?"

许文浦不无伤感地说："生命来得简单，去得简单。有些是注定的，有些是永远不会有结果的。有些人是会一直刻在记忆里的，即使忘记了他们的声音，忘记了他们的笑容，忘记了他们的脸，但是每当想起他们时，那种感受是永远都不会改变的。"

"你还记得今年春天我们两个班一起上体育课，我长跑时溜出队列，被班上的体育组长揪住辫子，你上去就给他一拳的事吗?"

"记得，记得。"

说着说着，两人哈哈大笑了起来。

"那时，你为什么出手相救啊?"

"组长怎么能打女学生呢? 何况打的还是我喜欢的女生呢!"

"换作别的女同学,你会这样做吗?"

"也有可能吧。"

聊着聊着,许文浦想起了一件事。那是三个多月前的事了,许文浦托同学给胡子珍送了一封情书,情窦初开的许文浦在那封信里这样写道:"渴望在时光的长河里与你牵手,不离不弃,享受点点滴滴的快乐。保持淡然的心境,在生活的琐碎小事中体验平淡却又真实的幸福。有一种真爱,它不随着时间的流逝而改变,它不会被微小的尘埃磨去激情,即使繁华退去后,圆润的光泽依然闪烁,沉淀出风雨过后的微笑……"

"我给你的信收到了吗?"

胡子珍很诧异:"一直到现在也没有收到你的信啊!说句心里话,我还真的希望收到你的只言片语呢!"

胡子珍接着说:"倒是你那同学一连给我写了几封信,我一封也没有回。"

生命里有很多定数,在未曾预料的时候就已摆好了局。许文浦知道了,原来是同学使他的那封信石沉大海。

两个人说着笑着,完全忘记了先前的恐惧和悲伤。

"文浦哥,我写了一封信,就装在书包里,一直没有机会给你。今天,我把它给你,否则,我怕再没有机会了。"说着,胡子珍羞答答地从书包里拿出一封信递到许文浦的手上,"文浦哥,你现在不要看……"

"文浦哥,未来,我们还有这样坐在一起的夜晚吗?如今,回不去的故乡已是一片废墟,明天,我将去向何方?或许我会一直在路上走……

"文浦哥,我可能会去厦门,表哥在厦门开了一家古董店,我去那里给他帮帮手。你能和我一起去厦门吗?"

"子珍,我现在不能和你一道走。我想先回家,看看我年迈的舅舅,是他老人家把我养大的。"

胡子珍有点失望:"如果有一天你也到厦门,一定要去找我哦。你会去厦门,会去找我吗?"

"只要活着,我就会去找你的。"

望着天边的微光,两个人的眼泪不由自主地落下。

"子珍,或许天亮了,日军的飞机又要来轰炸了。在战争面前我们又算得了什么呢?"

这是一场少男少女情感的交流,或许其中的情谊已然超越了友情这个范围。许文浦和胡子珍都知道,彼此内心已有爱情在萌芽。他们可能会在心里微笑地说,但愿停留在时光的原处。可他们不知道的是,他们早已身不由己。

这个世界上,有许多事情,以为明天一定可以继续做的,有很多人,以为一定可以再见面的;告别的时候,心中所想的只是明日的重聚,可就在转身的一刹那,有的事情就完全改变了,有些人或许就从此永别了。

两人告别后,许文浦打开了那封信:

"……每一天,我都关注着你的一举一动、一言一行。也请你记住我,不管我在你的世界里,能不能溅起一点浪花,但是我对你的这一颗真心,是真诚的。不管你愿不愿意与我相依,我对你的真心与真情都会永远停在这里,守护着,不离不弃。

"每一次看着你的微笑,我的心中都有一种快乐的感觉。每一次想着人生路上有你,我感觉到世界充满着奇迹。因为我觉得,我们就是天生的一对,就是地造的一双。我有我的青春,你有你的英俊,还有超凡的智慧、才干。

"文浦,也许在你的心中,我什么也不是,可是在我的心里,你已经是我的全部。当我认识你时,我就被你深深地吸引了。我知道,你就是我要寻找的人,我幻想着能够成为你的女人,与你相伴一生。

"你在我的世界里,是一个重要的人。我从来没有想过,我会对一个男人那么痴迷。我的脑海之中,只有一个你。

"我这样说,也许你会觉得可笑,可是在我看来,爱一个人,本就没有错。因为我是顺着自己的心走,所以其他的一切,我都觉得无所谓。在我的心中,你是全部,所以为了你,我愿意付出青春岁月。只要你开心,我愿意为你放弃整个世界。希望你能够感受到我的这一份真情,这一份执着……"

许文浦心潮起伏,他默默地把信折叠好,装进包里,装进心里。

许文浦和胡子珍万万没有想到的是,他们的分别竟是永别。

02

许文浦出生在徽州乡下的许村,6岁时父母双亡,是舅舅养大的。在崇尚诗书礼义的徽州许村,许文浦却偏偏喜欢上了武术。

时光在流逝,从不停歇;万物在更新,许文浦也在成长。岁月是公平的,从不多给人一秒,也不会少给任何人一秒。每个人都会在飞逝的时光中经历人生中的重要事件,许文浦也不例外。

那年春天,玩耍中的许文浦被舅舅托人送到了徽州师范学校读书。

在书本里,许文浦获得了乐趣,看到了纸上的精彩世界。

许文浦如饥似渴地学习,进步很快,尤其是天生对数字敏感,他的数学成绩一直是班上第一名。

学习之余,许文浦没有忘记练武。

许文浦的功夫渐渐被同学们知道,有的同学直接喊他师父,要跟他学武。有的同学为了学武,干脆和他拜兄弟。

后来,许文浦还教同学们擒拿格斗、摔跤散打,渐渐地,徽州师范学校学生习武蔚然成风。

就在许文浦和他的同学们一边学习文化课一边练武,在青春的汗水中收获快乐的时候,日军开始对皖南狂轰滥炸……

1938年4月,徽州乡下的春天早早来临。

当春带着她特有的新绿,雾一样地漫来时,真能让人心醉;当春携着她特有的温煦,潮一样地涌来时,是那么的让人流连。春天绝对是一帧浸染着生命之色的画布,新绿、嫩绿、鲜绿、翠绿,满眼的绿色温柔着我们的视线;还有那星星般闪动的一点点红、一点点黄、一点点粉、一点点紫,同样惊喜着我们的目光。

踩在春天松软的泥土上,才知道生命的温床可以如此平实,沉睡的种子在这里孕育,即将迎来崭新的生命。

鼓乐声中,许文浦迎来了新娘。

这天是 1938 年 4 月 16 日。

一天的忙碌之后,许文浦的舅舅深深地松了一口气。在他看来,他已经完成了姐姐临终时交代的任务,给文浦娶了媳妇。

对这桩婚事,许文浦一百个不情愿。

论学到的文化知识,许文浦觉得应该走出大山,到一个能够让他发挥才华的地方谋生;论一身功夫,他觉得至少也可以到屯溪的武馆去,教孩子们武术;论情感,他思念如今不知身在何方的胡子珍,他相信,人在,爱在;论时局,他应该投身战场,以青春之躯英勇杀敌。

许文浦最终未能逃脱世俗的束缚。含辛茹苦抚养自己长大的舅舅日益衰老,舅母因病去世,表姐已经出嫁,舅舅能依靠的只有自己。无数次,舅舅孤单的身影让许文浦心痛不已。虽然舅舅从未说过挽留的话,可他那热切盼望的眼神明明白白地告诉许文浦,他有多希望自己能留下来,在他身边,安安稳稳地过日子。许文浦又怎能忍心抛下舅舅远走高飞? 在犹豫和彷徨中,在舅舅的全力张罗下,他娶了亲,成了家。

新娘叫阿灿。她年少时就对许文浦十分崇拜,每当许文浦在村头练武时,她都会静静地站在边上盯着他看,从那眼神可以看出,她是发自内心地喜欢他。直到有一天许文浦的舅舅走进她家提亲,阿灿还没有等父母应答便一口一声"我愿意,我愿意"。

阿灿情愿把一切交给许文浦。哪怕许文浦明白地告诉过她,他的梦想在远方,他可能不会在山里安稳地生活,她仍然不顾一切地嫁给了他,在她看来,哪怕只能和他做一天夫妻,也是幸福的,她也是愿意的……

转眼,平淡的日子就过去了半年。这一天,许文浦的心情格外不能平静。村里传来了王伯伯的儿子牺牲在抗日战场的消息。这个消息如晴天霹雾,一下子让王家人陷入了悲痛和绝望之中,撕心裂肺的哭声整日回荡在村子上空,闻者莫不落泪。许文浦的心也被深深地刺痛了。晚上,他独自坐在黑暗的屋外,一根接一根地抽烟,深深地想着心事。

有多少事物,可以在时间的长河中永恒地屹立呢?在时间长河中,很多事情会浮出水面,也有很多东西会慢慢地沉淀。此时,许文浦耳边回响着隐约的哭声,脑海中浮现奋勇杀敌的勇士的形象,他突然对自己有一种厌恶感。许文浦啊许文浦,你空有一身本领,却任日寇在中华大地肆虐,任战士们在战场上抛头颅洒热血,自己却躲在这山沟里,苟且偷生。难道你忘了,有多少同胞在日寇的铁蹄下失去了家园,多少孩子失去了父母亲人?

回到屋内,看着酣睡的阿灿,许文浦的眼角有点湿润。

其实,阿灿只是背过身去,并未睡着。她清清楚楚地听见许文浦的抽烟声,就连他的叹息也听得真真切切。阿灿知道,许文浦是个有情有义的人,为了舅舅,他选择和自己成亲,如果天下太平,如果他是个地地道道的农民,他或许能和自己白头到老,但偏偏社会动荡,国家灾难深重,许文浦注定有朝一日会翻越大山,走向外面的世界。今天的消息对他的触动太大了,或许,他们分别的日子已经到了……

许文浦还在不停地抽烟,当他把最后一根烟蒂狠狠地揉碎的时候,心中已做了决定。他缓缓地坐到床边,拉着阿灿的手:"阿灿,我不能再留在家与你厮守了,我是一个热血男儿,国家需要我,无数个像你、像舅舅这样的百姓需要我……我也劝你,在我走后找个疼你爱你的男人,一辈子相亲相爱……"

阿灿的哭声凄凄惨惨,她没有语言能够说服许文浦,更没有办法挽留他。

"我知道,我们的婚姻就像一场露水。我喜欢你,我想与你白头到老,可你只能给我这些,我也无法强求。这是命中注定,有这么一场,也够了……"

离别或许只是一瞬,生死却是永远相隔。跳动的灯火,凄凉的夜晚,阿灿嘴角微翕,无力呢喃,最终化为一个无奈的笑容……

　　这一场离别,静悄悄的。只是许文浦心中起伏的波澜在告诉自己,他内心有多么无奈和愧疚。

　　背负痛苦,许文浦不再犹豫。他深深地给阿灿鞠了一躬:"这段路,只能陪你到这里了。"

03

　　一个人孤零零地穿梭在喧闹的街头,内心深处刺痛的感觉再次袭来,许文浦双目蓄满泪水。

　　这是 1938 年的秋天。

　　喧闹的屯溪街头,许文浦一眼就看到了拄拐杖的老乡二柱子。

　　"二柱子,你这是怎么了? 腿怎么残废了呢?"

　　"我这条腿是被日军的炮弹给炸断的,要不是救治及时,恐怕要瘫痪了。当时大腿血流如注,战友撕开上衣用布条紧紧地把我的大腿扎住止血,那时我真的感觉不到疼。直到最后拼刺刀的时候,我还干掉了两个鬼子。"二柱子得意地叼着烟,说得轻描淡写,"文浦,好多年没有看到你了,你这大一包小一包的,去哪?"

　　"想去厦门。"

　　"去厦门? 你去厦门干啥? 到处都在打仗,别小命丢了还不知道怎么回事。还是回家吧,找个女人结婚,过安稳日子。"

　　许文浦没有回答二柱子,他接着问道:"你穿军装,不在部队,到屯溪干什么?"

　　二柱子告诉许文浦,他受伤后团长开恩,同意他回老家。部队写了证明,他去找政府申请伤残补助。

　　"你是哪个部队的?"

　　"国民革命军陆军第二十三集团军第 145 师。"二柱子接过许文浦递过去的烟,漫不经心地答道。

　　"如果我去当兵,你能介绍我去吗?"

二柱子爽快地说:"你许文浦能文会武,到部队一定能混个一官半职的。我是个大老粗,留在部队只能当个小兵,再说我现在残疾了,等拿到一点补偿,就回家娶个老婆,安安稳稳过日子了。"

"你就说能不能介绍我去?"

二柱子在许文浦的授意下,歪歪扭扭地给师长写了一封推荐信,并告诉许文浦部队现在就驻守在广德。

人生的路,有着太多的不确定,他人的一句劝诫,自己的一个闪念,偶然的得与失,都可能改变我们命运的走向。

本想去厦门找胡子珍的许文浦,就是在一个偶然的相遇之后改变了主意。

中华民族自古就有精忠报国、舍生取义、杀身成仁的优良传统,"天下兴亡,匹夫有责"是历代仁人志士的共同心声。每当国家有难的关键时刻,这种传统就激励着热血男儿为国家和民族的尊严而战。许文浦抱定了为打败日本侵略者流尽最后一滴血的决心,在他想来,当有那么一天,他穿着挂满奖章的军装出现在胡子珍面前时,他会告诉胡子珍,他杀了无数日本鬼子,替她报了杀父之仇。他更会毫不犹豫地抱住她,向她求婚。那时,他不会自卑,只会觉得自己无人可以替代。

橙红色的流光呼啸而来,心中的信仰汇集成河。爱已变成信仰,飞越屏障。许文浦大步流星,展开了信仰之翼。

04

广德,为苏浙皖三省要冲,北可威胁南京,南可直下杭州,西可觊觎皖南,历来是兵家必争之地。广德是苏浙皖边界芜杭、芜沪公路线上的军事战略要地,也是安徽的东大门,国民党南京政府的南大门,芜湖、南京的外围屏障。

1937 年 11 月,为保卫首都南京,阻止日寇对南京形成三面合围,确保中国主力部队内撤,中国国民革命军与日军在广德以东发生规模较大的战斗。

之后,持续三个月的淞沪会战以中国国民革命军主动后撤而告终。11月30日,日军攻入广德县城,广德沦陷。

1938年3月,第九集团军收复广德。

广德保卫战的故事许文浦早有耳闻,当他来到广德找到第九集团军驻地的时候,才从战士的口中了解了当时战斗的惨烈。

看了许文浦的简历后,第九集团军某部把他编入了特务连。

特务连战士基本都有武术底子,有的是祖传,有的出自名师,每个战士都能打两三套名拳。在特务连,许文浦如鱼得水,他天天苦练武功、枪法,一年下来,他把练拳和抓捕训练结合起来,与战友们一起研究夺枪、夺刀、擒拿、徒手对抗等动作,极大地提高了连队的捕俘技术。

不久,许文浦成为连队的武术教官。

1939年3月,许文浦升任特务连连长。

1939年4月,汪精卫在躲过军统特工的刺杀后,从河内秘密回到上海,不断地与日寇策划筹备,加速了组建伪政权的步伐。日本特务机关也加紧在沦陷区建立特务组织。日本军部代表土肥原贤二及日本大本营陆军部军务课长影佐祯昭网罗丁默邨、李士群等人,在上海建立了直属日本大本营指挥的特务机关。9月,汪伪特工总部成立,之后不断分化、策反、侦破沦陷区的军统特工组织,一些军统特工人员或被汪伪“和平救国”宣传所迷惑,或因被捕后意志不坚定等种种原因,投靠汪伪特工总部。

沦陷区军统特工人员纷纷要求在制裁汉奸的同时,还诛杀日本人。首先军统上海区制订了一个方案:以身着军服的日本人为格杀对象,无论军阶高低、职务大小,无须申报,得手就当场干掉,执行地点以日占区及其势力范围之内为限。该方案于1940年上报戴笠并得到批准。

戴笠随后把人手不够,要从各个集团军特务连抽调人员的想法报告给了蒋介石。蒋介石不假思索,立马答应。

就这样,许文浦的连队被整连抽调到武汉,参加惩戒日寇的行动。

05

1940 年底,许文浦被编入军统武汉站。

根据戴笠指示,军统武汉站把行动重点转向对日寇的刺杀。

1940 年 12 月 16 日,担任军统武汉站行动二队副队长的许文浦策划了对驻蔡甸日军警备队的袭击。

16 日凌晨,伪装成商人的许文浦及 2 名随行队员进入蔡甸街口后,将 3 名强行检查的日寇哨兵击毙,随即会合潜伏队员向日寇警备队队部投掷手榴弹,炸死日寇官兵 8 名,行动队员全身而退。

16 日晚,许文浦率队员潜入武昌八铺街日本宪兵队驻地,待日寇熄灯休息后,向寝室投掷手榴弹。日寇仓皇逃出时,遭到队员扫射,被击毙 8 名,队员全身撤出。

1941 年 1 月 21 日,汉口花楼街,行动二队队员用刀砍死日军少佐田梅次郎。

2 月 18 日,汉口得胜街,行动二队杀死 3 名在随军妓院"鹤鸣庄"寻欢作乐的日寇军官。

2 月 25 日晚,许文浦率队员突袭汉口三星街日寇宪兵队,毙敌 7 名。

4 月 16 日,许文浦率队员在汉阳显正街击毙日寇特务植树岩藏中佐。

一连串的成功袭击,使许文浦在武汉名声大振。

远在重庆的戴笠从武汉发来的简报上屡屡看到许文浦的名字,他从内心欣赏这个年轻人。当阶段性的锄奸、诛杀日本人的行动告一段落时,戴笠考虑从各地抽调人员的最终去向问题。按理说,这些抽调人员在完成任务后是要回到原部队的。可是,在戴笠一而再,再而三的坚持下,这些抽调人员中有五分之一被留在了各地的军统站。许文浦是其中之一。

一个无名之辈能被戴局长点名留下,许文浦心存感激,也诚惶诚恐。他在心里一遍遍告诫自己:生在战争年代的我一定要为国家贡献全部力量。

06

1940 年 10 月 19 日,国民政府军事委员会正副参谋总长何应钦、白崇禧向八路军朱德总司令、彭德怀副总司令和新四军叶挺军长发出"皓电"。"皓电"对中国共产党及其领导的武装力量进行了种种攻击和诬蔑,并要求在大江南北坚持抗战的八路军、新四军于一个月内全部开赴黄河以北,并将 50 万八路军、新四军合并缩编为 10 万人。与此同时,国民党当局又密令汤恩伯、李品仙、韩德勤、顾祝同等部准备向新四军进攻。

11 月 9 日,中共中央复电何应钦、白崇禧,据实驳斥"皓电"的反共诬蔑和无理要求;同时表示,新四军驻皖南部队将开赴长江以北。

12 月 8 日,何应钦、白崇禧再次发电,要求迅即将黄河以南八路军、新四军全部调赴黄河以北。

12 月 9 日,蒋介石发布命令:长江以南的新四军于 12 月 31 日前开到长江以北地区;黄河以南的八路军、新四军于 1941 年 1 月 30 日前开到黄河以北地区。

12 月 10 日,蒋介石又密令第三战区司令长官顾祝同、第三十二集团军总司令上官云相等,调兵围歼新四军部队。

1941 年 1 月 4 日,奉命北移的新四军军部及其所属皖南部队 9000 余人,从云岭驻地出发绕道北上。6 日,新四军在泾县茂林地区突遭国民党军队 7 个师 8 万余人的包围袭击。新四军英勇奋战七昼夜,终因寡不敌众,弹尽粮绝,除约 2000 人突出重围外,其他人全部壮烈牺牲。

这就是震惊中外的皖南事变。这一事变是国民党顽固派发动的第二次反共高潮的最高峰。

在这起事件中,许文浦的特务连死伤大半。

消息传到武汉,许文浦百感交集。

许文浦漫无目标地走着。一道道闪电击破长空,一阵轰隆隆的雷声垫后,大雨如期而至。狂风呼啸,乌云滚滚,大滴大滴的雨水落到地面上,在地面上跳跃着。雨丝密密麻麻,模糊了视线,一切都变得朦胧起来。远处的建筑在雨的遮掩下,只露出一点点轮廓,世间万物好似被一层白色的薄纱给笼罩了,令人窒息。

雨渐渐停了下来,许文浦在汉江边上的一座凉亭中坐下,他点起香烟,深深地吸了几口,又把它狠狠地摔到地上,用脚碾碎。

与许文浦一起被留在军统武汉站的蔡新奎一直跟在许文浦后面。"文浦,你知道吗? 我们的连没了。"

"新奎,你怎么也在这?"

"我知道你心情不好,你从站里出来,我就跟在你后面了。"蔡新奎给许文浦递上一支烟,"你知道新四军那边死了多少人吗?"

许文浦摇摇头。

"我们 7 个师 8 万多人把他们 9000 多人包围了,你说他们会死多少人?"

许文浦诧异道:"全军覆没?"

"几乎这样。我们大家都是中国人,都是兄弟,这样的厮杀是为什么啊? 我们过去打内战,对不起国家、民族,是极其耻辱的。今天的抗日战争是保家卫国,流血牺牲,这是我们军人应尽的天职,可老蒋现在又开始打内战,我们的党辜负了父老乡亲的期望啊!"蔡新奎越说越激动。

"1927 年 4 月,蒋介石在上海发动政变,疯狂屠杀手无寸铁的革命者和工农群众。红军长征后的三年时间里,仅中央苏区被杀的共产党员和群众就有 80 多万人,南京雨花台上被杀的共产党人和革命志士有 20 多万。这些还不包括全国各地发生的这个事件那个惨案的。

"从 1924 年到 1927 年,孙中山领导的中国国民党,和刚刚登上政治舞台的中国共产党,建立了革命联盟。两党合作,取长补短,掀起了国民革命高潮,很快就推翻了北洋军阀的反动统治。但是,很快,蒋介石和汪精卫控制的国民党右派,不顾以宋庆龄为代表的国民党左派的坚决反对,于 1927 年,先后发动了四一二、七一五政变,公开叛变革命,背叛孙中山的'联俄联共、扶助农工'，开中国党派暴力斗争的先例，致使国共合作破裂。本应该携手共进，一起重整山河，给日本人以迎头痛击，避免更大的民族灾难，蒋介石却选择了清除异己，把中国引入了内战。

"1933年，蒋介石对'剿共'高级将领说：'我们要专心一致"剿匪"，要为国家长治久安之大计，为革命立根深蒂固之基础，皆不能不消灭这个心腹之患，如果在这个时候只是好高骛远，奢言抗日，而不实事求是，除灭"匪患"，那就是投机取巧……无论外面怎样批评谤毁，我们总是以先清"内匪"为唯一要务，如果不是这样，那就是本末倒置，先后倒置。'

"1938年6月，国民党军队为阻止日军深入，开掘中牟赵口和郑州花园口黄河大堤，滔滔黄河水，经中牟向东南方向奔泻而去。日本军部透露，由于黄河决口，日军夺取武汉的时间推迟了三个月。花园口决堤虽然暂时阻挡了日军继续西进，但是由此造成的黄河改道，使河南、安徽和江苏3省40多个县市的广大地区沦为泽国，近90万人葬身洪流，上千万人流离失所，并形成了连年灾荒的黄泛区。你说，这不是草菅人命是什么？"

蔡新奎一口气说出了蒋介石屠杀同胞，置民族生死存亡于不顾的种种罪恶。

许文浦看着蔡新奎，半天没有说话。他觉得眼前这位出生入死的兄弟有点陌生，他甚至开始怀疑蔡新奎的身份。

蔡新奎也看出了许文浦的疑惑，他没有解释。

两个人继续沿江边走着。

"1935年8月，中国共产党发表了《八一宣言》，向全体同胞呼吁，'无论各党派在过去和现在有任何政见和利害不同，无论各界同胞有任何意见上或利益上的差异，无论各军队间过去和现在有任何敌对行动，大家都应当有"兄弟阋于墙外御其侮"的真诚觉悟，坚决停止内战，一致对外'。中国共产党积极倡导抗日民族统一战线，倡导国共合作，并主张全面抗战。文浦，你说，这错了吗？可老蒋一意孤行，皖南的泾县血流成河，那都是我们的同胞兄弟啊，他们没有倒在日本侵略者的枪下，却死在了自己人的手里。我们互相残杀,我们埋葬彼此……"

对于蔡新奎一连串的话语,许文浦一个字也没有回答,内心却早已义愤填膺、热血沸腾……他就这样听着、走着。不知什么时候,蔡新奎的手搭在了许文浦的肩上,兄弟俩就这样走着、聊着。

夜幕慢慢垂下。

雨后江边略带甜意的风从身边轻轻掠过,空气里包含着一种令人感动的柔情。

"文浦,时间不早了,回去喝一杯吧。"

许文浦仍然没有吱声,他转过身微笑地看了蔡新奎一眼,算是答应。

07

其实,蔡新奎是一名中国共产党党员。早年,他还是师范生的时候就在南京参加爱国救亡运动,先后参与了大大小小的游行活动 20 多次。他的字苍劲有力,他用钢板刻写的传单,一时成为南京各大学校学生运动时书写传单的模板。

1934 年,在中共南京地下党组织的安排下,蔡新奎投笔从戎,加入了当时的国民革命军第九集团军某部特务连。

许文浦的到来引起了蔡新奎的注意。在之后的日子里,他从许文浦的身上看到了同龄人的坚强与隐忍、斗志与智慧,更看到了一种向善、向上的力量。

从那时起,蔡新奎就有意频繁地与许文浦接触,许文浦也很欣赏这位战友。在日常的训练中,蔡新奎常常会捏着许文浦胳膊上的肌肉,开玩笑地说:"这是一块上乘的腱子肉啊。"许文浦也会意一笑:"它是用来对付鬼子的。"

一次,许文浦奉命带特务连 13 位战士到广德县城夜袭日军将领井上正二。由于方位的差错,他们在一连刺杀了 12 个鬼子之后被井上正二带领的日军团团围住。接下来的突围虽然成功了,但特务连 7 个弟兄牺牲。为救许文浦,蔡新奎左臂、小腹中弹,差点丢了性命。所以说,蔡新奎与许文浦有着过命之交。

到了武汉之后,在一次次针对日本人以及汉奸的刺杀行动中,蔡新奎与许文浦并肩战斗,战果辉煌。

1940年6月的一天夜里,许文浦带蔡新奎等4人潜入大汉奸叶明天家里。正在床上与情人翻云覆雨的叶明天怎么也想不到几个大汉已站在了床前,他惊慌失措地一边给情人盖被子,一边胡乱地穿衣服。

许文浦拿手枪指着叶明天的脑袋:"现在穿不穿衣服还有什么区别吗?"

叶明天跪在床上苦苦哀求:"长官,饶命。长官,长官,你只要饶我不死,保险柜里的金条全是你们的,全是你们的。"

对这样的软骨头、卖国求荣的汉奸,许文浦早已恨之入骨。他二话没说,一枪爆了叶明天。

就在许文浦扣动扳机的同时,他身后也响起了一声沉闷的枪响。

原来,在许文浦等人进到叶家二楼主卧室的时候,叶明天的老婆回家捉奸来了。当看到二楼灯火通明,听到楼上夹杂有多人的声音时,她就放慢了脚步,从一楼食品柜里拿出手枪,轻轻地上楼。眼前的场面并没有吓到她,她慢慢地举起手枪,瞄准了许文浦。

蔡新奎是个机警过人的人,在现场他一声不吭,眼睛紧紧盯着叶明天,可他还是感觉到了楼梯那边轻微的动静。他悄悄转过身,正好看到一个女人举枪瞄准许文浦的后脑勺,蔡新奎抬手就是一枪,女人应声倒地。这一枪几乎与许文浦的枪声同时响起。

许文浦回头看了一眼,不紧不慢地把手枪插到腰里,然后伸手和蔡新奎击了一掌。就像之前蔡新奎救他一样,他仍是一句话也没有说。

其实,蔡新奎也无须许文浦的表达,他们之间兄弟般的感情早已深入骨髓。

08

按照约定,晚上7点,许文浦和蔡新奎来到了位于汉口的"老会宾楼"。

这家酒楼原名"会宾楼",位于汉口最繁华的三民路,主营楚乡名菜,数年来,上自名人显宦,下至贩夫走卒,众多食客慕名而至,尽兴而归。

会宾楼开业于1929年,论资格不算"老",何以要自充"老"呢?那是因为武汉沦陷后,日本商人在会宾楼附近开设了一座日籍"会宾楼",企图以假乱真,同会宾楼抢生意。颇有胆量的朱老板找到日本领事馆控告,败诉后即将会宾楼招牌上加一"老"字,成为"老会宾楼"。

蔡新奎点了四个菜,要了一壶烧酒。

红烧鱼乔,得名于鳝鱼段在炒熟后两端翘起,像桥一样,是一道色香味俱全的武汉名肴,肉质酥烂,汤汁浓厚。黄陂三合,已有数百年的历史,以鱼丸、肉丸、肉糕三菜合一而得名,三种合烧,鱼有肉味,肉渗鱼香,别具风味。还有两个菜是鸭脖子、油爆花生米。

"你这湖北佬,点的都是你的家乡菜啊!"

"我刚才问了,这家酒楼没有徽菜。"

"我吃得惯,就是味重了点,没关系的。"

两人推杯换盏,不知不觉喝了一斤。

"再来一斤?"蔡新奎问道。许文浦没有拒绝。

两人边喝边聊,从儿时的趣事说到读书求学,从背井离乡说到投笔从戎,从个人私利说到家国情怀。两人时而眼角湿润,时而青筋暴起,时而惆怅无语……

许文浦拍着蔡新奎的肩膀说:"兄弟,把你最想说的说出来吧。就是说过头了,我也不会怪你。"

蔡新奎站起来,再次敬许文浦一杯。

"我就敞开了说吧,国民党注定要失败。为什么?第一,国民党治国无方,国家积贫积弱,人民离心离德,造成倭寇伺机入侵,大片国土沦丧。第二,国民党腐败透顶。蒋介石的小舅子、连襟在国民政府里任高职,夫人宋美龄贪污军费,中华民国简直就是蒋介石的家天下。第三,国民党是官僚资本的党,丝毫不顾人民的疾苦。第四,国民党内部一盘散沙,纷争不止,始终不能保持团结。他们互相拆台,暗中使绊,阴险无情,处处耍小聪明,与共产党的光明磊落正好相反。”

"那共产党会成功吗?"许文浦想进一步听听蔡新奎对时局的分析。

蔡新奎知道今天是一个好机会,因为许文浦对他的话不但不反感,反而想听。他再次举起酒杯,许文浦与他碰杯同饮。

"中国共产党完全是来自人民、植根人民、代表人民的,完全是为了中国最广大人民群众的利益,为了全民族的利益而战斗的。共产党和人民同根同脉,患难与共,密不可分,坚不可摧。

"打击日本侵略者,人民是决定因素,共产党是重要力量。中国共产党依靠人民的力量坚持抗战,依靠人民的力量发展壮大,和人民在一起浴血奋战。只有中国共产党,才能领导这样的人民战争。只有这样的人民战争,才能最终战胜日本帝国主义。

"日本发动的这场侵华战争,把中国逼到将要亡国的境地。在民族危难之际,中国共产党秉持民族大义,肩负起抗日救亡的历史重任,领导人民绝地反击,党的命运、人民的命运、中华民族的命运空前紧密地连在了一起。

"简单地说,就是中国共产党的抗战意志最坚定。1937年七七事变后,中国共产党多次发表号召抗战的宣言,提出愿同全国同胞一道为保卫国土流最后一滴血。1939年初,当蒋介石提出抗战到底的'底'是恢复到七七事变之前的局面,默认日本对东北、华北的侵占时,毛泽东同志针锋相对地提出,'我们的口号是打到鸭绿江,收复一切失地'。

"中国共产党的抗战主张最可行。全国抗战一开始,中国共产党就把实行全民族抗战与争取人民民主、改善人民生活结合起来,把抗日救亡和社会进步结合起来,广泛发动群众、武装群众,实行全体人民参加战争、支援战争的全面抗战路线。抗战时,无论是在沦陷区还是游击区,共产党人都是播火者,都是动员抗战、组织抗战和坚持抗战的领导者。

"中国共产党的抗战行动最坚决。九一八事变后,中国共产党坚决主张收复东北。到1933年底,中国共产党领导的各地游击队就发展成东北抗日游击战争的主要力量。1937年8月下旬起,八路军东渡黄河,开赴华北前线参加抗战。9月下旬,八路军115师在平型关消灭日军千余人,取得首战大捷,打破日军不可战胜的神话,极大地提振了全国人民争取抗战胜利的信心。

"正是坚定的抗战意志、全面抗战路线和义无反顾的斗争行动,使得中国共产党具有了巨大的凝聚力和感召力,她激发出了中国人民的巨大创造力和战斗力,写就了中华民族历史上惊天地泣鬼神的壮丽史诗。"

蔡新奎说得精彩,许文浦听得入迷。

这晚,两个年轻人的心相互碰撞、交织在了一起。

回去时已是星斗满天。是啊,我们要走的路或许有太多的不确定,自己的一个闪念、偶然的得与失,都可能改变我们命运的走向。人既要在灯火阑珊处追忆往昔,更要在太阳下追寻梦想。

一阵清风拂面,许文浦更加坚定了步伐。

09

这一晚,许文浦无法入眠。他推开窗户,静静地倚窗抽烟。

那些旧时光里藏着的人和事像一幅幅画卷,在这个安静的夜晚,在黑色的帷幕下慢慢地被打开,慢慢地被翻阅。轻柔舒适的风轻拂脸庞,浓浓夜色中,他的思绪在缓缓流淌……

他想到了胡子珍。

深深的寂寞中,藏着许文浦不安的灵魂。

子珍,你是否知道,在岁月的一角,有一个人在默默地想你?你是否知道,自从你走后,我就把你深深地放在心中?这一世,你注定是我生命里无法实现的美梦。我知道,你已经永远盘踞在我的内心深处。

子珍,你在哪里?你是去了厦门,帮你表哥打理生意上的事情,还是在书山墨海里求索,在轰轰烈烈的救国运动中振臂呐喊?抑或是在逃亡他乡的路上,累了,择一忠厚之人,过上了日出而作日落而息的生活?你是否在日本侵略者的炮声中失去了生命？……

一连串的自问，无法自答。

许文浦多么渴望能与她牵手，不离不弃，享受点点滴滴的快乐，在生活的琐碎小事中体验平淡却又真实的幸福。他多么希望真爱不随着时间的流逝而改变，即使繁华退去，依然是风雨并肩的微笑啊！

可是，滚滚红尘有多少爱恋飘散在风中，又有多少相思散落在夜里啊！

他想到了阿灿。

阿灿，你渴望幸福，你把幸福归纳为一句话：有人疼，有人爱。你得到了吗？你没有得到。你想牵着一双想牵的手，你想陪着一个想陪的人，你想拥有一颗想拥有的心，你想让重复无聊的日子不乏味，你想做着相同的事情不枯燥。这些，都因我的离开而落空。我从内心感谢你，感谢你生命中的给予。我真的记得，那晚，你的眼泪，你的绝望。

阿灿，其实，生命里有很多定数，都在你未曾预料的时候就已摆好了局。你还在孤守吗？你是否在看着别人的故事，流着自己的眼泪？如果是，请你放开手，去握住眼前的依靠。

他想到了舅舅。

舅舅，我曾经天真地以为，离开了你，我就可以忘记你，后来我发现，离开只是一个新的开始。

我的舅舅，你万般辛苦，养我长大，送我上学，我却无法报答你。当然，你不求回报，可我不能尽孝，愧对了你老人家……

他想到了家乡的青山绿水，也想到了战火中家乡的生灵涂炭、民不聊生，想到了蔡新奎的民族大义……

夜很深，无边无底。

宁静的夜，一股热血沸腾，赶走了许文浦心底的惆怅。屈指流年，时光如沙漏，一点一滴流泻而去。他心中深藏着一份无声的渴望，一种为国为民的蓬勃力量。此时，有个声音在震撼他的灵魂，似乎在向他高呼：你的人生可以更加灿烂。

许文浦内心波澜起伏，他回到洗漱间洗了一把脸，又回到窗前。

此时，许文浦完全从儿女情长中走出，以一个军人，一个特殊职业的人，一个有理想有抱负的热血青年的视角，审视过去，斟酌眼前，规划未来。

10

几天后的一个下午，许文浦约蔡新奎来到了一家咖啡馆。

这家名叫凯斯顿的咖啡馆是一栋西式别墅改建的，建于 1920 年，深藏在天津路的巷子里。大厅里客人低语轻笑，交谈甚欢。从回廊望过去，仿佛进入短剧现场，恍惚间，使人忘记了时光之匆匆。

许文浦点了两杯摩卡咖啡，咖啡是现磨的，口感很好，味道很香醇。

"文浦，你也爱喝咖啡？"

"爱什么呀！这不是在工作中学来的吗？盯梢多了，自然就喝上了，久而久之也就有点上瘾了。你别说，这东西还蛮提神的。"

喝着浓香的咖啡，品着甜甜的糕点，许文浦不再像之前那样做个倾听者，这次他单刀直入，主动出击了。

"新奎，说说你是哪年加入共产党的？"

蔡新奎一点也不诧异，他料定许文浦会找他聊的，即便在短时间内谈不出什么结果，许文浦也会给他一个态度。他只是没想到，许文浦一开口就问得这么直接，可以看出，在到达下一站的路上难度比他预想的要小得多。

"在南京师范读书的时候。"蔡新奎的回答也很简单。

"你是不是要我问你，你为什么加入中国共产党？从上次的聊天中我已经找到了答案，现在就不问了。"

蔡新奎微笑地点头。

"我要问你的是，你凭什么选中了我，料定我不会揭发你，更不会把你送到重庆去？"

蔡新奎抿一口咖啡，点上香烟。

"你是贫苦人家的孩子，自幼饱受剥削，后来读书、经历战争；国共合作抗日,国民党出尔反尔,你看到了成千上万的同胞不是死在抗日前线,而是死在自己人的枪口下;你读史书、明道理,有理想,有信仰。最重要的,我们是兄弟!"

蔡新奎继续说道:"什么是兄弟?我们一起扛过枪,一起打过仗,一起流过血,一起舍生忘死,如今继续在一起面对时光的摧残与命运的捉弄。你说,你会让一个生死与共的兄弟在没有完成他的崇高使命之前命赴黄泉吗?"

说到这,蔡新奎问许文浦:"给你三秒钟,你心中想到的兄弟会是谁呢?"

许文浦重重地点点头,然后端起咖啡:"碰一个!"

"碰一个!"

是的,恩仇了然,漆身吞炭,是为兄弟。

一声兄弟,一生兄弟啊!

咖啡里的糖渐渐溶化,苦涩中淡淡的甜香变得更加醇厚。

"作为一名共产党员,你都做了些啥?"

"文浦,你还记得半个月前汉口码头的那场抓捕吗?"

"记得,那次抓捕我们扑了个空。撤回的路上我手枪卡壳,要不是你一脚把我踢开,或许我就被当成活靶子了……"许文浦突然明白了,那次周密的抓捕行动为什么会失败。

"珞珈山货场事件还记得吗?我们去摧毁的明明是一整仓库的食盐,为什么后来发现那仓库里竟然是一麻袋一麻袋的灰土?"

许文浦点上香烟:"那次我就怀疑你了。"

"如何见得?"

许文浦说:"上午任务布置完毕,行动组的人一个都不准出站,不准打电话,不准接待任何人,你却在中午吃饭的时候为一个屁大的事情和小赵打架。按说你是打得过小赵的,却被小赵打断了鼻梁,流血不止。后来,你去了医务室包扎,还主动要求到汉口医院治疗,没有参加当晚的行动。行动失败后,我第一个怀疑的就是你。你是在去医院的路上还是在医院里送出了情报,我就不得而知了。或许,我们站里还有你的同党……"

蔡新奎接着说:"还有一些事,我就不能一一说了,是机密,也是纪律。"

蔡新奎一个响指,叫了杏仁味、樱桃味和巧克力味三份意式脆饼:"这些是与咖啡最好的搭配哦。"

"你不觉得响指与这样的场合很不搭配吗?"

蔡新奎捂口笑道:"老土,老土。"

"说说看,你是怎样计划下一步的?"

在蔡新奎想来,现在还不是介绍许文浦与党组织负责人见面的最佳时机。他认为,他与许文浦个人之间的情感是没问题的,但还要进一步强化许文浦的认知,使其自觉地走进革命队伍,加入共产党。

"你应该知道,明天上午武大学生有个游行活动,我俩去看看?"

许文浦答道:"我俩分头去。"

在咖啡馆里,总是情趣在掌握着时间,喝掉一杯咖啡的时间,可以是十分钟,也可以是一下午。咖啡,单纯,也复杂。咖啡中有亲情,有友情,就看你怎么去品味。你也许会觉得,咖啡就是咖啡,不管放了多少糖依然会有淡淡的苦,但入喉后会有一阵阵醇香扑鼻而来。

许文浦与蔡新奎用一下午的时间细品了其中的味道。

11

武大学生的抗日运动是有历史的。

九一八事变,武大师生群情激愤,掀起了一场声势浩大的抗日救亡运动。1931 年 10 月 2 日,武大全体学生在校园集会,在全国率先成立"抗日救国会",决定发行反日刊物,联合武汉各校共同抵制日货,组织抗日义勇军,还通电全国,倡议成立全国学生抗日救亡组织。10 月 5 日,武大 500 多名学生齐集军事委员会武汉行营请愿,要求对日宣战,发给学生枪械,准备武装抗日。12 月 6 日,武大学生代表 150 人组成请愿团奔赴南京。8 日,武大请愿团同中央大学、北平大学学生一起举行联合总示威。

　　面对武大广大爱国学生掀起的日益高涨的抗日救亡运动,学校对即时离校做参战工作或政治工作的学生不加阻止。在1935年的"一二·九"运动中,武大学生高举抗日大旗,率队游行三镇,露宿街头。稍后,"武汉大学学生救国会"正式成立,并举行罢课。1937年秋,武大学生又成立了"抗日问题研究会",以各种各样的方式,热情宣传抗战。

　　在1938年的"武汉抗战"期间,在民族危亡关头,许多武大学子投笔从戎,奔赴抗日前线,有的为国捐躯,战死疆场。

　　现在,蒋介石又掀起内战,武大学子再次走上街头,振臂呐喊。

　　许文浦站在中山大道的一处楼顶,俯视学生们的游行,心潮澎湃。

　　参加游行的学生越来越多,其他学校的学生也陆续加入游行的队伍。

　　同学们手挽手,肩并肩,由北向南地行进,唱起了《义勇军进行曲》:"起来,不愿做奴隶的人们,把我们的血肉筑成我们新的长城……"

　　当成千上万的学生走到中山大道武汉国民政府旧址前齐声高呼"打倒日本帝国主义""停止内战,一致抗日"等口号时,遭到军警的野蛮镇压。

　　在别处观望的蔡新奎与许文浦同样看到了游行场面的壮观以及国民党政府军警对手无寸铁的学生的暴行。

　　在这次游行中,学生数百人受伤,100余人被捕。

　　第二天,学生们在记者招待会上公开他们的要求,要求政府释放被捕学生,给受伤者一个交代、给人民一个交代。此后,学生们散发传单和单页报纸,张贴告示、漫画、标语和壁报,举行讲座、演戏,开展览,并以开会、游行、公开请愿和罢课等形式抗议政府暴行。武汉各行各业立马响应,要求抗日,反政府情绪空前高涨。

　　这次武汉大学生大规模的游行示威给许文浦带来了深深的震撼。

　　不久,许文浦悄悄来到武大的礼堂,看到了这样一个场面。

　　在礼堂的一方墙上,学生们和水龙头、大刀搏斗的照片拍摄得非常真实。这是许文浦几天前目睹的场面,看着看着,他流下了眼泪。

　　在礼堂的后墙上,许文浦看到有一排钉子,每个钉子上挂着一件血衣,血衣是同学们在游行中遭到刀砍、木棒袭击后流血染红的。在血衣上方,悬挂着学生们写的"血淋淋铁的事实"的横幅。不多时,几十名受伤的同学架着双拐、头缠纱布进入会场,有的同学当场脱掉衣服,展示身上的条条鞭痕,100多件血衣有力地揭露了国民党政府"攘外必先安内"的不抵抗政策。大家齐声高呼:"打倒日本帝国主义!""声讨法西斯暴行!""为被打伤的同学报仇!"

许文浦情不自禁地走到学生中间,和大家一起慷慨激昂地呐喊:"我们不怕流血牺牲,要坚持不懈地把抗日救亡运动进行到底!"

这一不寻常的游行与集会,使许文浦坚定了加入中国共产党的决心。

12

1942年3月9日,这一天是许文浦生命中最值得铭记的日子。

武汉地下党组织领导武汉人民反对蒋介石的黑暗统治,捍卫人民的利益,在人民中宣传中国共产党的方针、路线和政策,经过各种斗争锻炼了一批骨干,搜集和研究了武汉的政治、经济、文化及军事方面的情况。地下党员和进步群众置个人生死安危于不顾,只要党的事业需要,就一往无前,义无反顾。这些人中,有个叫老赵的武汉地下党负责人,在审查过许文浦的材料后,决定吸纳许文浦为中共党员。

3月9日这天晚上,蔡新奎把许文浦带到了江岸机车车辆厂。

在一个小阁楼里,老赵紧紧地握着许文浦的手:"许文浦同志,欢迎你加入中国共产党!"随后,在老赵的带领下许文浦举起拳头,面向党旗宣誓:

"我志愿加入中国共产党,拥护党的纲领,遵守党的章程,履行党员义务……"

宣誓完毕,老赵向许文浦一一介绍了在场的同志,许文浦与他们逐一握手。老赵接着说:"对共产党员来说,入党誓词就是座右铭,是行动的指南,它表明了一个共产党人为实现自己人生最高价值做出了无悔选择。每个人的人生轨迹不同,但共同的理想信念将我们凝聚在了同一面信仰的旗帜下,我们当勇往直前以赴之,殚精竭虑以成之,断头流血以从之。"

许文浦面对大家,再次发出铿锵的声音:"我已面向党旗郑重宣誓,成为一名真正的共产党员。我会带着这份誓言捍卫党、捍卫民族,愿为保家卫国献出生命。'苟利国家生死以,岂因祸福避趋之','生当作人杰,死亦为鬼雄',我会用实际行动为共产主义奋斗终生!"

站在一旁的蔡新奎上前与许文浦紧紧拥抱,他拍着许文浦的后背:"我们是兄弟,一辈子的好兄弟,好同志!"

许文浦也情不自禁地在蔡新奎的后背上拍着:"是的,我们是肝胆相照的同志,是生死与共的兄弟!"

接下来,老赵告诫许文浦:"许文浦同志,我们发展一名党员不容易,尤其像你这样身在敌营,在特殊的环境中为党工作的同志,我们的要求会更高些。"

"老赵同志,您说。"

老赵示意其他同志回避,留下了许文浦与蔡新奎。老赵告诉许文浦:"你和蔡新奎同志同在军统武汉站工作,在最危险的地方为党工作,要千万小心谨慎。平时工作,你该怎么与蔡新奎沟通、合作,一如既往。但牵涉到我党一切事宜,你只能向我一个人汇报,也就是单线联系。不到万不得已,你不能以任何方式向蔡新奎同志求助。这也是我与其他领导同志商议后的决定。"

"保证遵守纪律!"许文浦坚定地说。

离开小阁楼,老赵与蔡新奎、许文浦握手告别。就在老赵握住许文浦的手时,许文浦感觉手心里有个纸质的东西,他看了老赵一眼,没有吭声,悄悄地把它装进了口袋。

人啊,总是深一脚浅一脚地彷徨在人生路上,但希望更在路上。

华灯初上,许文浦再次与蔡新奎走在武汉的大街上。这次,许文浦有完全不同以往的感觉,他脚下生风,暗暗下定决心:往后的岁月,为了信仰,纵然荆棘遍野,头破血流,我也甘之如饴,决不后悔。

这注定又是一个不眠之夜。

人生不止,寂寞不已。思念像一根细线,让黑夜牵出白天,白天扯着黑夜。远处霓虹灯闪烁,给漆黑的夜增添着生气,映射着夜色下不眠的男男女女。

已经到了午夜,外面的月光还是那么明澈,望着月光下斑驳的树影,许文浦心中不由自主地泛起一圈圈的涟漪,慢慢地扩张,无法收拢。

许文浦从第九集团军某部特务连到军统武汉站已有一年多时间了,每每回想 1941 年的那次电文事件,他还是十分自豪。

1941 年秋,军统武汉站情报组截获一份日本外交密电,电文:日本代表与苏联在哈尔滨举行商务谈判,苏联计划用 80 万立方米木材换取日本 20 万吨橡胶。文中还有"北方可以放心"等字样。

情报组电讯室的译电员小康一看电文说的是做生意方面的内容,就没有把它当作一回事,随手扔进废纸篓里。

虽然站里有规定,各组之间不可随意串门,可行动组的人去电讯室与女译电员搭讪是常有的事。就在小康把电文扔向废纸篓的时候,许文浦推开了电讯室的门。

"文浦哥,你是找孙东芳还是找我啊?"

许文浦答道:"我是来看看蔡新奎在不在这里。"

"蔡新奎今天没来。"

许文浦转身准备离开,一向对许文浦有好感的小康站了起来:"文浦哥,我给你说个事。"说着,小康就把许文浦拉到门外。

"什么事?这么神神秘秘的。"

小康告诉许文浦:"我老家福建大山里的木材,一是多,二是价格很便宜,都卖不掉。现在我掌握了一个渠道,日本需要在国外采购大量的木材,以后停战了,我带你到我老家去做木材生意……"

许文浦知道这是小康想走近他故意编的,就随口说了一句:"你怎么不说,福建男人多,你回去之后把他们卖到日本去?"

"文浦哥,我说的是真的,不信,你等我一下。"说着,小康跑回电讯室,从废纸篓里把刚才扔的电文拿给了许文浦。

许文浦看了两遍,虽然他不是搞情报工作的,但他还是觉得有点不太对劲。

许文浦问道:"这份电文你们组长看了吗?"

"组长这会儿去医院了,他胃病犯了。再说,他对做生意没兴趣。"

"电文内容你记录了吗?"

"一天五六百份电文,像这些无关紧要的我们不记录。多一事,不如少一事。"小康说得轻描淡写。

许文浦一脸严肃地告诉小康:"这个事情你不要声张,既然你们组长不在,我送给经济组的邓组长看看。"

小康满口答应:"文浦哥,晚上有空吗? 有空的话,我请你去吃武昌鱼。"

"今晚没空,哪天有时间,我请你。"说着,许文浦疾步向邓葆光办公室走去。

抗战爆发后,邓葆光先后任军统武汉站经济组组长、经济研究室主任、行政院国家总动员会对日经济作战委员会常务委员等职,凭借扎实的经济情报分析能力赢得了戴笠的器重。

接过许文浦递过来的电文,邓葆光从地缘经济的视角分析,苏联西伯利亚有大片的原始森林,向日本供应木材并不奇怪,但日本根本没有橡胶,怎么可能向苏联出售呢? 如此巨量的橡胶只有东南亚才能供应,而已被中国战场拖得筋疲力尽的日本不可能有足够的资金去购买。想到这里,邓葆光大胆判断:日本可能要对英美的东南亚殖民地动手了。他迅速将此分析呈报戴笠。

戴笠对邓葆光的分析结论十分重视,迅速将此情况通报美国海军作战部,而美国方面则派出负责情报的梅乐斯上校赴重庆与军统进行情报会商。经过进一步的分析研究,邓葆光断言:日军南下是箭在弦上,英美所属的太平洋诸岛将首当其冲。此消息通报美国政府后,美国政府对中方情报的准确性持怀疑态度,但 1941 年 12 月 7 日,此消息得到了印证,珍珠港上空呼啸而下的炸弹让美国人如梦初醒。从此,美国对军统的情报能力刮目相看。

这件事情之后,邓葆光、许文浦受到嘉奖。站长熊秉谦以及情报组组长、小康等人受到处分。

一次,戴笠在视察武汉站工作时说:"原来我只是在简报上屡屡看到许文浦的名字,是我点名让他留在军统的。现在大家都看到了,把许文浦留下是对的。"戴笠临走时拍拍许文浦的肩膀,还特意捏了捏他胳膊上的肌肉,说道:"小伙子是行动队的一块好料,以后有机会还得学学情报工作啊。"

如今的许文浦虽然披着国民党的外衣,可他已是一名真正的中国共产党党员了。他在等待,等待机会的来临,并把它紧紧抓住。

岁月轮转,时光静静地流逝,现在永远是未来的过去时态。

天快亮了。

许文浦怀念起和胡子珍相遇的日子,虽是相见匆匆,但也成了他刻在心底的记忆,无法磨灭。她成了他最大的牵念。

此时,许文浦多么希望胡子珍就在他的身旁,和她一起分享今天的不平凡,然后告诉她,他此次至高无上的选择。可这又是万万不能分享的。但他坚信,总会有那么一天,他会告诉她,他的黯然神伤,他的风雨无阻,他的坚定自信,然后与她一起追忆属于他们这个时代的荣光。

轻轻地关上窗户,可关不住思想。

许文浦躺在床上,望着天花板,又回想起入党时的情景,想起老赵,还有那几个既陌生又亲切的面孔。他起身从衣兜里掏出老赵给他的纸条,又仔细地看了一遍,然后把它点燃。

13

武汉夏天的热,尽人皆知。7 月份开始,整个城市就像烧透了的砖窑,使人喘不过气来。

1942 年 7 月 12 日,中午时分,整个天空中没有一片云,没有一丝风。头顶上一轮烈日照耀，所有的树木都显得没精打采，懒洋洋地站在那里。路面上冒着热气，汽车驶过时碾出了道道印子。狗趴在地上，吐着舌头。树上的蝉忙着鸣叫，路旁的栀子花、紫薇花竞相开放。

本来准备休息一会儿的许文浦被陈副站长喊到了办公室。

陈副站长告诉许文浦，最近麻城、黄安、黄陂、孝感、云梦和应城一带的共产党地下组织活动猖獗，当地政府十分头疼。上级要武汉站去摸摸情况，协助当地政府拿个解决方案。

"陈副站长，这个好像与我们行动组无关吧。"

"说无关就无关，说有关就有关，上级的意思，我们只得照办。你也知道，你们肖组长，还有蔡新奎去重庆罗家湾19号了，下午的短会，你代表行动组参加。"

下午的会由陈副站长主持，参加会议的有军事组、情报组、行动组、总务组，二十多人。会上陈副站长简单地说了一下这次去麻城等地的意义和目的，各组就相关问题进行了提问，有的问题陈副站长回答得也含含糊糊。

最后，陈副站长说："你们这次去麻城等地要尽可能把情况摸清楚，回来后由情报组口头和书面汇报。如果当地提出难题需要协助解决，一律不答复。遇到人身安全威胁等突发情况，行动组可以采取行动，不需要先汇报。情报组要弄清楚共产党的窝点，原则上是弄清楚之后交给当地处理，但遇到特殊情况你们也可以先斩后奏……"

会上，许文浦一言未发，只是专心听，认真记，生怕漏掉一个字。以往参加会议许文浦很轻松，想怎么讲就怎么讲，今天他觉得有点紧张，手心冒汗。这也难怪，这是他在同样环境、同样场所，以不同身份参加的第一次会议，并且其内容就是针对共产党的。

因为这次是各部门综合的会议，且没有具体的针对目标，所以就没有像以往那样把大家封闭起来。

散会后，行动组的五六个人凑到一起："这次外出至少也得十天半月，今晚喝一杯。"

许文浦笑着说:"弟兄们,你们喝吧,我晚上还有个重要的约会。要我告诉你们是和谁约会吗?"

"你就是告诉我们,我们也不认识。只不过,你今晚不要太累哦,免得明天迈不开腿……"

回到办公室,许文浦三下五除二地收拾了一下,换上便装,把手枪插在腰带上,夹了个小包,急匆匆地走出了大院。

许文浦喊了一辆黄包车坐到王家巷,然后又坐电车到三民路,之后又坐黄包车到了西大街。

西大街是个热闹的地方,街上有药铺、诊所、教堂以及各种小吃铺。

走到白鹤茶馆前,许文浦没有急着进去,而是在周边逛了一圈,将茶楼仔细端详了一番。

白鹤茶馆看起来和别的茶楼没有两样,可是,这个茶楼是一个各方面势力收集和交换情报的场所。有国民党的人,有共产党人,有日伪的人,还有地方武装的人。

走走看看后,许文浦进了小吃铺,点了两块剁馍、一碗热干面米粉。

天渐渐黑了,许文浦走进白鹤茶馆。

"这位客官,喝下午茶,您来迟了;喝早茶,您却来早了。"从茶楼伙计的话语中,许文浦就知道了白鹤茶馆的不一般。

许文浦微微一笑:"我去二楼黄鹤厅,替我们老板取他丢在那里的手表。"

"那您楼上请,楼上请。"

在二楼黄鹤厅,许文浦把情报塞进了一个木雕的底座。

许文浦刚走到楼下,那个伙计又迎了上来:"手表取到了吗?"许文浦没有回答,只是伸伸左胳膊,晃了晃戴在腕上的手表。

走出白鹤茶馆,许文浦松了一口气。

坐在黄包车上,许文浦想,白鹤茶馆的同志会把收到的情报及时传到江岸机车车辆厂吗? 江岸机车车辆厂的同志会在天亮之前把情报传到麻城吗？如果在白鹤茶馆耽误了时间，麻城的地下党转移就肯定来不及了……

许文浦的心像要跳出来一般，可找不到出口。时间似乎故意和他作对，走得慢极了，烦躁、焦急一起涌上心来，他不停地看表，盯着那慢慢移动的秒针。

"伙计，能不能再跑快点？"

"老板，我这已经够快的了。"

车水马龙的街，五光十色的灯，许文浦难以平静，腹中胀满一团团热热的气流。

其实，许文浦的担心是多余的。老赵这条线的链条环环紧扣，严丝密缝。就在许文浦离开白鹤茶馆的同时，他的情报已经在飞往江岸机车车辆厂的路上了。

时间会带走所有的担心。

半个月后，许文浦和同事们回到了武汉。从后来汇报给站里的材料来看，这次的行动几乎没有成果。当然，地下党在得到许文浦的情报后，麻城、黄安、黄陂、云梦和应城的三十多个支部全部撤离，只有孝感的两个书店被军统特务标上了记号，遭到当地政府的轻微破坏。

应该说，这是许文浦加入中国共产党之后第一次为党工作。

后来，在老赵那里许文浦见到了一个年轻人，像是白鹤茶馆的那个伙计，许文浦冲他笑了笑，那人也笑了笑，两个人都没有吱声。

14

1942 年底的一天，武汉地下党组织主要成员马慧芝被军统特务秘密逮捕。

郊外审讯的第一天，马慧芝就被打得皮开肉绽。

第二天，特务扒光了马慧芝的衣服，把她双腿分开坐在一条固定好的粗麻绳上，然后两个特务按着她来回摩擦。几个来回下来，鲜血从她下体处顺着两腿直流。一般来说，这种酷刑很多人是扛不住的，特务们没有想到马慧芝如此刚强，一个字也不说。

第三天，特务们开始用一种叫作"生孩子"的酷刑，这个酷刑就是模拟女性生孩子的过程，所以才有了这个名字。特务们为了能够在短时间内摧毁被捕的共产党员防线，选择了这种残忍的刑法。他们用打气筒给马慧芝体内打气，很快，她体内的器官就胀大起来，看上去就像怀孕的妇女……

隔着厚厚的铁门，许文浦清晰地听到马慧芝的哀号声。许文浦心急如焚，一时也想不出什么好办法。这时，刚刚被提拔为行动组副组长的蔡新奎推门进来。

"招了没有？"蔡新奎问道。

"还没有招。"

"我进去看看。"说着，蔡新奎走进审讯室。

满头大汗的特务正准备再次行刑，蔡新奎摆了一下手，示意给她穿上衣服。血肉模糊之躯，无法穿上衣服，蔡新奎拿了一条毯子围到她身上。

"还是招了吧！只要你说出武汉地下党领导的聚集地在哪里，你们平时接头的地点在哪里，我就放了你。"

马慧芝看着蔡新奎，吐了他一脸口水。

一旁的特务连忙拿毛巾给蔡新奎擦脸，蔡新奎慢慢推开特务的手，从口袋里掏出手帕，漫不经心地擦去脸上的口水。然后，他走到马慧芝跟前，用手帕沾上她大腿的血，在她的脸上画了个大大的"×"字。

"不说出他们在什么地方，说几个重要人物的名字也可以。"

马慧芝招招手，示意蔡新奎靠近她一点。

蔡新奎转身对特务们说道："出去！"

身后厚重的铁门咣的一声被带上。

蔡新奎连忙凑到马慧芝耳边，用手示意了一下，隔壁有监听，然后迅速在她耳后打了一针镇静剂。紧接着，蔡新奎大喊一声："来人！"

特务们闻声而入，许文浦急忙跟着进来。

蔡新奎褪掉手套，手指在马慧芝的鼻下试了试，然后又摸了一下她脖子。"死了,抬出去吧。文浦,你和小王负责把这个共党埋了,小陆跟我回站里汇报。"

蔡新奎掏出香烟递给许文浦一支,许文浦用打火机给他点烟,他轻轻推开许文浦的手,划着了一根火柴。许文浦明白了,他赶紧帮助小王把马慧芝裹好,急匆匆地把她抬到荒岗。

小王埋头挖坑,许文浦站在旁边抽着烟。环顾四周无人,许文浦说道:"小王,不要挖了。"

小王诧异地看着许文浦。

"你结婚了吗?"

小王告诉许文浦,他老家在恩施,结过婚,有一个儿子,老婆跟人跑了后,他把孩子丢给了父母,跟着老乡来到武汉,在汉口码头当搬运工,不久就被招到了行动组。

本想干掉小王的许文浦动了恻隐之心。

"你还是离开这里,去凭力气吃饭吧。杀人这事不是你干的,你自己都不知道,说不定哪天你就没命了。到时候你父母怎么办?儿子靠谁养活?"

看看许文浦的表情,再看看身边被裹着的尸体,小王害怕了起来。一次次参加行动,小王见过了太多的险恶。有时候,一觉醒来,身边的同事就不见了。他突然意识到了什么,觉得危险就在眼前。他甩开锹,转身就跑。

"站住,要不我开枪了!"

回头看到黑洞洞的枪口正瞄准自己,小王吓得扑通一声跪在地上。

许文浦从口袋里掏出几块银圆塞到小王手里:"今天的事情你什么也不知道,走吧,走得远远的,这辈子不要再回武汉了。"

小王一溜烟地跑开了,消失在许文浦的眼前。

就在小王离开时,共产党的游击队的同志赶到了,他们迅速给马慧芝打了解药,马慧芝慢慢醒了过来……

回到站里,肖组长问道:"小王呢?"

许文浦先把掩埋马慧芝的事详细说了一遍,然后若无其事地说:"小王和我一道回来的,到了楼下,他说去一下卫生间,我没有等他,先上楼了。"

"哦。"

等了很长时间,小王还没有回来。肖组长叫人在站里找了个遍,还是不见小王。

"你不是说小王和你一道回来的吗?人呢?"肖组长问道。

一旁的蔡新奎眼睛直勾勾地瞪着许文浦,接过肖组长的话:"死了一个人,无所谓。丢了一个人,怎么解释?"

许文浦紧张了起来,他不知道今天这一关能不能过。好在蔡新奎在身边,他觉得蔡新奎会有办法的。

不一会儿,许文浦突然态度一百八十度大转弯:"小王丢了,跑了,死了,关我屁事啊!你们这是审我吗?"

"着急了是吧?怕了是吧?你不要以为戴老板点了你的名字,你就可以为所欲为了!我一天是你的组长,你就得听我一天!"

吵架声惊动了陈副站长,他把肖组长、蔡新奎和许文浦叫到办公室。

"小王的事交给蔡新奎去查办吧!文浦,你现在就去写简报,然后交给肖组长……"

陈副站长把肖组长留了下来,他小声地说:"这件事,你该知道怎么办吧?"肖组长点点头,疾步离开了陈副站长的办公室。

几天后,蔡新奎的调查报告这样写道:"……处理好共党马慧芝的尸体后,小王和许文浦驾车回到站里。上楼时,小王去一楼卫生间,许文浦一人上楼汇报。后来,小王从卫生间出来直接走出大门。门卫证明,小王坐黄包车离开了。在小王常去的地方,以及他那帮在汉口码头的小兄弟的住处,均没有找到他的下落。在他恩施老家,也没有见到他。据小王母亲说,小王已经一年没有回家……"

肖组长看都没看,就在报告上签了字:"你直接送给陈副站长。"

接过蔡新奎的报告,陈副站长扫了一眼,说:"暂时就这样吧。"陈副站长不开笑脸,蔡新奎也没有多说什么就离开了。

　　蔡新奎与许文浦都知道,肖组长在秘密调查这件事。

　　肖组长在调查报告里这样写道:"……挖开坟土,发现马慧芝的尸体虽然没有完全腐烂,可面目无法辨清。从伤口来看,从形体来看,均有疑点。目前,尸体已送检。许文浦的车回到站里时,里面确实是两个人,两个人同时进了大厅,许文浦上了二楼,另一个人向左去了卫生间,然后走出大门,乘黄包车而去。现在无法确定那个人是不是小王……"

　　陈副站长看过肖组长的报告后,把它和蔡新奎的那份报告装在一起。他抿了一口茶,左手夹着烟,右手点着桌子:"现在形势紧张,这件事情我心里有数,缓缓再说。叫你手下多盯着点许文浦。"

　　肖组长口头上答应了陈副站长,可实际上没有放弃对许文浦的进一步调查。

　　与此同时,肖组长还绕过陈副站长调查蔡新奎。

　　肖组长认为蔡新奎身上疑点很多。第一,蔡新奎去审讯室是监讯的,为什么到了监听室屁股还没挨着椅子就进了审讯室? 第二,表面看,他叫手下停止用刑,是怕马慧芝死了无法获得口供,实际上他是在保护她。第三,为什么就在他走近马慧芝时,马慧芝却突然死了? 监听录音为什么会出现一小会儿的空白? 第四,在处理马慧芝尸体时,为什么他不去现场,而是吩咐许文浦去? 他是不是在防止出现意外时,一来可以保护自己,二来还可以给许文浦做掩护?

　　再说许文浦,肖组长早就对他起疑心了。

　　7月13日那天去麻城、黄安、黄陂、孝感、云梦和应城等地,虽然肖组长在重庆出差,但他回来后详细了解了情况,对那次的无功而返,他重点怀疑许文浦泄密,甚至是传送了情报。按理说,7月12号那晚许文浦是要和兄弟们一起喝酒的,他推托说有个重要约会。说是重要约会,大家猜测他是去见女朋友,这就中了他的下怀。后来,肖组长经过调查,许文浦根本就没有女朋友,在武汉也没有什么重要的朋友。那一晚,许文浦很迟才回来,尽管他悄悄开门悄悄关门,还是有人记住了他回来的时间。他去了哪里呢? 肖组长也曾怀疑过他嫖娼,后来经调查,许文浦不好这个。如果是临时起意想去玩玩,也不会那么长时间。

这次许文浦被问到小王的事,一开始语气平和,后来近乎暴跳,这都与他平时的表现不相吻合,只能表明他心虚,想通过这种方式掩盖内心的不安。

再把许文浦与蔡新奎这两个人联系到一起,肖组长倒吸了一口凉气。

15

就在肖组长进一步调查许文浦和蔡新奎的时候,军统武汉站发生了一件大事。

1943 年 2 月 5 日,这天是农历羊年大年初一。

春节,洋溢着喜庆和吉祥,这是每个炎黄子孙心中永远难以割舍的情结,它不仅是一年中特殊的一天,还承载着中华民族上下五千年的记忆。武汉一年中最隆重、最有气氛的节日就是春节。"九省通衢"的武汉,既受到传统楚风的浸润,又带有大商埠自身独特的魅力。

往年大年初一一大早,市民就会在黄鹤楼正门前的场地上摆设香案,五条长龙并列其前,黄龙居中,右边是红龙、蓝龙,左边是白龙、黑龙,一对青狮蹲伏在龙灯和香案之间。锣鼓齐鸣,狮子起舞。随后,人们向龙头献帛。有的人用升子装着谷米,一把一把地撒向龙头,有的人一串接一串地放着鞭炮。

《汉口竹枝词》中有这样的记载:"四官殿与存仁巷,灯挂长竿样样全。夹道齐声呼活的,谁家不费买灯钱!"

可今年,武汉的春节并不热闹,就连平时热热闹闹的"五芳斋"前,也没有了排长队买汤圆的景象了。

就连武汉周边的农村地区,每到春节人们习惯给已故的亲人"上坟灯",把好吃好喝的送到祖坟上,再点上蜡烛祭祖这种风俗,今年也淡了不少。

一大早,住在武汉站的单身男女就起床了,相互拜年。有的拿出瓜子、糖果,有的带上香烟,大家聚到会议室,吃着长寿面、荷包蛋。

许文浦正在埋头吃面,楼下一声清脆的声音穿过窗子,飘了进来。

"文浦,文浦,你下来。"

大伙儿伸头一看,是电讯室的译电员小康。

"文浦,你赶快下去,小康喊你去她家过年呢。"大家你一言我一语,七嘴八舌,许文浦匆匆下楼。

"文浦,我来接你去我家过年。"

小康穿着旗袍,旗袍外面套着一件裘皮大衣,与耳环、手表、皮包、高跟鞋完美搭配,风姿绰约,吸人眼球。

三步并作两步,许文浦跑到小康跟前:"谢谢你了小康,你怎么不在家好好过年,跑到单位来了? 你看看窗户边趴了多少人在看我们。"

小康抬头一看,大伙儿正伸着头在叽叽喳喳。

"我就要让他们看到,我小康喜欢你,叫他们一个个不要再有非分之想。"

"小康,你这太闹了。我答应你,适当的时候去你家。"许文浦急了。

小康不依不饶:"什么叫适当的时候? 你说。"

楼上又哄起来了:"适当的时候,就是睡过觉的时候。"

小康脸转向楼上:"你们也太过分了吧!"

这时,蔡新奎跑到楼下替许文浦解围。

"小康,文浦第一次去你家,你看他是否得给你父母买点东西? 是否得买套新衣服,打个领带,烫个头发? 是否得有个人陪,充当介绍人? 今天文浦没有准备,再说'介绍人'也没有准备,大过年的,你这样唐突地把他带回家,你父母会不高兴的,文浦也下不了台……"

"那好吧,等三天年过了,你陪文浦去我家。"

蔡新奎连忙说:"好的,好的。"

这个围算是解了。

武汉站的年饭是丰盛的。

中午,厨房的师傅给大家做了红烧肘子、糖醋鲤鱼、珍珠圆子、粉蒸肉,还有鸡腿、排骨、炸小黄鱼……吃着,喝着,大家还给这些凉菜、热菜取了好听的名字,什么百花争艳、芙蓉水上漂、沙扬拉拉……

酒足饭饱,有的回寝室蒙头大睡,有的打起了扑克,有的结伴逛街,有的去了电影院。许文浦回到寝室,泡一壶茶,坐到阳台上,独自惆怅。

人漂泊,心也跟着漂泊。家,越来越远,许文浦对故乡的思念越来越浓。思念是一种幸福的忧伤,是一种甜蜜的惆怅,是一种温馨的痛苦。当思念细成一条虚线,断断续续,记录着跟青春有关的爱与痛时,他流泪了。

蹲马步,练武功,耍大刀;童年的伙伴,舅舅,阿灿,二柱子;许村,徽州师范,广德,特务连……这些都在许文浦的眼前一一再现。

尤其是胡子珍,是最令许文浦心碎的牵挂。

思念深深浅浅,弯弯曲曲,一路延伸,没有尽头,变成了一杯苦咖啡。许文浦安静地站在阳台上看天空,天空一如既往地干净、透明,他的眼泪再次流出。我爱的人和爱我的人啊,我不是因为寂寞而想你,而是想你才寂寞。

不知不觉已到傍晚时分,楼下一阵嘈杂声传到许文浦的耳朵里。

许文浦走到前窗,看到大院里一辆车接着一辆车驶了进来,在家过年的军事组、总务组、情报组、行动组的组长陆续回到了站里。

许文浦知道,肯定是出大事了。

原来,四个小时之前,正在家中吃年饭的武汉站陈副站长被日本宪兵队逮捕,同时被捕的还有他的妻子、女儿。

按规定,站长不在的时候,站里的工作由副站长主持,站长和副站长都不在的时候,由军事组的组长主持,直至新站长或新的副站长到位。站长熊秉谦受到处分后,武汉站一直没有站长,站里的工作由陈副站长主持。这次,陈副站长被捕,站里的工作当然就由军事组的马组长主持。

得到陈副站长被捕的消息后,马组长迅速把在家过年的各组组长召回了站里。

晚上,武汉站灯火通明,马组长在召开第一次会议后,不到一个小时,再次开了一个组长、副组长短会。

会议一开始，马组长宣读了重庆的来电。

"10分钟前，戴局长发来两份电报，第一份只有'奇耻大辱，奇耻大辱'8个字。第二份电报，戴局长指示我们武汉站要不惜代价救出陈副站长，挽回颜面。"

接着，马组长谈了自己的意见。

"从现在起，全体人员取消年假，在汉的，离汉的，都要快速归站。情报组要抓紧弄清楚陈副站长被关在什么地方，要通过非常手段，掌握日方动向。电讯室收到的所有电文不再筛选，一律送给组长过目；行动组要做好营救准备，快速成立特别行动队，特别行动队分为两个分队，根据具体情报再做分工；总务组要做好后勤保障工作，要检查枪支弹药，增加车辆配备、增加寝室床位；军事组随时准备援助。各组住在站外的组长、副组长从今晚开始统统住到站里，二十四小时待命……"

大家走出会议室，表情都十分凝重，不再像以往那样嘻嘻哈哈。

紧接着，各组召开会议。

行动组开了一个5人会议，参加会议的有肖组长、蔡新奎副组长以及许文浦和另外2个组员。

肖组长开门见山地说："这次营救陈副站长最关键在于我们行动组，行动组特别行动队队长由我本人担任。蔡新奎任第一分队队长，负责正面营救任务。许文浦任第二分队队长，负责外围，保障一队进得去、出得来。会后，连夜组队。大家有什么要求和建议，现在就提出来。"

蔡新奎首先发言，他说："我建议一分队成员不能少于12人，每个人弹夹数要在以往的数量上增加5倍，匕首全部换成新式的。"

许文浦接着说："二分队要保证30人，冲锋枪、弹夹数量也要增加。行动时不使用卡车，全部改为摩托。再就是，要求武汉的安全屋全部启用。"

另外2个组员提出了一个十分重要的建议：每个队员行动前详细填写家庭情况……

肖组长一一记下了他们的建议和要求,然后指着蔡新奎和许文浦说:"我去汇报,你俩现在就开始组队。"

不到三个小时,蔡新奎与许文浦的两个分队组合完毕,42人的名单送到了肖组长的桌上。肖组长一一看过,说道:"这些人选与我想的完全一致,你们辛苦了,抓紧休息吧。"

2月6日,由日本人主办的《武汉大陆新报》,日伪政权直接掌控、资助的汉奸组织主办的《武汉报》《大楚报》在显著位置上刊登了这样一条消息:军统武汉站陈副站长自首,现任武汉行营报道室副主任。报纸同时配发了一张陈副站长向日军行礼的照片。

英文《楚报》、共产党的《新华日报》等报纸相继转载,一时间,"陈副站长自首事件"闹得沸沸扬扬。

得知此消息后,武汉站立即电告重庆。

重庆很快回电,并一连发来3份双重加密急电。

下午4点,在三楼大会议室,各组组长、副组长以及特别行动队的人全部到齐。

马组长开始讲话。

他说:"陈副站长的被捕,演变成了自首,他还被任命为日伪武汉行营报道室副主任。现在不论报道是否属实,此事已给我党带来了不可低估的负面影响。委座十分生气,戴局长遭到训斥。戴局长命令我们武汉站务必在近日完成迫在眉睫的两件事。

"第一,立即在我们的《武汉日报》《扫荡报》以及民办的《华中日报》《罗宾汉报》等影响较大的报纸上大篇幅报道这起事件,戴局长亲自给我们的反击新闻拟好了标题:陈副站长在家中被捕,自首事件纯属空穴来风。这第一件事由办公室负责新闻宣传的队员会后即办。

"第二,陈副站长知道的东西太多了,现在不论他是被捕还是自首,要尽快地拿出营救方案,不惜任何代价地救出他及其家人。如果营救困难,可以放弃他的家人。营救成功后,火速将陈副站长送到重庆。万一行动失败,可以将其击毙。会后,情报组、行动组即办。

"关于第二条,我想补充一点。情报组要确保情报准确。行动组要确保不出问题,我知道我们有的同志和陈副站长感情很深,在行动中千万不要带有个人意志,否则出了差池,军法严办。

"另外,大家提的建议我逐条看了,基本同意。现在就请各组人员详细填写家庭信息,如有牺牲,党国会厚待其家人,这点大家放心。关于全部开放武汉安全屋这条,我已请示戴局长,戴局长指示部分开放。

"各组组长还有什么疑问吗? 如果没有,散会。"

下午4点20分,许文浦拎着两瓶红酒走到门岗处:"这个月的薪水超支了,拿两瓶酒去换几盒烟。"

"马组长有命令,这几天不允许人走出大门,非本站人员一个也不得进来。"

"哦。你叫门前的车夫来一下,行吗?"

哨兵点头应允,喊来车夫。

"师傅,麻烦你帮我到大红门用这红酒换几盒烟,多余的钱算车费。"

车夫答应后,哨兵检查了一下酒,没有发现什么问题,就把酒递给了车夫。

这门前的一切,被站在二楼窗户边的肖组长看得真真切切。见到许文浦,肖组长装作若无其事,说道:"蔡新奎正在枪械室领子弹,你抓紧去把二分队的也领了。"

"是,组长。"

半个小时后,哨兵把香烟送到许文浦办公室:"车夫说,多的几块钱算车费,他留下了。"

"好的,谢谢。"

原来,许文浦把酒瓶上的标签撕下,把情报贴在瓶上,然后再覆上标签。通过这种办法,他把情报送了出去。

大红门烟酒店老板收到情报后,立即向老赵做了汇报。老赵指示:我方不介入,必要时可以联合蔡除掉肖……

从大红门老板的来信中,许文浦知道了如果不是陈副站长事件,肖组长就对自己动手了。

2月7日,情报组得到可靠情报,陈副站长像挤牙膏似的供出了武汉站的一些秘密,日方为了逼其就范,使他彻底招供,故意放出他任武汉行营报道室副主任的虚假消息,这样就是放了他,他也没办法回去了。目前,陈副站长被日本特务机关关押在珞珈山下的一个秘密监室里。

16

2月8日凌晨2时,一分队在蔡新奎的带领下悄悄逼近监室第一道岗,用锋利的匕首秒杀了2名还没有反应过来的日军。就在蔡新奎他们准备往第二道岗前进的时候,瞭望塔上的探照灯灯光扫来,蔡新奎示意2个队员迅速站上了岗位,其他人猫进了暗处。灯光来回扫了三次后,停止了探扫。蔡新奎和队员分两路靠近二道岗哨兵,只听2个哨兵在叽里呱啦讲什么,会日语的队员悄悄告诉蔡新奎,他们在说"有点饿,叫厨房送点东西来吃吃"。蔡新奎一个手势,2名队员箭一般冲到哨兵面前,割断了他们的脖子。

如此轻松地灭了两道岗,蔡新奎觉得有点奇怪。就在蔡新奎挥手示意大家弯下腰,顺着墙壁前进的时候,一梭子弹向他们扫来,4名队员应声倒下。

听到枪声,在外围的许文浦带领20人冲进监室,经过激烈的枪战后,许文浦和蔡新奎等人架着陈副站长一家三口走到监室大门口,这时瞭望塔上的日军士兵开枪扫射,行动队的队员边打边撤,与外围警戒的队员会合,坐上摩托消失在黑暗中。

因为日本人设在珞珈山的监室是个极其隐秘的地方,所以他们也就没有布置太多的兵力。可他们万万没有想到情报出了问题,导致了这次失守。

行动队的6名队员押着陈副站长的夫人和女儿到了指定的地点,许文浦和蔡新奎等人押着陈副站长前往指定的汉阳某安全屋。

到了安全屋,队员打开门,肖组长已早早地在二楼等候了。肖组长告诉大家,马组长正在赶来的路上。

其实,7号下午马组长就把蔡新奎和许文浦叫到了办公室,他说:"你们肖组长和陈副站长关系不一般,我担心遇到紧急状况,他会阻止你们击毙陈副站长。你们要多留个心眼,一切以党国利益为重。"

蔡新奎和许文浦点头表示完全按照马组长的指示办。

可事情远远不是马组长想象的那样。

肖组长和陈副站长的关系好,站里的人大都知道。可大家不知道的是,他们之间存在利益输送。行动组在锄奸行动中,从20多个汉奸家里共搜获了107根金条。行动结束后,肖组长送给陈副站长20根,自己留下40根,剩下的47根交给了总务处入账。汇报时,他告诉陈副站长,行动共缴获了77根,也就是说自己留了10根。陈副站长看了简报,知道肖组长肯定有截胡行为,但他不知道肖组长胃口那么大,就在简报上签了字。

平时,肖组长去陈副站长家也不空手,今天送一幅画,明天送一件古玩。陈副站长也曾答应肖组长,等自己转正了,会到重庆力荐他为副站长。

这次事件发生,肖组长知道指望陈副站长替自己说话已经不可能了。他想,营救时,行动队遇到特殊情况一定会击毙陈副站长,这样自己与陈副站长之间的丑事就永远不会暴露;如果行动顺利,陈副站长能活着回来,被送到重庆,他肯定招架不住戴笠的手段,为了将功赎罪,一定会出卖自己,那只有在他离开武汉前想办法把他干掉。也就是说,在肖组长看来,无论解救成功与否,陈副站长都得死。

肖组长用一种异样的眼光看着陈副站长,陈副站长心里直发毛。

"蔡副组长,你和文浦先下去。"

蔡新奎走到一楼,示意许文浦站到二楼门外。

许文浦会意地点点头,摸了摸手枪。

"肖组长,你不带我回站里,带我到安全屋干什么啊?"

"一会儿送你去重庆。"

"送我去重庆干吗？我是被捕的啊！"

肖组长一改以往那种顺从的态度："被捕的？那怎么还当上了日伪武汉行营报道室副主任？"

"傻子都知道那是假的啊！"

"是真是假，你能说得清楚吗？不要说你了，我也说不清楚。我们都说不清楚，也就只能到重庆去说了。"

"你放我走，上次那20根金条全给你。"

肖组长点上香烟，跷起二郎腿："现在说这些都没有用了。"

肖组长继续说道："我们打入日特内部的'钢管'是你卖出去的吧？"

"'钢管'不是我出卖的，真的不是我出卖的。"

肖组长慢慢地举起枪："你到重庆是死，不到重庆也是死，还是我来给你一个痛快吧。"说着，他抬手就是一枪。在军统这么多年的磨炼，陈副站长也不是吃素的，他一个急闪，子弹擦过他的右臂。站在门外的许文浦闻声一脚踢开门。"文浦，这老东西抢我的枪！"肖组长喊道。

许文浦把枪口对准陈副站长，就在一瞬间，许文浦枪口一转，扣动扳机，肖组长应声倒地。

蔡新奎和其他队员一窝蜂地拥进二楼。

就在给陈副站长包扎伤口时，马组长到了安全屋。

陈副站长的口述与许文浦和蔡新奎说的完全一致，马组长看看躺在地上的肖组长，伸腿踢了一脚，说道："许文浦回站里写这次行动的简报，蔡新奎带陈副站长现在就去重庆。"

惊慌之中的陈副站长扑通一声跪在地上："马组长，饶我不去重庆，我会走得远远的，永远不再回武汉。"

"我只是奉命办事。陈副站长，再见。"

回到站里，许文浦打开陈副站长的柜子、抽屉以及保险柜，一无所获。

他迅速回到行动组办公室，趴在桌上写起了简报。

一个小时后，许文浦写好了简报，送给马组长。

马组长看后，拿起笔在关于击毙肖组长的那段文字里加上了这样一行字：据情报组调查，肖组长出卖了"钢管"。

"文浦，把简报再抄写一遍。抄完后，这份给我。"

许文浦心领神会，但同时，他也隐隐约约感觉到了马组长对他的怀疑。

一切归于平静。

一个月后，戴笠到了武汉站。

在武汉站全体人员大会上，戴笠说道："过去的一段时间，武汉站经历了前所未有的风风雨雨，我的同人们，没有因风雨飘摇而放弃追求，没有因现实复杂而放弃梦想。你们为了党国，为了人民，别亲离子而赴水火，风萧水寒，经霜履血，党国以你们为骄傲！你们始终坚守在隐蔽战线，用热血映红天空，用大爱与信仰铸就不灭的灵魂，党国以你们为荣！现在我们的目的是战胜日本帝国主义，使国家转危为安，救民众于水火……"

戴笠慷慨激昂的陈词迎来一阵阵热烈的掌声。

戴笠接着说："卖国求荣，分裂国家，中饱私囊，草菅人命，这些人没有一个有好下场。你们的陈副站长、肖组长，他们或囚或殁，已被深深地钉在了历史的耻辱柱上。随着阴霾散尽，大家同心同德，武汉站一定会迎来光明的……"

在随后关于武汉站的领导重组、人员调配等方面，戴笠做了重要指示。

最后，戴笠宣布马组长升任军统武汉站副站长，主持工作。

接着，马副站长宣读："蔡新奎任行动组组长，许文浦任行动组副组长……"

会议结束，戴笠走到许文浦跟前，拍拍他的肩膀，笑了笑。

许文浦一时不知道怎么回答，抬手敬了一个标准的军礼。

17

时间飞逝，转眼到了1943年7月。

一天上午，马副站长把许文浦喊到他办公室。

"文浦啊,你能文能武,是我们武汉站不可多得的人才。我本来想过段时间把你的岗位调整一下,使你能充分发挥作用,现在已经不可能了……"马副站长随手把文件摊到许文浦的面前。

"从你个人角度来说,去学习,去深造,这是个大好的事情。在那里可以接受美军教官更好的教导,强化本领,更好地实现自己的人生价值;从武汉站角度来说,我们少了一个有智慧、有胆识、有魄力的同事;从党国的角度来说,这是个宏大的计划,战争的胜利、民族的解放,就要有一批精英的支撑。"

马副站长招呼许文浦坐下。

"今天的谈话,可能是我们在武汉站的最后一次了。作为你的领导、老大哥,我十分看好你,我想对你多说几句。"

马副站长接着说:"我们现在正处在一个特殊的时期,外有日本侵略者,内有共产党,还有汪伪组织。所以说,解决问题用常规手段就不行了,我们通常要么通过外交手段,要么通过军事手段。如果两种手段都不行,那就只有最后一种办法——特工,这就是我们常说的第三种解决问题的手段。

"成立中美特种技术合作所,就是要培养高端特工人才,这是高层的远见,这是为将来更大的布局储备人才。被选中的都是具有特殊才能的人,我们武汉站只有你一个,而且是戴老板亲自点的名。能够被戴老板亲自点名不容易,这是我们武汉站的荣誉,更是你个人的荣幸啊。所以我希望你,志不可无、傲不可有、财不可贪、欲不可纵,砥操行以修德业……"

走出马副站长办公室,许文浦第一个想到的就是要把这一情况向老赵报告。

黄包车疾驰在大街小巷,几次换乘后,许文浦见到了老赵。许文浦把他即将离开武汉去中美特种技术合作所雄村训练班学习的情况详细地向老赵做了汇报。

老赵说:"我们前不久跟踪了一艘国民党的货船,那条船在武汉装满物资后由长江驶入新安江,后来我们的人被敌方发现,4位同志全部牺牲。上级分析,国民党一定是在新安江流域有重要基地,上级要求我们联络安徽的地下党组织,查清此事。从你汇报的情况来看,这一切都明朗了。你到安徽之后,我们会联络安徽的地下党组织与你接头……"

别离,有点难舍,但不怅然;有点遗憾,但不悲观。

"这一别,何时能再见面?"许文浦紧紧握着老赵的手。

老赵也有点不舍:"文浦同志,我也不希望你离开武汉啊! 可这是你工作的需要,更是党的需要,我相信你在那里会发挥更大的作用。现在我们的暂时分别,是为了将来更好的重逢。"

1943 年 7 月 26 日,许文浦告别武汉。

有一种目光总在分手时,才看见眷恋。电讯室的小康已无视同事们的议论了,她从二楼奔跑下来,把一个沉甸甸的包裹递到许文浦的手上:"文浦,这是我给你准备的武汉特色食品,你带着路上吃。今日一别,我们还能相见吗? 如果有那么一天,我希望你还是我心中的你。如果你不嫌弃,我会一直等你……"说着,她的泪流了下来,许文浦一边给小康擦泪,一边说道:"生命中的许多事,我们无法预测,好好地生活才是重要的。今后的日子,我会记得你。"

许文浦走到蔡新奎面前,这两个在敌人心脏并肩战斗的战友,此刻将千言万语化作了紧紧的拥抱。

"文浦,多保重!"

"新奎,我们一定会再见的!"

转身,泪水成了离别的留言。

人生真的是一场接着一场的旅途,看花开花谢,品聚散离别,行囊从此不再空空如也。

仰望天空,许文浦迈开了坚定的步伐。

第二章

18

徽州的胡梁村,千里沙滩水中流,东西石壁秀而幽。这里是纯粹的流水江南,烟笼人家。一条小河穿村而过,入练江后与新安江汇合,最终奔向东海。这里有古徽州昌盛数百年的水路码头,辉煌一时的徽商抵钱塘、下扬州都要从这里起步,堪称是徽州商人"梦开始的地方"。

烟雨朦胧的胡梁村,藏着最美的四季时景。

胡子珍从小就生活在这里,船听雨眠,人醉书香。

然而,1937 年 12 月 5 日,在日军炮火的轰炸下,胡梁村灰飞烟灭,全村男女老少没有几个逃出厄运。

当胡子珍从徽州师范学校回到胡梁村时,触目所及的都是残垣断壁以及被炮火烧焦的尸体与家畜残骸。她无论如何都找不到家的位置,也无从找到父母。她只有哭,只有面向大山歇斯底里、怒不可遏地吼叫着,这声音像沉雷一样滚动着,传得很远很远。

不知不觉,太阳落山,月亮升起。那晚,月亮很圆,晕染着鲜红色,这是百年不见的血月,风萧萧地吹着,透着一丝凄凉。鲜血浸染了每一寸土地,血腥的味道犹如人间炼狱。

家,再也回不去了。

这一夜,胡子珍呆呆地坐在山冈上,时而悲痛,时而愤怒,时而迷茫……

胡子珍不知道是谁害死了她的亲人,对仇人,她只有一个概念:日本鬼子。

为了内心虚无的目标,胡子珍下定了决心:即使我一生找不到你,我这一生也要去找你。

一生，一生该是多久啊。或许这是个盲目的付出，或许这是悲哀的。但胡子珍已准备好了，用一生的时间朝着复仇这个看似实在却又虚无的目标进发。

春天，是徽州最美的时刻。当春天的细雨润湿了徽州的山峦时，油菜花也渐次绽放出最美的容颜。田垄间遍野的油菜花，配上新插的秧苗，满山的杜鹃和十里香，黄澄澄、绿油油，红的、白的都连成一片，美得让人心醉神迷。

群山深处免遭战火侵袭的一个个依山而建的小山村，数百年来，因交通不便，村民就地取材，掘红土、伐树木，筑室而居，日出而作，日落而息，渴饮山泉，饿食五谷。古道、老屋、凉亭、小巷，将山村衬托得古色古香。

胡子珍沿着古道，步履匆匆。她无暇顾及眼前的春色，一心只想找到她姨妈家的女儿——表姐曾佳佳。

1938 年的春天，胡子珍终于在屯溪的菲尔德诊所见到了在那里当护士的曾佳佳。

两个三四年没有见面的姐妹紧紧相拥在一起，姐妹深情化成一行热泪，欲语泪先流。

曾佳佳小的时候，父亲就被抓壮丁去当了兵，母亲也被迫到大户人家做奶妈。那时候，父亲在战场上差点没命，当了逃兵又被抓进监狱。母亲把家里所有值钱的东西都卖了，才把被折磨得几乎残疾的父亲接回家。父亲回来后，打算把曾佳佳送人当童养媳，然后自己跳江寻死。母亲告诉父亲，就算是要饭她也要把女儿养活大，在母亲的百般央求下，曾佳佳才被留了下来。

曾佳佳长大成人后，被一个远房的叔父带到了屯溪，在菲尔德诊所当护士。抗日战争爆发后，国民革命军第十四军进入屯溪，菲尔德诊所也住着一些伤兵，曾佳佳的臂上套着红十字袖章，协助医生照顾伤员。

正常的工作之外，曾佳佳主动为难民和伤员端粥。有一次，一个少妇抱着婴儿，因为母亲没有奶水，婴儿饿得奄奄一息，连哭声也像猫儿一样。少妇接过曾佳佳端来的稀粥,迫不及待地要喂孩子。但是她的孩子太小了,还不会喝粥。曾佳佳就对手忙脚乱的少妇说:"还是你把粥喝了吧,你喝了粥,小弟弟就有奶水吃了。"喝了一碗,曾佳佳又给她添一碗,说:"你们是两个人吃呢。"少妇感激地看着曾佳佳,含着眼泪把粥喝了下去。曾佳佳为那些伤兵端粥时,见有的伤兵手不好使,就耐心地喂他们。

在菲尔德诊所,只要有人说起曾佳佳,大家都会说道:"这个小护士,有同情心,还会伺候人。"

往事如流水,生命如梦幻。弹指间,多少尘埃飞满天,漫卷无边慨叹。

不久,曾佳佳的父亲在一次山洪暴发时被卷入练江,无影无踪。母亲顺着练江一路寻找,最终也倒在江边。

那些以前说着永不分离的人,如今阴阳永隔了……

姐妹俩一阵抱头痛哭后,胡子珍细说了这几年她个人的经历以及父母的遭遇。

曾佳佳拉着胡子珍的手说:"子珍,不哭,至少现在我们在一起了。"

晚上,姐妹俩沿着新安江边走边聊。夜晚的新安江宁静、清幽,远处有船上的渔火在孤舟上点亮,微微的光亮在黑夜里闪烁,显得那么孤单。

曾佳佳问胡子珍日后有什么打算,胡子珍说:"佳佳,我早想好了,此生只剩两个字了。"

"哪两个字?"

"报仇!"

"子珍,报仇是要有对象的啊,你的仇人是谁?你知道吗?"

胡子珍坚定地答道:"我的仇人就是日本鬼子,我要见一个杀一个!"说到报仇,胡子珍咬牙切齿。她满腔的愤恨撑得胸膛好像要爆炸似的,冷若冰霜的目光扫向四周。

"你将你的仇恨统统写在脸上,这样是无法达到目的的。再说,你一个手无缚鸡之力的女孩子,拿什么报仇呢?就是你在大街上见到了日军,你能杀掉他吗?估计还没有等到你出手,就死在日本人的刀下了。再说,即使你杀了一个两个,那么多日军,你杀得完吗?"

"佳佳姐,那你说怎么办啊?难道我的仇就不报了吗?"

曾佳佳拉着子珍的手,说:"仇,是一定要报的,就看你怎么报。我也有仇人啊……"

接着,曾佳佳向子珍敞开了心扉,诉说了她的奇耻大辱以及复仇的故事。

一年前的一个夜里,曾佳佳上吐下泻,好在她的宿舍离诊所很近,同事们立即把她送到诊所。医生根据情况分析,可能是食物中毒,便给她开了药口服,然后又输液治疗。第二天,曾佳佳渐渐好了起来,但身体十分虚弱。医生建议她注意饮食,以清淡易消化的食物为主,卧床休息两天。那阵子,诊所很忙,同事们也无暇照顾她,诊所老板只好通知曾佳佳的叔父。叔父倒也不错,把曾佳佳接到自己的住处,并对她照顾得无微不至。

曾佳佳的叔父年轻时在屯溪街头卖老鼠药,家业慢慢兴起。婶母是菲尔德诊所老板的妹妹,也就是这层关系,叔父才把曾佳佳介绍到诊所工作。那天曾佳佳被接到叔父家的时候,婶母正好去了杭州看望儿子。当天夜里,禽兽不如的叔父不顾曾佳佳的反抗强暴了她。看着床单上的一摊鲜血,曾佳佳掩盖不住心中的伤痛。那一夜,她哭得死去活来。

有了第一次之后,叔父隔三岔五到诊所接曾佳佳到家里住,表面上说是关心侄女,实际上是为了发泄兽欲。曾佳佳看到了欲望在他背后如一条不肯退化的尾巴,可她无可奈何。

曾佳佳每一次被压榨时,都能感到灵魂离开肉体的痛苦。

最后一次,叔父竟然用绳索把她绑在床上虐待,曾佳佳所有的屈辱和羞耻一瞬间彻底崩溃了。她的幻觉被刺刀扎醒,身体再也承受不住被罪恶吞噬的灵魂。

完事后的叔父坐在沙发上抽烟,他万万没有想到的是,濒临崩溃边缘的曾佳佳会悄悄地去厨房拿刀,又悄悄地走到他的背后。

她疯了,她彻底疯了!

　　还没有等他反应过来,曾佳佳手起刀落,接着是一阵乱砍……

　　砍死叔父后,曾佳佳出奇地冷静。她先是想到了自杀,可就在一瞬间,她改变了主意。在她想来,在想到死的时候,自己就已经死了,自己已经不是从前的曾佳佳了。接着,曾佳佳三下五除二地制造了一个叔父被人入室抢劫致死的现场。

　　动荡的年代,谁又会真正去关心一个靠卖老鼠药起家的人的性命呢?后来,警察局的人也问过曾佳佳,曾佳佳说压根就不知道叔父被害。不久,警察局就草草结案了。一段时间之后,也就没有人再提这件事了。

　　事情虽然过去了,可曾佳佳再也回不到从前了。她每天都在想着离开诊所,离开屯溪,可又找不到合适的去处……

　　曾佳佳一口气诉说了此事的前前后后,没有眼泪,也没有了以前的愤恨。胡子珍倚在佳佳的胸前抽泣。

　　曾佳佳说:"这就是我的仇恨,我用我的方法了结了它。而你的仇恨呢?在未知的时间,未知的场合,你可能要面对未知的一个人,或者一群人。如此,也就没有那么简单了。"

　　江水不息,黯淡的夜空中依然散发着淡淡的蓝光。晚风悠悠吹来,掠起姐妹俩的发丝,衣角也被轻轻掀起,微微飘着。几颗星星悄无声息地在空中闪烁,那么高远,那么神秘。

　　曾佳佳和胡子珍两人有一阵子一言未发,各自想着心事。

　　深蓝的夜空神秘莫测,给人无尽的遐想。黑夜里的点点微光,似乎让胡子珍知道了方向,看到了希望。

19

　　寂寞的时候,时间过得有点慢。

　　潜意识里,胡子珍有太多复杂的想法。有时候,她想简单地发个呆、睡个觉,以淡化伤心、孤独、迷茫、烦恼、寂寞、郁闷,可她做不到。

　　胡子珍的心思曾佳佳看得清清楚楚,她只能劝说、开导。

"子珍,你不要那么着急,我们要想好去哪里、去干什么。现在兵荒马乱的,到处都是战火,一不小心,也许命就没有了。我俩都受过伤害,最大的问题不是伤害本身,而是我们不能或不愿忘记。既然不能忘记,我们就要用斗志、信心、毅力迎接光明。"

说着,曾佳佳点了一支烟。

一支烟,对于女人来说,究竟意味着什么呢?烟也是一种伤害,曾佳佳想在伤害中寻找一丝慰藉。夜晚来临,她会一个人吸烟,想让一种说不出的忧郁与苦涩在淡淡的烟云里散去,可越是如此,忧郁与苦涩越是围绕自己。吸烟使曾佳佳忘记了哭泣,她有时会在深夜里起来,点上一支烟,看着红色的烟头发呆。

"佳佳姐,烟能够减轻你的心理压力?"

"我每抽一支烟,肯定有我自己的意思。比如,无聊的时候吸烟,能打发时间,排解心里的苦闷;在思考问题的时候吸烟,能让我安静地思考。其实吸烟无法真正缓解压力,但越是这样我越是要吸。子珍,你不知道,其实,每个抽烟的女人背后都有故事。女人,可千万别活得像支烟似的,让人无聊时点起你,抽完了又弹飞你。"

胡子珍似是而非地点头,好像将表姐的话听懂了一些。

曾佳佳接着说:"在屯溪的这几年,我除了工作就是看书。我的第一爱好是看书,第二爱好是抽烟。"

"有没有第三爱好呢?"胡子珍调皮地问道。

"也许有,也许没有。这要看未来的生活了。"

曾佳佳的一番话语,使胡子珍轻松了许多。

胡子珍问道:"佳佳姐,你还记得大舅家的那个儿子吗?"

"记得,记得。可自从我到了屯溪就再也没有听到关于他的任何信息,也不知道他现在混得怎样,只知道他在厦门。"

"早些时候听妈妈说,表哥在厦门混得不错,做古董生意,还经常到香港、马来西亚。"

"你想去厦门?"

胡子珍点点头,看着曾佳佳说道:"佳佳姐,我们一起去厦门吧。屯溪也是你的伤心地,离开这里,忘了这里。"

曾佳佳若有所思:"我想想,我想想。"

"表哥他靠得住吗?"曾佳佳有点担心。

"不管怎么样,他是我们舅舅的儿子,是亲表哥啊。按妈妈说的,表哥在厦门可不是一般的商人,他把生意都做到国外了,我们在他那里还怕找不到事情做?再说,厦门是个大城市啊,即便我们不在表哥那里做事,他在厦门给我们找个工作应该也是个轻松的事。"

曾佳佳有点动心,但没有立马答应胡子珍。

"去厦门,万一表哥现在混得不行了,或者不认我们了,我们也得有退路啊。子珍,这不是小事,毕竟我们离开家乡,去一个陌生的城市,要考虑周全。你容我再想想。"

忽然,曾佳佳想到了胡子珍心心念念要报仇的事,便说道:"子珍,你不是说要报仇,要杀日本人吗?"

"是呀!报仇,是一辈子的事,不管到哪里,我都不会忘记。现在中国大地上到处都是日本鬼子,只要有机会,不管是厦门还是哪里,我都会杀日本鬼子的!"

"你有枪吗?你有刀吗?你会武功吗?这些你都没有。我想起来了,趁我们现在还没有离开,我介绍你到武馆练练,也为报仇做个准备。"

"太好了,佳佳姐,你带我去武馆。"

曾佳佳带着胡子珍走进了坐落在新安江南岸的卫华武馆。胡子珍本打算在武馆学一两个月时间,可不经意间,一年的时光就过去了。在武馆,胡子珍学会了擒拿格斗。

接下来,胡子珍又到了枪械练习所,掌握了各种类型手枪的变换保险、枪弹上膛、更换弹匣等要点,练出了高超的射击技能。也就是说,胡子珍这一轮训练下来,以后不管什么手枪拿到手都能运用自如。

白天练枪,晚上还时不时去卫华武馆习武。

无论风霜雨雪,胡子珍一天没有中断过,就是例假来了,也没有停歇。刻苦与坚强,让胡子珍看清了前方。她知道,不害怕痛苦的人是坚强的,不害怕死亡的人更坚强,她就属于那种不害怕死亡的人。她明白,勇敢和坚韧会助她渡过危机。

胡子珍枪械训练结束的那天,曾佳佳带着一个小伙子来到枪械练习所,帮她补交了进来时没有交齐的学费。

离开枪械练习所已是晚餐的时间,曾佳佳告诉胡子珍,这个小伙子叫谭宁,谭宁今晚请她们吃大餐。

谭宁把曾佳佳、胡子珍带到新安江边的谭鱼头大酒店。胡子珍似乎明白过来:"谭宁是谭鱼头酒店的老板?""不,老板是他父亲。别多问了,有时间再告诉你。"

20

秋天的色调朴素,不雍容华贵,不矫揉造作,以质朴征服少男少女的心。

曾佳佳就是在这个秋天被谭宁彻底征服的。

谭宁,屯溪人基本不认识他,可他的父亲谭老板在整个徽州大名鼎鼎,尽人皆知。谭宁初中毕业的时候,母亲从牌友那里得知消息,屯溪的富家子弟都去日本留学了,她也想让儿子去日本学习,可这件事遭到了谭老板的坚决反对和儿子的坚决抵制。

谭老板说:"现在,屯溪去日本留学的十几个孩子,大多是伪政府选送的,也就是说这是日本在有意培养有利于巩固占领区统治的学生。这种事情我谭家不干。谭宁就是没有学校读书,也不能去日本。"

谭宁也明确告诉母亲,他是不会去日本留学的。他说:"妈妈,你整天就和那些阔太太打麻将,一点都不关心国家大事。你知道吗? 1937 年 8 月,最先回到上海的留日学生组织了上海留日同学抗敌救亡会。他们在成立宣言中称,'我们这一群,都是从日本留学回来的,当我们脚尖踏上黄浦滩头的时候,我们悲喜交集,可回到我们的祖国了',现在日军的飞机天天在中国的上空盘旋,今天上午我还听说日军又轰炸了南京,成千上万的同胞死于无辜。妈妈,你说,我能去日本吗?!"

就这样,谭宁留在了屯溪。

一次,谭宁咳嗽,去菲尔德诊所检查后,医生建议输液。谭老板嫌诊所条件太差,就叫菲尔德诊所老板安排护士到家里替谭宁输液。那次老板安排的护士就是曾佳佳,这样原本就认识的两个青年又多了一些接触。

谭宁病愈后邀请曾佳佳去咖啡店坐坐,曾佳佳欣然应允。

此时,爱情就像眼前的那杯牛奶咖啡,香香地飘在外面,甜甜地浮在表面,酸酸地含在里面,苦苦地沉在底下,模模糊糊地把两人倒映在咖啡里面……

时间长了,接触多了,曾佳佳和谭宁渐生情愫。

人生,一半是现实,一半是梦想;爱情,一半是缘分,一半是执着。有时,曾佳佳都不知道自己在期待什么,在坚持什么。但她多半还是渴望在时光的长河里,与他牵手,不离不弃,享受点点滴滴的快乐。

夜深人静,对影难眠,同在一个城市,曾佳佳与谭宁相互爱慕着、思念着、牵挂着。

有时,曾佳佳会在休息的时候与谭宁漫步在公园小道上,明亮的阳光穿过树丛映照着他们的脸庞。迎面拂来几丝微风,他们展开双臂,享受着阳光的温暖。然后,他们会情不自禁地朝着阳光的方向走去,闭上双眼,感受阳光的抚摸。有时,谭宁会接曾佳佳到酒店,两人喝着红酒,畅谈人生。有时,两人会尽情相拥,在甜蜜中呼唤未来……

一个晚上,喝了点红酒的佳佳没有回宿舍。她躺在谭宁的床上,月光透过那层薄薄的窗纸照进来,照在她光滑得如同缎子般的皮肤上。女性身体的魅力在有情人面前无尽地展露、流淌。一切水到渠成从容不迫。一种深入骨髓的愉悦充满整个夜晚……

直到有一天,曾佳佳告诉谭宁,她要和表妹一起去远方,她才觉得心中有万般的不舍。

"佳佳，你是为了自己去远方，还是为了你表妹？"谭宁不解地问道。

曾佳佳想了想："多半还是为了自己。"

"你也可以劝子珍，让她留在屯溪，凭我们家的实力，给她找个她喜欢的事情做还是不难的。更何况我们以后还能照顾她。"

"谭宁，我知道，你要我留在屯溪，是你爱我。可是子珍也有自己的爱啊，她曾经告诉过她的爱人，她会在厦门等他。"

"为什么是厦门呢？"

接着，曾佳佳把胡子珍对许文浦的爱，以及她父母死在日军的炮火中的情况详细地向谭宁做了介绍，并告诉他，胡子珍会在厦门等待生命的另一半。

"现在能确定许文浦一定会去厦门找胡子珍吗？或许许文浦已成家了，或许许文浦已不在了。这里有太多的未知。"

"谭宁，你是否知道，一个人，尤其是一个女人，从决定为另一个人等待的那刻起，她已不再是一个人了。所有的一切，只有经历过的人才更懂得背后的力量。现在的胡子珍就是这样。不管许文浦会不会出现，我坚信她会一直等他。更何况，子珍还背负着报仇的重任。"

"你曾佳佳是我这一生的全部，既然你决意要和子珍去厦门，我也要陪你们前往，也好照顾你们、保护你们。"谭宁说得真切。

曾佳佳一下扑到谭宁的怀里，泪流满面。她说："谭宁，这万万使不得，你是谭家的独苗，你父亲的生意还要靠你接手。我和子珍在这个世上已没有多少亲人可以牵挂，走到哪里，哪里就是家。如果你信任我、爱我，就不要掺和我们的事了。等有机会，我会回屯溪，回到你的身边。无论今后命运把我带向何方，我都会想念你，最终奔向你……"

那个黄昏，曾佳佳和谭宁紧紧地拉着彼此的手，走在即将分别的道路上。昏黄的夜灯下，他们默默无言，用心交流，他们可以读懂对方的每次凝视、每声叹息。那个黄昏，每一分每一秒都那么难熬。

终于，谭宁为了爱情，为了爱人，做出了一个果断的决定：让爱跟心一起走。

接下来，谭宁用智慧、用情感说服了父母。其实历经风雨的父亲懂得，既然你决意要走，留是留不住的。母亲也拿出私房钱，叮嘱儿子："儿啊，你不要苦了自己，如果在厦门有困难就去找你父亲的朋友。实在混不下去了，你就回来，带曾佳佳、胡子珍一块回来。妈一天不死，就一天在等着你……"

1941 年春天，谭宁与两个原本没有交集的人一起踏上了南下的路。可他们不知道，人生是一条没有回程的单行线，老天不会给你一张返程的票。

21

胡子珍、曾佳佳、谭宁终于登上了驶往厦门的轮船，梦想开始扬帆远航。

胡子珍站在甲板上凝视大海。

早晨，海面很平静，一轮红日从东方冉冉升起，把整个大海照得红彤彤的。白云在蓝蓝的天空中飘动，海鸥贴近海面快乐地飞翔。仰望蓝天，远眺那无边无际的大海，分不清是天涯还是海角，全然一片蓝色的世界。

茫茫大海，前路艰险，又充满着未知。

眼前的景象令胡子珍伤感起来，在苍茫中，她问大海：

文浦，那日一别，你去哪里了？是回家帮助舅舅种田，然后娶妻生子，日出而作日落而息，还是重新拾起了棍棒，带着村里的孩子们练起了武术？是去了外地继续上学，还是入伍到了军营，告别大山，走向了远方？天地浑浊，战火纷飞，哪里是你的立身之处啊……

海浪一阵阵扑来，胡子珍心绪翻飞。

久不见子珍，曾佳佳从船舱里走出来，一直找到四层。见子珍站在甲板上凝视远方，曾佳佳上前说："子珍，该吃饭了。谭宁去饭厅点菜了，我们下去吧。"见子珍眼角挂着泪，曾佳佳掏出手帕轻轻将它拭去，"子珍，别想那么多了，该来的会来，该去的你也拦不住。到了厦门，我们一切从长计议。"

"佳佳，我真的不好意思，自从到屯溪找你，这几年我的吃喝住用都是你负担的,学武术、练枪也是你交的钱,就是这次远行也是你买的船票,这些我都记下了。"

"咱们姐妹不说两家话,再说,我挣的钱也只够吃饭,你的费用都是谭宁资助的。我告诉他,子珍的用钱都记在我的头上,日后我一一还上。"

曾佳佳带胡子珍来到专门为富人设置的三楼卡座,饭菜早已上桌。

谭宁一边招呼她们坐下,一边介绍道:"我点了四个菜,一个是红烧鱼头,看看它与谭鱼头有什么两样;一个是佳佳喜欢吃的水煮西蓝花;一个是子珍喜欢吃的杭椒牛柳;再一个就是啤酒皮皮虾。"

优美的旋律响起,轻柔、舒缓的女声具有一种直击心灵的力量,伴着香醇的葡萄酒,胡子珍全身有一种战栗的感觉。

谭宁端起酒:"子珍,我敬你一杯。"

胡子珍没有说话,端起酒杯一口喝干。

曾佳佳点了一支烟,深深吸了一口,然后慢慢地吐出,淡淡的烟雾飘逸无影。曾佳佳刹那间惬意而轻松,她笑了笑,拿起面前的酒一饮而尽。

"我也是第一次出远门,离开家乡去远方。虽然家里没有人了,说走就走,没有牵挂,可真的上路了,还是有点不忍。"曾佳佳擦着眼泪,不敢多想。

船在前行,故乡在身后,距离越来越远。

没有离开故乡时,故乡就像是一幅美丽的画卷,他们在画中嬉戏、玩耍。当离开故乡时,故乡好像是一幅画挂在他们面前……

一杯酒,一支烟,他们就这样聊着,聊着那些年,那些事,那些人。

傍晚的海像一位深邃的老者,静静地睡在暮色里,无风无浪,与天默默相对。胡子珍无法感知苍茫的天与浩瀚的海,在黑夜降临的这一刻,彼此会与对方诉说什么。天渐渐黑了下来,夜色笼罩了海空,大海隐没在夜色里,闪烁在海面上的灯像是大海的眼睛。是军舰,是远航归来的船,还是渔船上的灯火?

船继续向夜的深处进发。

天上星光点点,海面沉静肃穆,胡子珍眺望四周,心跳从自己的躯体向外扩散。在寂寞孤单中,她找不到任何慰藉,她暗自啜泣,眷恋着往昔岁月……

静谧之夜是温馨的,在这朦胧的夜晚,胡子珍似乎与海融在了一起。

也该休息一会了,她的确累了。胡子珍向船舱走去,走在回廊上,她清楚地听到自己的脚步声和别人的呼吸声。她想,此时的佳佳和谭宁也该睡了吧?

其实,曾佳佳与谭宁也无法入睡。

谭宁外表潇洒,内心却很脆弱。今夜,他流泪了,因为想念远方的家,远方的父母。

曾佳佳把谭宁揽在怀里,一边给他擦泪,一边说:"等船靠岸了,你跟它回去吧。"

"佳佳,我真的不是这个意思。我只是觉得,此时我们在汪洋中的船上,显得很渺小,很孤单……"

谭宁抬眼看着曾佳佳,曾佳佳低头用舌尖舔去他眼角的泪。

柔软的纱衣从曾佳佳的身上滑落,玉脂如江南灵秀的水,身体软如云絮。她的手,她的胸膛,她的腿,她身上每分每寸都会说话。谭宁突然紧紧抱着她,在她的脸上、身上吻下去,吻下去,随之那份湿滑感、热度,使他们深感满足。相怜相惜之中,两人获得了生命的大和谐。

曾佳佳完全没有了睡意,她穿起衣服,点上香烟:"谭宁,你畅想一下,我们的未来会是什么样子?"

谭宁稍微思考了一下,说道:"可能有三种情形,一是在厦门落根,有自己的家业,有儿有女,过着虽不富裕但也其乐融融的日子;二是回到屯溪,继承父业,过着人上人的日子;三是在厦门无处安身,继续漂泊……"

曾佳佳说:"这三种都有可能,但你忽略了胡子珍,她是我一生都放不下的人。所以,我们还有更多的不确定性。"

谭宁告诉曾佳佳:"临走时,父亲让我带了一封信,是写给厦门一个叫金天海的老板的。据父亲说,金叔叔是做船舶货运生意的,在厦门有实力,有市场,有人脉。金叔叔当年在徽州做生意的时候,父亲给他提供了不少的帮助,两人亲如兄弟。我们到厦门有什么困难,有什么需要,金叔叔一定会帮忙的。"

曾佳佳点点头,甩了一支烟给谭宁:"陪我抽一支。"

谭宁索性起床,泡了一壶红茶。

"你心真细,把祁门红茶也带上了。"

谭宁微笑:"佳佳爱的红茶,我怎么能忘记呢? 妈妈还说,到了那边,稳定了,她会源源不断地把红茶寄过来。"

曾佳佳告诉谭宁,自己最担心的就是胡子珍,她现在一身武艺,枪法也了得,就怕她出事。

谭宁也觉得胡子珍日后会有想不到的麻烦,但他还是确信曾佳佳能左右她。

船在深海破浪前行,这个夜晚他们注定无法入眠。

22

蔚蓝的海面上雾霭茫茫,厦门渐渐呈现在他们的眼前。

船慢慢靠上泊位。

走下舷梯,走出码头。码头外面扎堆似的黄包车围成一堆,车夫们有的蹲在地上,有的坐在车上,谭宁一个招手,一辆黄包车就到了跟前。

"你们三人要坐两辆车哦。"车夫说道。谭宁点点头。车夫一个口哨,另一辆黄包车停到了他们身边。

"去思明电影院旁的天海船运公司。"

车夫应道:"好嘞。"

谭宁坐在第一辆车上带路,曾佳佳和胡子珍坐在后面的车上。

厦门景色迷人的环岛路引人注目,坐在黄包车上看道路两旁绿树成荫,鲜花盛开,胡子珍和曾佳佳感觉有说不出的味道。几个月后,出门便坐黄包车的她们知道了,这就是大海的味道。

阳光明媚,海风阵阵吹人醉。道路两旁绿草茵茵,坐在黄包车上稍微抬眼,就能看到五光十色的海水,有天蓝色的,有深蓝色的,有淡青色的,还有蓝绿色的。

"佳佳姐,这海水怎么颜色还不同呢?"

"估计是山上植物颜色映照的吧!我也搞不清。蓝就蓝,绿就绿,管它呢!"

听口气,曾佳佳好像不是太高兴,胡子珍也就没有再问了。她想,十二天的海上漂泊,佳佳也许累了。倒是车夫接上了话:"这位小姐说得对,我们现在走的路是在山脚下,山上的植物有红色、蓝色、绿色的映照,你看到近海的水色也就不同了。有时间你们登上山再看看,海水是蔚蓝色的。"

此时,黄包车吱吱呀呀的声响,给坐在车上面的曾佳佳一种怡然自得的感觉。

车夫在大街小巷中穿梭,一个小时后,黄包车终于停在了天海船运公司门口。

天海船运公司是厦门较大的船运公司之一,它集货运、客运于一体。二战爆发后,英、法、美等国看到了德、意、日法西斯国家的侵略野心,特别是法国投降后,英、美缔结《北大西洋公约》,美国开始支持盟国作战,并对中国提供贷款军援,这条运输线经太平洋到南海,从越南、广西、广东等地区进入,支持国民革命军抗战。太平洋战争爆发后,日军占领东南亚等地,切断了太平洋航线。美国对日宣战,加大对中国、东南亚和南亚英军的援助,这一时期主要运输线有两条,一是走南大西洋到印度洋再到印度,其中的少量部分通过驼峰航线运送到重庆。二是走太平洋航线到澳大利亚,这条线的货船大都要在厦门港进行二次补给。

在此期间,天海船运公司在美国人的支持下壮大起来。天海船运公司成了厦门货运进港出港的第一大"闸口",老板金天海也成了厦门航运举足轻重的人物。

随后,金天海率社会贤达修建了厦鼓轮渡码头,打通了市区的岛美路与鼓浪屿的龙头路,从1937年秋天开始,新建成的轮渡码头就承担了厦门与鼓浪屿之间真正意义上的客运。也就是从那时起,金天海把"利侨""利通""金再兴"号汽船交给了大儿子金运良管理。

金天海的大太太叫褚荣志,生下儿子金运良后大出血,不久死在病床上。

二太太是金门古董老板曾老板的女儿曾玲,她给金天海生了两个女儿,大女儿在美国留学,二女儿在厦门大学攻读历史。

三太太是思明电影院的褚珊珊。

早年,在思明电影院电影放映之前,褚珊珊都会站在门前迎宾。美丽、迷人的褚珊珊,迷倒了金天海,她嫁进了金家。一年后,她给金天海生了一个大胖小子,取名褚金来。

如今,褚金来已上初中,他和母亲褚珊珊一直住在位于黄厝的洪济山别墅。

……

接过谭宁手中的信,金天海看了两遍,然后打量着谭宁:"像,像,太像你老子了。"随后,谭宁向金天海介绍了曾佳佳与胡子珍。

金天海说:"你们到了厦门,就等于到了家。这几天就住在这里,等管家把你们房子找好了,再搬出去。工作的事我会给你们安排好的,趁没有上班前我叫人陪你们在厦门好好转转,玩玩……"

二太太曾玲走到曾佳佳面前,说道:"巧了,你也姓曾。你是地地道道的徽州人吗?祖先是不是金门的?"

"回二太太,我只知道爷爷那辈子是从浙江金华迁到徽州的,其他就不知道了。"

"哦,不管是不是一家,现在就是一家人了。你做过护士?"

曾佳佳点头。

"我来联系德和牙科诊所,你到那里上班比较合适。"

"太感谢曾太太了。"

"谭宁和胡子珍的工作,我和老爷商议后再定。"

胡子珍接过话说:"谢谢曾太太,我想住下来后先去找一下表哥,也是曾佳佳的表哥……"

胡子珍、曾佳佳、谭宁到厦门的第一天晚上,金天海在大千旅社为三个晚辈接风洗尘。

大千旅社是缅甸华侨曾上苑于1932年创办,是一幢具有欧陆风格的五层钢筋混凝土大楼,是厦门规模最大、功能最多、设备最豪华的旅游饭店。管家点了一桌子的东海玉螺香、蟹黄扒官燕、鲜贝酿辽参、南瓜鱼翅盅、鹭岛明珠、丝雨菰云等厦门名菜。

绵绵情意中,红酒一杯一杯地斟满,浪漫的玫瑰色泽,散发着优雅的魅力。就这样,胡子珍、曾佳佳、谭宁他们全然忘记了自己身在异乡,喝着、吃着、笑着、醉着。

23

第二天,胡子珍、曾佳佳、谭宁住进了九条巷里的一处小木楼,木楼共两层,胡子珍住一楼,曾佳佳和谭宁住二楼。

收拾妥当后已是傍晚时分,三人走出小楼。

九条巷,有十几条小路,大部分巷子都只有一米来宽,下雨天必须侧着打伞才能通过。九转十八弯,满是市井味道,是一处沉寂质朴的老街巷弄。走着,走着,不经意的一个拐角,就是繁华喧闹、游人如织的商业街区,两个不同的世界。

胡子珍有些兴奋:"我们就在这周边转转,再找一家饭店,我肚子有点饿了。"

"我们边走边看,随便弄点小吃。"曾佳佳应道。

白天的厦门,熙熙攘攘,人海如潮。到了晚上,红红绿绿的霓虹灯大放异彩,在家里过惯了"夜临城黑生活"的他们,还不能马上适应这种闪闪烁烁的光亮,被霓虹灯闪得头晕目眩。

厦门,犹如一个万花筒般的世界,让初来这里的人眼花缭乱,给人视觉和心理上的强烈刺激。

"厦门,真是一片深不可测的海。"曾佳佳自言自语。

胡子珍答道:"我们就是来弄海的。"

曾佳佳笑而未答。

昏暗的色调,嗒嗒而过的人力车,路边小贩的叫卖,空气里弥漫着未卜先知的硝烟气息。厦门末世般的灯红酒绿,又仿佛带着些许悲伤,虚幻得令人心醉。

看到"虾面一条街"的霓虹灯闪烁,胡子珍越发饿了起来:"佳佳,我们去吃虾面吧。"

走进"虾面一条街",大大小小十几家虾面店排在眼前,他们随便选了一家叫"章记虾面"的店走了进去。

谭宁点了三碗虾面,三份薄饼。吃虾面不在于吃虾,而是汤头。章记的汤头是用鲜虾、冰糖、猪肉熬成的,滋味极佳。薄饼,是将虾熬出来的汤掺入薄饼的菜料中一起熬煮,做出的薄饼香甜可口。三人边吃边聊,好不惬意。

他们继续闲逛,不知不觉已到了思明电影院附近。这时,一阵低回的女中音从影院放置在大门外的音响中飘出,听着听着,胡子珍眼泪流了下来。"我们进去看电影吧。"

曾佳佳拉着子珍的手:"这个时候电影都快结束了,再说,我们也没有票,怎么会让我们进去呢?改日有时间再来看吧。"

厦门的春天,不时落几滴小雨。如丝的小雨从空中降落,雨点是那样小,雨帘是那样密,潮湿的气息迎面扑来。

他们跑着回到九条巷,已满身湿透。

互道了晚安,曾佳佳和谭宁上楼了。

胡子珍住在一楼,一间卧室,卫生间和厨房各占半间,客厅、饭厅、过道在一起。一个边门通小院,小院四十来平方米。

就是这样一个小院,为胡子珍提供了练武的地方。尽管下着小雨,胡子珍还是坚持练武。

一个小时过去了，胡子珍大汗淋漓。回到房里，她抽了一支烟，喝了一会儿茶，洗洗弄弄，上床了。

半寐半醒，若有所失。胡子珍索性起床，推开窗子。

雨还在下，雨丝很细，很绵。

雨天，最适合思念。那么就让这恰好的思念牵着、引着吧。

自从遇到许文浦之后，胡子珍真正体会到了什么是牵挂，什么是痴痴恋恋。她怀念和许文浦相处的日子，那些镌刻在她心底的记忆，无法磨灭。

胡子珍惆怅着，在心底默默诉说着。

文浦，也许我们无缘再见，也许那一段情感只能成为过去，但你是我的牵念，也许你永远也不会明白，我的思念因你而起。你可曾知道，我所有的眷恋只因有你，而如今的你，落寞的时候还会不会想起我？

文浦，曾以为，你就是我幸福的起点；曾以为，有了爱就会不离不弃；曾经满怀幻想能够与你携手共赴遥远的天际，朝起同行，落幕而栖。而如今，岁月的转角处一个挥手，就是永久的别离，你给我的只是一个起点，而我却走向了孤独的旅程，更觅不到漂泊的归期……

胡子珍所期盼的是爱，是爱人。在她看来，有了爱人，有了爱，就是一生的幸福。

其实幸福真的很简单，就是有人爱、有事做、有所期待。

胡子珍期待着。

24

厦门的古董市场主要分布在思明、开元、禾山和鼓浪屿。万宝楼古董、盛世缘古董店、时光草堂，这些都是厦门有名的古董店。

按照胡子珍提供的信息，二太太曾玲带着胡子珍在南华路找到了君坤古董店。

坤为大地、宇宙的意思，君坤有君临天下之意，还有玩尽天下古董之意，气势磅礴。

抬头看看"君坤古董店"五个大字，曾玲微微笑了笑，心想：这么有气势啊，说不定里面的古董有一半来自金门，一半来自家父门下呢。

走进店里一看，铺里货源满满。

曾玲告诉胡子珍，大到瓷器、书画、青铜器这种大宗物件，小到烟斗、鱼刀、鞋拔子、破钟等，上了年代的，都可以算是古董，无非是收藏价值有高低罢了。而去乡下铲地皮收老货，大部分都是收一些小物件。别看不起这些小收藏品，一件东西赚 10 块钱，成百数千件地卖出去，也是一笔可观的收入。大部分古董商人都是靠一些小物件来赚钱的，毕竟花大钱收藏极品的人还是少数。

再说，只要老板广交好友，四海皆人脉，这样就不愁货源的问题了。卖家发现好东西了，缺个出货的渠道，刚好卖给相熟的古玩店老板，皆大欢喜。如今假货遍地，有些古董店老板甚至不收任何陌生人的东西，只收熟人的古董，这样可以最大程度地保证其真品率。

曾玲带着胡子珍这看看那看看，从一楼看到二楼，从二楼看到阁楼。一个女营业员跟在她们后面，一句话也不说。

胡子珍奇怪地问道："她怎么不问我们买什么货呢？"

"她一看就知道我们不是买家。"

曾玲边走边说："我认识一位古董店老板，这家伙不出去淘货，专门研究一些名家的资料，把功课做足，然后和名家的子女后代套关系，甚至有些名家去世了，这家伙跟自己的亲人去世了一样，呼天抢地地去吊唁，获得了好感之后就可以提出收古董的请求了。"

一圈逛下来，曾玲看到了许多老旧且熟悉的物件，虽然不是什么昂贵之物，但岁月让它们变得斑驳了，变得价值连城。

曾玲带着胡子珍回到一楼大堂，在茶桌前坐下。

"你们老板蒋君坤呢？"

服务员答道："老板去金门了，晚上才能回来。"

"那就告诉你老板,就说天海船运公司的曾玲来找过他。"

回去的路上,曾玲告诉胡子珍:"金老板已经安排好了,谭宁去厦鼓码头金运良那里上班,曾佳佳去德和诊所当护士。你呢,看看你表哥怎么说,他如果没有安排,你就去三太太的思明电影院上班。"

胡子珍有些激动:"谢谢二太太,谢谢二太太。"

不一会儿,小车就已到天海船运公司门口。

"你先回九条巷,佳佳他们还在等你。蒋君坤有消息了,我再通知你。"

回到九条巷,胡子珍把上午的所见所闻一一告诉了佳佳和谭宁。

曾佳佳说:"看来,表哥家业不小啊。我们在厦门有金老板、表哥这样的靠山,也就无所畏惧了。"

下午,从金门回来的蒋君坤听说天海船运公司的二太太曾玲上午来过,很是惊讶。他问服务员:"你确定是天海船运公司的二太太曾玲吗?"

"她说是的,但是真的还是假的,我就弄不清楚了。"

"她留电话了吗?"

"电话没有留。和她一道的那个女人口口声声称你为表哥,看她们的样子,不像是假的。"

"表哥?"蒋君坤突然想起来了,老家徽州歙县大姨妈的女儿曾佳佳,二姨妈的女儿胡子珍,肯定是她们中的一个。可他又想不明白,她们怎么和大名鼎鼎的天海船运公司的二太太曾玲认识呢?

蒋君坤早就知道曾玲是金门曾老板的掌上明珠,一直想巴结,就是没有机会。这下好了,曾玲主动上门来了。一时间,蒋君坤激动不已。他立马拿上两盒上等的祁门红茶、一条直径12毫米的白色海水珍珠项链,直奔天海船运公司而去。

更令蒋君坤想不到的是,管家通报后,曾玲迎出大门。

"曾太太好,曾太太好。久仰大名,一直没有机会拜见,得知您今天到我店面,荣幸之至,荣幸之至。不巧,我上午去了趟金门,现在连忙赶来道歉。"

"不客气。蒋老板,请进。"

客厅就座,茶水满上。

曾玲收过蒋君坤带来的礼物便上楼去了,不一会儿,金天海走下楼梯。蒋君坤起身鞠躬,金天海不紧不慢地道:"坐,坐。喝茶,喝茶。"

金天海与蒋君坤聊了一会儿厦门的时局,聊了一会儿古董。从谈话中,金天海知道蒋君坤还是了解不少日军、国军、共产党的事的。金天海弹了弹烟灰,说:"我们做生意的不能不关心政治、不关心时局啊,可也不能太多地参与其中啊。听说你蒋老板与日本人的古董生意做得不错呀,要小心哦。"

"我和他们纯粹是做生意,不牵涉其他。"

"那就好,那就好。"金天海话题一转,"蒋老板在老家有两个表妹?"

"是的,一个是大姨妈家的曾佳佳,一个是二姨妈家的胡子珍。父母死后,我也好多年没有回老家了,也没有见到她们。听我店里的人说,今天和曾太太一道去我店里的人,口口声声称我表哥,想必是表妹到了厦门。"

接着,金天海把胡子珍、曾佳佳到厦门的事给蒋君坤说了一遍。

曾玲从楼上下来,多远就说道:"蒋老板,您太客气了。那条海水珍珠项链价格不低吧? 依我的眼光看,不下一千银圆。"

蒋君坤起身:"小意思,曾太太不嫌弃就好。"

随后,金天海吩咐管家:"到大千旅社订个包厢,喊上谭宁他们三个。叫三太太、运良也参加晚宴。"

"哎呀,好好的一个酒店,叫什么大千旅社? 这名字太不好听了。我建议老板改为'大千酒店',老板说,大千旅社叫习惯了,整个厦门没有人不知道,何况是父辈起的名字,不能改。"金天海摇摇头说。

终于见到了表哥,胡子珍、曾佳佳高兴得频频举杯。酒桌上,蒋君坤当着大家的面说:"子珍到我店当经理,古董业务没有外面讲得那么神秘,只要肯学,不难。子珍可以住在九条巷,也可以住到店里,也可以住到我家里,这个随便子珍。在厦门,有金老板罩着,我相信,你们一定能过上好日子。"

蒋君坤双手举杯,敬过金老板、曾太太、褚太太、金运良,然后又敬了谭宁、子珍、佳佳,最后他端起酒杯,说道:"这杯酒敬我自己,我今天太高兴了,有幸结识了金老板、曾太太、褚太太。更高兴的是,我见到了两个表妹……"

金天海站了起来,他挨个儿敬了酒后,说:"每一个相遇,都是上天最好的安排。今天让我又一次想到了徽州,想到了屯溪的货运码头。徽州是我的福地,我在那里认识了谭老板,是谭老板引导我做起了船运生意,没有谭老板就没有我金天海的今天。大恩不言谢,我希望谭宁、子珍、佳佳在厦门好好工作,好好生活,收获事业,收获爱情。我祝蒋老板生意兴隆,人财两旺。我祝天海船运公司蒸蒸日上,造福百姓。最后,我祝两个太太永远年轻,我们的生活永远精彩!"

金天海说完,大家一起举杯站了起来。

回去的路上,金天海坐在车里,对曾玲说:"有的人外貌温良却行为奸诈,有的人情态恭谦却心怀欺骗,有的人看上去很勇敢而实际上很怯懦。蒋君坤三杯酒下去就有点掩饰不了自己了,目光飘忽,得意忘形。这种人,你要注意,还是少打交道为好。"

"嗯。我也看出来一些。听古董业的老板们说,蒋君坤与日本人生意做得比较多。"

"那就更要小心了。"

车到金府,金天海没有下车,他对曾玲说:"今晚我去洪济山。"

曾玲没有作声,这种无言是应答,也是不悦。

胡子珍、曾佳佳、谭宁走在回家的路上,穿街走巷,这条路又短又长,短的是距离,长的是心情。胡子珍拉着曾佳佳的手,佳佳看到子珍眼角有泪珠闪动……

25

第二天一早,胡子珍坐黄包车到了君坤古董店。

"寒夜客来茶当酒",即便不是寒夜来客,即便是在早晨,不管来的是先生还是女士,厦门人是客一进门即泡茶。

蒋君坤边泡茶边给胡子珍介绍泡茶的程序,并告诉她,以后客人来了,不管他买不买东西，首先要泡茶。

　　两人边喝茶边叙旧，他们讲到了歙县，讲到了家人，讲到了苦难，时而蒋君坤也眼圈湿润。

　　"有的人前半生很走运，含着金钥匙出生，一出生就被打上了富人的标签，但父母无法庇护他们一辈子，享受完前半生的安逸后，后半生的日子或许比普通人更凄苦。我的前半生很不幸，出身贫寒，父母只能含辛茹苦地把我养大。父母不幸去世后，我当了兵，因为怕吃苦，怕打仗，我又偷偷溜出了军营，来到了厦门。"

　　"怎么就跑到了厦门呢？"胡子珍不解地问。

　　蒋君坤笑笑："那时，我也不知道去哪里，只是听排长说，逃兵抓回来是要被枪毙的，我害怕了，觉得跑得越远越好。我从南京随便上了一条船，哪知这趟船是开往厦门的，我就在厦门下了船……"

　　"怎么做起古董生意了呢？"

　　"现在很少有人知道我当初到厦门的事情，子珍，我们是兄妹，不怕你笑话，我把它当故事讲给你听。"

　　蒋君坤告诉胡子珍，他到了厦门，开始在码头做苦力，后来结识了不少混混儿，干起了"摸包儿"事情。先是掀人家屋顶的砖瓦，弄个窟窿，顺着绳索下去，再就是撬壁、掘壁穿穴。直到认识阿三，就开始盗墓了。因为盗墓、卖古董，他又认识了做古董生意的林明焕。一来二往，林明焕喜欢上了他，收留了他，并把唯一的哑巴女儿许配给了他。林明焕一场大病去世，自然而然，"明焕古董店"就是他的了，后来，他把"明焕古董店"改为"君坤古董店"……

　　"世间所有的美好，背后都有令人痛苦不堪的回忆，甚至在当时看来，都是难以忍受的苦难。可我熬过了前半生所有的苦难后，后半生就过得风光无限了。"蒋君坤哈哈大笑，显得十分得意。

　　"我怎么没有见到嫂子在店里？"

　　蒋君坤说："一次去金门的途中，哑巴落水了。不说这个了，喝茶，喝茶。"

蒋君坤显然不想多说哑巴的事,胡子珍也就没有多问了,可她明显感到哑巴的事情没有他说得那么简单。

"后来又娶了吧?"

"你现在的嫂子是个日本姑娘。"

"日本人?"

蒋君坤告诉胡子珍,因为做古董生意,他结识了一个同样做古董生意的日本商人,这个日本人带来了一个日本姑娘叫竹下信,后来他们结婚了。

"竹下信是个大学生,父亲战死在我国的齐齐哈尔。她懂得古董生意的很多窍门,每次去日本做生意,她都当我的翻译。时间久了,我学会了日语,现在去日本谈生意,我也自如了……"

听完表哥的故事,胡子珍心中有一种说不出的感觉,有怜悯,有厌恶,有不屑,有伤感,甚至心底的仇恨也顿然浮起。

胡子珍时刻不忘复仇,她冷冷地看着蒋君坤,嘴里虽没有说什么,心却像被刀子捅了一下。她埋藏已久的仇恨涌上心头,一股热血在胸膛里翻腾不息,冲得一张脸通红。她一连喝了几口茶,把情绪压了下去。

接着,胡子珍又把话题转到古董生意上。

"表哥,我昨天和曾太太在你店里看了几乎一上午,怎么一个客人都没有见到?"

蒋君坤笑笑:"这你就不懂了,古董店一年不开张,开张管三年。有些古董的购买对象主要是电影剧组,他们买去作为道具,所以有人说我们古董仓库也是个'电影仓库'。而对于游人而言,这里是一个拍照留念的地方,随便一件古董都能将他们带到复古的时光当中,随便一处场景都能让他们仿佛置身电影当中。我的古董仓库一个月开放两天,开放时游客就会来,我们对拍照的游客收费。

"再说,你看到的许多老旧且熟悉的物件,有的是漂洋过海,从南洋运来的。虽然有些不是什么昂贵之物,但岁月让它们变得价值连城。这些都是卖给日本实业家的,那些东亚传统艺术的爱好者在收购文物时,几乎从来不问价钱。还有一些从台湾来的商人,他们喜欢收购纯银制品。我一年卖一件给他们,就够我十年享用了。"

"既然如此,我在你这里当经理,还有什么作用呢?"

"不能这么讲,一来我们是真亲,你到了厦门,我做哥哥的理当把你安顿好。二来我经常在外面跑,也需要一个有文化的人帮我照应家里。你当经理,我放心。"

"嫂子不能当经理吗?"

"她很少来店里,她现在一门心思在家里写关于古董的书。"

接着,蒋君坤问胡子珍谈对象了没有,在个人问题上有什么打算。胡子珍告诉他,她在等一个人。

一番诉说之后,蒋君坤说道:"我能感觉到你的心痛,你有你说不出的无奈。可是,世事变幻莫测,你能确定许文浦此生会来到你身边吗?战火纷飞的当今,你能确定他是生是死吗?"

胡子珍的眼泪慢慢流了下来。

等待,是一种享受,但它又是一种煎熬,令人难以忍受。虽然其中会有很多痛,但她相信只要坚持下去,就会收获累累硕果,如果没有等待,这些都不复存在。

26

褚珊珊自从嫁到厦门后,金天海不让她去思明电影院上班,那时褚珊珊已经怀孕,也就顺从了。生下褚金来后,金天海对褚珊珊更是宠爱有加,她几次提出去上班,都被金天海挡了回去。

褚金来5岁生日宴会上,金天海送给了褚珊珊一把钥匙。

"这是一套洪济山别墅的钥匙,给儿子做生日礼物。"

在场的人一阵欢呼,褚珊珊差点被突如其来的幸福弄蒙了,她连忙拉起儿子:"快跪下,给你爸爸磕头。"褚金来一头扑到地上,头磕得咚咚响。

曾玲冷不丁地说了一句:"老爷还活着呢,磕三个头是什么意思啊?"

桌上的人知道二太太生气,想找碴儿,就有人接过话茬:"小金来哪是磕三个头啊,他一连磕了不下十个。"

金天海笑了笑:"我儿子高兴,他想磕几个就几个。"金天海扫了曾玲一眼。

桌上的金运良自始至终没有说一句话,该吃吃,该喝喝。他知道,他们家的不太平或许从此开始了。于是,他内心的一个计划也在慢慢形成……

酒宴后,曾玲板起脸:"天海,你这么大方,送一套房子给褚珊珊,怎么事先也不说一声啊?"

金天海知道曾玲不高兴,再说事先没有给她打个招呼,也的确有点欠妥当,他像哄小孩一样对曾玲说:"之前准备告诉你的,事情一多,忙忘了。送儿子一套别墅,九牛一毛,你就不要记在心上啦。我主要是考虑你和珊珊好拌嘴,让她搬出去,你也清静了。"

"照老爷这么说,送她房子还是为了我?"

金天海有点不高兴了,甩了一下袖子,上楼了。

应该说,一家人在一起就要互相给予彼此温暖,即便有时为了鸡毛蒜皮的事拌嘴,也能彼此原谅,可生活从来没有因为他们原谅彼此而把不愉快化为幸福。有时,曾玲也会怀念以往的快乐时光。可现在,她败给了时间,而败给时间是最让人无能为力的事。

上流社会的阔太太,无论关系有多亲密,在一起时总是会攀比的。争名夺利、惺惺相惜、嫉妒、莫名的争吵,是这个大家庭生活中最真实的一面。

女性普遍是感性的,可曾玲理性大于感性。自从嫁入金家后,外表看起来美好,两个女儿学习成绩一直名列前茅,可她内里的悲伤冷暖自知。

那个秋天,院子里的花开得正好,曾玲却觉得生活变得一团糟。她有时会独自坐在庭院里生闷气,数着从树上掉下的一片片落叶。落叶无声,只听她细细叹息。

后来,随着大女儿出国留学,二女儿考上了大学,曾玲的心情才慢慢好了起来。尤其是她父亲去世后，曾玲像变了一个人似的，少言寡语。

　　褚珊珊不是这样，她觉得眼前的时机是最重要、最关键的，只有抓住了眼前的机会，才会有美好的将来。于是，在搬到洪济山别墅之后，她对金天海爱的表达无处不在。在一些公众场合，一有时机，她就会握一握老公的手，或挽一回胳膊，或拍拍他的肩膀，甚至轻轻地拥抱，把心中的暖意传递给他。在一些有特别意义的日子里，如结婚纪念日、金天海的生日、孩子的生日等，褚珊珊都会送他一些能表达爱心的有纪念意义的特别礼物。

　　再说，褚珊珊毕竟比曾玲小十多岁，少妇的素雅风韵，在她身上似是天成的。每次房事，她都会眼含秋水，一举一动，如空谷幽兰般，又如展翅欲飞的蝴蝶，扑动着美丽的翅膀，给金天海带去极大的满足。

　　时光匆匆，往事无痕，红尘滚滚流过。

27

　　有多少事物，可以在时间的长河中永恒地屹立呢？在时间中，很多事情都会浮出水面。

　　两年后，一次意外让褚珊珊彻底改变了人生方向。

　　这天晚上，褚珊珊从金府吃过晚饭，没让司机送，她想带儿子走走逛逛，要是走累了，再喊上黄包车。临出门时，金天海还不忘说："今晚我就不去洪济山了，路上小心一些，到家了给我打电话。"

　　"嗯，放心。一到家，我就叫儿子给你电话。"

　　褚珊珊是个气质优雅的女人，如今她一改结婚前艳丽的装束。今天，她着一身精致得体的素装，穿一双柔软的平跟布鞋，披一头长发，和儿子行走在大街小巷。

　　快到洪济山的时候，褚珊珊觉得有个人跟在她后面，于是她带着儿子加快了步伐。走到门前，就在她伸手要按门铃的时候，一阵棍棒将她打昏了过去。那人迅速抱起褚金来，准备离开。这时，一个身影挡住了那人的去路……

一直在等电话的金天海万万没有想到褚珊珊和儿子遭遇了不测,他连忙带人赶到别墅。他在吩咐人把褚珊珊送到医院后,详细询问了侠士当时的情况,当金天海拿着一根金条给那位侠士时,才发现侠士是一位女士。

女士推开金天海递过来的金条:"我救人不是为了这个。"

"你叫什么名字?住在哪里?日后我上门谢恩。"金天海诚恳地说道。

女士摇摇头,离开了别墅。

半个月后,这位女士带着鲜花再次出现在了褚珊珊家的别墅。

她说,她叫欧阳红。

原来,欧阳红表面上是厦门大学图书馆的馆员,真正身份却是中共厦门地下党的负责人。

褚珊珊对欧阳红感激不尽,提出重谢、宴请、安排工作等,所有这些都被欧阳红拒绝。

在之后的交往中,欧阳红有意无意地透露了自己的身份,可褚珊珊一点也没有吃惊。

褚珊珊说:"我在电影院工作了几年,也听说了一些共产党、国民党、日本人的事。思明电影院的观众有四种人,一种是国民党特务,一种是日本人,一种是有一定文化的生意人和恋爱中的男女,再就是你们中共地下党了。在一次放映中途,三个男人为了救一个看似商人的女人,被日本人开枪打死,其中一个当时没有死,日军走到他面前时,他举起枪击中了一个日本兵,然后在自己的头上打了一枪。后来,我听说,那个人是共产党……

"现在人们都在说,国民党不去打日本人,反而把枪口对准了共产党。这样的党是不得民心的,这样的军队失败也是迟早的事。

"不管怎么讲,在我身上,我体会到了共产党人的不怕牺牲。我说感谢你,其实也是感谢共产党啊。"

欧阳红不知道褚珊珊这么能讲,并且讲起来还一套一套的。在她看来,做这样人的思想工作不会有太多的困难。

欧阳红说:"一个民族、一个国家的兴衰荣辱,与该民族能否坚持、弘扬本民族的主体精神关系很大。经历了数千年风雨沧桑的中华民族,在她的发展历程中,之所以不断显示出顽强、旺盛的生命力,就是因为她有非常优秀的民族精神作为自己生存和发展的强大内在动力。到了现在,中华民族之所以敢于同侵略者作战,一个重要原因就是全国人民为自强不息、不畏强权、热爱和平、保家卫国的民族精神所鼓舞,为了国家的独立和民族的尊严,不惜抛头颅、洒热血,与日本侵略者进行不屈不挠的斗争,演出了一幕幕威武雄壮、感天动地的活剧。其中,中国共产党人付出了前所未有的牺牲。

"中华民族正是凭着坚不可摧的民族意志,振奋了民族精神。正如毛泽东在《论反对日本帝国主义的策略》中所说,'我们中华民族有同自己的敌人血战到底的气概'。1937年9月,八路军在协助第二战区守卫晋北长城线防线时,取得平型关伏击战大捷,毙敌1000余人,有力打击了日寇的猖狂气焰,首次打破日军不可战胜的神话,振奋了全国的民心和士气。

"共产党领导的抗日武装以及广大的爱国民众,在战争中都没有退缩,没有偷生,而是用自己的鲜血和生命捍卫着民族、国家的尊严,表现出视死如归、杀身成仁的崇高的民族气节……"

在日后的交往中,褚珊珊主动提出,要欧阳红带一些进步书籍给她看。她还说:"街面上根本就买不到正面宣传共产党的书籍,国民党特务只要发现书店有这样的书,不管是老板还是伙计,统统带走。这样,反而证明了国民党心虚。"

与欧阳红的交往,褚珊珊在金天海面前一个字也没有透露,她甚至再也没有提过向救命恩人感谢的话题。

那次事件,金天海怀疑是黑道上的人想绑架褚金来,勒索钱财。

褚珊珊觉得没有那么简单:"黑道上的人知道我是你金天海的三太太,他们有这个胆子吗?这个事情已经过去,就不要再纠结了。当下,我还是想回到思明电影院上班。一个人整天在家,没事干,也闷得慌。"

金天海点头应允。不久,褚珊珊回到了思明电影院。金天海也给别墅派去了人手。

当再一次见到欧阳红的时候,褚珊珊高兴地说:"欧阳姐,我回到思明电影院上班了,以后你尽管去看电影、跳舞。"

欧阳红说:"太好了,我可以随时出入电影院了。更重要的是,你在那里会听到、见到一些我们想知道却又弄不清楚的事情。记得,有什么要紧的事第一时间告诉我。同时,你也要注意安全,保护好自己。"

"嗯。现在不用怕了,每天上下班,天海安排车接车送。"

"珊珊,到现在你都没有问我,那晚我是怎么出现在你家附近的。"

褚珊珊笑着说:"你就是想接近我,所以一直在我家附近等候吧。这些已经不重要了。"

"那我也要告诉你,让你明白。组织上想随时从天海船运公司了解厦门海上的进出货情况,以及日本人的水运动态。所以我们摸排到了你,也想着在适当的时候接近你。"

"你怎么知道我会答应你呢?"

"既然我们摸排到了你,就会整合各方信息,然后有个综合评估……"欧阳红告诉褚珊珊,"其实那晚还真的是路过,我在离你家一公里处就发现了有人在跟踪前面的人,于是我就悄悄跟在那人后面,直到事情发生,才知道是你……"

半年后,在欧阳红的介绍下,褚珊珊光荣地加入了中国共产党。从举起右手宣誓的那刻起,褚珊珊就下定了决心,此生为党奉献一切。

人生真的如戏,轰轰烈烈是一场,轻轻巧巧也是一场。一出戏又一出戏地不断上演,生命不休,不落幕,不散场。

28

褚珊珊一直觉得谭宁、胡子珍、曾佳佳有些不对劲。

谭宁,谭鱼头谭老板的儿子,放着人上人的日子不过,跑到厦门,在厦鼓码头金运良那里上班。他既不是管理人员,也不是技术人员,完全是靠金天海的关系,在那里混一碗饭吃。何苦呢? 为了爱情追随曾佳佳,也不至于两人一起跑到厦门啊！难道徽州不是恋爱的地方？

曾佳佳，一个能说会道、有一技之长的姑娘，放着屯溪好好的工作不做，跟着谭宁离开家乡，是追求幸福还是走投无路？如果谭宁在厦门有产业，做得很好，追他而来还说得过去；如果谭宁是金天海请到厦门的，作为女朋友追随男友而来，这也讲得过去；现在一个在码头做闲差，一个在德和牙科诊所当护士，吃住都难以维持。这是为爱而做的选择？

胡子珍，就格外让人看不懂了。作为一个师范生，不在家乡谋个教书的职业，跑来厦门投靠蒋君坤。年久不见的表哥还是以往的那个少年吗？在厦门做古董生意的，一半都牵扯上日本人，说不定哪天，你还没有过上好生活，蒋君坤就大祸临头了。厦门是多少人向往的地方啊！它是冒险家的乐园，也许是个自由快乐的地方。在这个富人如云的都市里，也随处可见沿街乞讨的人。从小县城来到这个花花世界，你以为可以改变自己的命运吗？如今的厦门，贫富悬殊，日本人横行，国民党特务、宪兵、军警飞扬跋扈，开着警车在马路上横冲直撞，到处搜捕共产党人和进步青年，其实厦门被笼罩在一片白色恐怖之中。小小姑娘，厦门是你想闯就闯的地方吗？

很多事，不是你想，就能做到的。很多东西，不是你要，就能得到的。一个人的成长，一是天赋，二是机遇，三是修炼，四是信仰。天赋是成长的基础，机遇就是贵人，修炼是成长的加油站，信仰是成长价值的归依。这些，你们都具备吗？否则，你们也就只能是河海里的虾米了，被大鱼吞噬，不留一点儿痕迹。

或许，谭宁他们就是为了离开战火纷飞的故乡吧，走到哪，算到哪。没有一个明确的方向，没有太多的奢望，也不存在宏大的抱负和理想。

但，从胡子珍明亮、澄净的眼睛里，褚珊珊还是看到了一丝寒光，那冷冷的寒光像白森森的剑影。每每想到这里，褚珊珊就心头一紧。可她转念一想，有时候眼睛看到的也许只是表面。这样想，也就没有纠结了。

人心复杂，现实复杂，哪能看得真切透彻？

这些心事，不去想，就什么都不存在。可是，褚珊珊没办法放下，她决定到君坤古董店走一趟。

蒋君坤和褚珊珊太熟悉了,当年一帮人追褚珊珊,蒋君坤就是其中之一……

回忆着往事,不知不觉,黄包车已停在了君坤古董店门口。

进了门,褚珊珊径直向茶室走去。远远地,她就听到了蒋君坤叽里呱啦地在用日语与人对话。既然是讲日语,那人肯定是日本人,于是褚珊珊放慢了脚步,继而停了下来。这时,褚珊珊看到了茶室右侧的窗子后面有个人影闪过,好像是胡子珍。

褚珊珊心里咯噔一下。胡子珍为什么要偷听蒋君坤与日本人的谈话?她能听懂日本话吗?听不懂应该不会听,既然在听,那就说明她会日语。褚珊珊更加确定了先前对胡子珍的疑惑,只是她不知道,胡子珍到底是什么人,来厦门究竟是为了什么。

其实,这时的胡子珍没有褚珊珊想的那么复杂。

胡子珍一心想杀日本人,为父母报仇。没想到在古董店里遇到日本人,既然是表哥的朋友,远道而来谈生意,她也就想弄个究竟。等确定要他的命时,机会随时都有,不难。

褚珊珊也猜对了,胡子珍会一点日语。为了杀日本人,她觉得懂日语是必要的。为此她跟着表哥学,表面上说是为了古董店业务,其实内心是为了报仇。

胡子珍看到褚珊珊进门,心里也咯噔了一下,她第一想到的就是褚珊珊是来看古董、做古董生意的。可她转念一想,褚珊珊没有坐金天海专门为她配的小车,也没有带人,而是坐黄包车来的,不可能是来买古董的。胡子珍同时看到了褚珊珊看到自己那一瞬间吃惊的表情,从那一刻起,胡子珍告诫自己,以后一定要小心。

胡子珍笑盈盈地走上前与褚珊珊打招呼,然后进茶室告诉蒋君坤,褚珊珊来了。

送走日本商人,蒋君坤与褚珊珊茶叙了一会儿。

"珊珊,哦,不对,不对,金太太。上次在鼓浪屿我说请你喝咖啡,你说下次。今天就是那个下次,走,我们喝咖啡去。"

褚珊珊不温不火地答道:"算了,还是喝茶吧!我们中国人就喝我们自己的东西,何必处处学洋人呢?"

离开君坤古董店已是下午三四点的光景。虽然是闲聊,但褚珊珊还是觉得有一点收获。她没有及时回家,而是去了九条巷一个和平常人家看起来没有两样的两层木屋。在那里,褚珊珊把所见所闻所思一股脑儿全部吐出,然后,欧阳红把一幅装裱好的字递给了她,并交代一番。褚珊珊接过字,点点头,若有所思。

29

1942 年夏季的一天,厦门特别热。

胡子珍从鼓浪屿拿雪茄后没有立马回古董店,她在海边停下了脚步。

在轰隆隆的雷声铺垫后,一阵大雨不期而至,大滴大滴的雨水落到海面上,到处都是跳跃着的水花。

一会儿雨停了,被淋湿的衣服在夏日的阳光下很快也就干了。胡子珍走到沙滩上。

此时,她完全把昨晚的事抛到了脑后。

冬练劲,夏练筋。胡子珍双脚开立,双手慢慢抬起,又缓缓地落了下来,静如处子。忽然,她大喝一声,双臂有如分水之势,虎虎生威。双拳紧握于腰间,气沉丹田。接着,她左手从腰间冲拳而出,转马步为弓步,紧接着,顺势一个照面直踢,身轻如燕,腾空再踢,落下时竖叉着地,双臂侧平。

沙滩上的人见到这一幕,纷纷拍手叫好。

豆大的汗珠往下直落,她嘴角却轻轻地上扬,自信地笑了起来。紧接着,胡子珍力发腰间,一蹿,站起了身形,一个乌龙盘打,起身。又接着一个旋子,扑步着地,手引身形,虚步亮相,前手掌,后手勾,然后她松了一口气,接下来的动作好比行云流水一般,围上来的人们掌声如雷鸣般响了起来。

抱拳谢过众人,胡子珍站在海边,领略大海的无限风光。

面向大海,就好像人的心灵面向着无限辽远。它的宽阔、宁静、汹涌、奔流一如人生必须走过的道路⋯⋯

胡子珍回到古董店,还没有落座,那位常年不开笑脸的小王劈头问道:"胡经理,去鼓浪屿拿个东西怎么到现在才回来?你知道吗?蒋老板刚刚被日本人抓去了。"

胡子珍最担心的事还是发生了。

原来,前一天晚上,下班后的胡子珍没有坐黄包车回家,她边走边玩,在吃了一碗面线糊后,打包带了两份准备给曾佳佳和谭宁。

快走到位于鹭江道"阿棉料理屋"门口的时候,胡子珍看到了一个熟悉的身影进了"阿棉料理屋"。胡子珍立马想起来了,那人就是这阵子经常去古董店的藤原浩。

鹭江道一带,所谓的料理屋、御料理,其实是妓院。厦门沦陷后,日本人的妓院生意格外兴隆,一般的料理屋供日军、日本商人寻欢作乐,御料理则专供日本高级官员享乐。

胡子珍索性在门外一个隐蔽的地方坐下,她在等藤原浩出来。大约一个小时后,藤原浩歪歪倒倒地走出料理屋。

藤原浩一出门便喊了一辆黄包车,胡子珍也随即喊来黄包车,跟在藤原浩的后面。

过了胡里炮台,胡子珍示意车夫超过前面的车。超车的时候,胡子珍看到藤原浩睡得正香,她示意两辆车到前面山坡的弯道停下。两辆车都停了下来,藤原浩仍然没有醒来,胡子珍就把他拖下了车。胡子珍付给车夫钱后,小声地说:"你们走吧,今晚你们没有来过这个地方,也没有拉过日本人。"车夫会意地点点头,风也似的跑开了。

胡子珍不能断定藤原浩是否日本军人,但他是日本人!久埋在心中的仇恨此时露出獠牙,积压在胡子珍胸中的怒气如火山一样爆发了。

胡子珍拉起藤原浩,然后从他背后用双手手臂环绕他的颈部,并迅速用力施压,几秒钟,藤原浩就一命呜呼了。

胡子珍第一次把在卫华武馆学到的一门杀技用在了日本人身上。这种后绞颈,也叫裸绞,致死的过程十分残忍,死者面部也十分难看。胡子珍准备把藤原浩尸体扔到海里,这时一束车灯由远而近,她只好迅速离开,钻进胡里山。

复仇给胡子珍带来快感的同时,也给她带来了杀人后的恐惧。

回到九条巷,胡子珍没有惊动曾佳佳和谭宁。

那一夜,她无法入睡。

第二天,胡子珍像什么事情也没有发生那样到了古董店。可是她见到蒋君坤,还是不敢正眼看他。蒋君坤说:"子珍,你去一趟鼓浪屿,叫你嫂子把我那条雪茄拿给你带到店里。"

胡子珍没有说话,拉开抽屉,拿了些零钱,出门了……

小王这么一说,胡子珍就知道事情麻烦了。但她故作无事,问道:"蒋老板和日本人不是朋友吗?他们抓他干吗?说不定是请他去喝酒呢。"

"你知道吗?藤原浩昨晚在胡里山被人杀了。你今早出门不久,日本人就来到古董店,没说几句就把蒋老板带走了。"小王接着说,"我们现在怎么办呢?"

胡子珍也不知道怎么办,她突然想起了竹下信。

"快给竹下信打电话。"

小王这才回过神来,连忙拨通了蒋老板家里的电话……

经过竹下信的周旋,蒋君坤十天后被放了出来。

回到鼓浪屿的家里,蒋君坤问竹下信:"花了多少钱?"

"十根金条。"

"藤原浩的死明明与我无关,你怎么花那么多钱呢?"

竹下信看都没看蒋君坤一眼,坐在沙发上说道:"你以为我想这样啊,要不是我同学吉田正一从中帮忙,花这个钱还不行呢。他们知道你和藤原浩生意上有纠葛,认定此事是你干的。"

蒋君坤愤愤不平:"认定是我干的,证据在哪？证据在哪？我还说是共产党干的,国民党特务干的呢!"

"你对我吼什么?!你到吉田正一那儿说去。"

"你不也是日本人吗?!"蒋君坤咆哮了起来。

看着眼前的丈夫如此狰狞的面目,竹下信一下子跌入万丈深渊。她一句话也没说,趴在桌上痛哭起来……

晚上,蒋君坤久久不能入眠。他把竹下信抱在怀里,轻轻地说道:"信,我一直怀疑这事是吉田正一干的。早在去年秋天的时候,在我店里,他俩为了一件古董吵了起来,继而大打出手。吉田正一临走时,还用我们中国话说,'藤原浩,你小心一点,说不准哪天我要了你狗命'。藤原浩也不示弱,同样用中国说,'谁要谁狗命,还真难说'。"

竹下信想了想,说:"单凭这点,不能确定就是吉田正一干的。君坤,不说这事了,这事都过去了,我们花钱消灾。用你们中国人的话说,'钱是人挣的',以后日子还长呢。"

忽然,蒋君坤想起了什么,他问竹下信:"那天我被带走后,谁给你打的电话？"

"是小王打的电话。对呀,子珍怎么没有及时打电话呢？"

蒋君坤告诉竹下信,胡子珍一直到他被带走时也没有回店里。

"子珍拿起雪茄就走了呀!如果路上不耽误,应该早到家才对。"

蒋君坤说:"我总觉得子珍有啥不对劲。"

"你就疑神疑鬼的,她一个农村来的女孩子,有啥不对劲？"

这件事就这样渐渐过去了。

三个月后,当褚珊珊再次出现在君坤古董店门口时,蒋君坤一个激灵,猛然想起了什么。

30

褚珊珊的到来,使蒋君坤想到了她第一次来店里与藤原浩相遇的情景。

她与藤原浩应该不认识,为什么在藤原浩准备离开茶室的时候,她一再请藤原浩留下再聊聊? 为什么早到了店里却在茶室门前站着? 要不是胡子珍发现,她会一直站在那里吗? 她和胡子珍有什么更深的联系吗? 不能理解的是,好多年没有联系了,也没有交往,她却突然到了店里,什么实质性的事情也没有谈到,是纯粹闲逛逛吗? 闲逛也不可能来古董店的,她不是玩古董的人啊。这次来又是为什么呢? 蒋君坤在心里告诫自己,这次要多留个心眼。

蒋君坤走下台阶,把褚珊珊迎到茶室。

"金太太上次来的时候,藤原浩就坐在这个凳子上和我谈生意,这次你见不到他了。"蒋君坤故意把话题引到藤原浩身上。

褚珊珊下意识地挪了一下凳子:"我和藤原浩不认识,他在不在和我没关系。"

"你知道吗? 他死了。"

褚珊珊从蒋君坤的话中觉察到了什么,便随口说了一句:"一个把中国文物弄到国外的日本人,死了也好。"

"金太太也不能这么说,我们做生意的只为利。再说,古董不一定都是文物。真正有价值的文物都被国民政府那些当官的人弄走了,我们做古董生意的,在这乱世,也只是混个饭吃……"

"金太太,我们不说这个了。你这次来不会再是随便逛逛街,逛到了我这里吧?"

蒋君坤不忘倒茶:"金太太,喝茶。"

褚珊珊告诉蒋君坤,她有一个朋友是个不出名的书画家,说不出名,因为他低调,不注重宣传、包装。可他的字写得特别好。他临摹天下第一行书王羲之的作品,心摹手追,简淡玄远,几可乱真。尤其是《兰亭序》,帖中二十个"之"字与王羲之的一模一样,气韵生动,风神潇洒。

褚珊珊说:"前几天,他送给我一幅字,想要我给他的作品推荐推荐,我就想到了你们古董店。于是,我请他给你写了一幅。蒋老板不嫌弃的话,可以挂到墙上,当作一种宣传。"褚珊珊边说边打开了那幅字。

这幅字是:一片树叶,落入水中,便有了茶。

"好啊,好啊。这不单是字写得像王羲之,而且这句话有意蕴。"蒋君坤赞不绝口,表示要装裱后挂到茶室。

"金太太,这幅字挂到我的茶室太合适了。"

随后,蒋君坤喊来胡子珍:"子珍,你现在就把这幅字送到装裱店,叫装裱店的伙计用红木嵌框。"

胡子珍看看字,说道:"这句话,我喜欢。它让我想到了我们徽州的猴魁绿茶,一片一片的,像柳叶,像春天,像诗歌……"

褚珊珊笑道:"子珍不愧为师范生,有文艺范。"

临走时,褚珊珊不忘对蒋君坤说:"蒋老板,多推荐我朋友的作品哦!卖上价,三七分成,你七,他三。"

蒋君坤笑笑:"金太太的朋友,我不能这样,他七,我三。"

蒋君坤突然想起请褚珊珊喝咖啡的事:"金太太,这次能留下喝个咖啡,吃个午餐吗?"

"蒋老板念念不忘啊,下次,下次吧。"

"金太太的下次,看样子是遥遥无期了。"

"不会的,不会的。"

告别蒋君坤,褚珊珊回到了电影院。

如今的褚珊珊已坐上了副总经理的位置,不再是早年站在电影院门前迎宾的褚珊珊了。

晚上七点许,褚珊珊款款走到电影院二楼的舞厅。

褚珊珊长卷发松松垮垮地披了下来,闪着耀眼的光泽,白皙的颈上戴着桃心水晶项链,上面刻着一朵细小而不易被发现的雪花,显得清纯典雅。

褚珊珊挑了一个稍微偏一点的位置坐下。

不多时,欧阳红拎着小包走到她面前。

褚珊珊告诉欧阳红,今晚是做食品的王老板包场。

欧阳红点点头,去了一下洗手间,换上了发套。

空气中充满烟酒的味道，音乐几乎要震聋人的耳朵，男女都在舞池里疯狂地扭动腰肢和臀部，装扮艳丽的女子嘻嘻哈哈地混在男人堆里，用轻佻的语言挑逗着那些把控不住自己的男子。

昏暗灯光下，魅惑的身影摇晃着，空气中弥漫着火热与暧昧。

又一曲开始，褚珊珊和欧阳红走进舞池。

褚珊珊贴着欧阳红的耳朵："字，送给他了，好像没什么反应。"

"胡子珍呢？"欧阳红轻声问道。

"她表现得也正常，看不出诧异、分神。"

过了一会儿，欧阳红告诉褚珊珊："天海船运公司最近好像从马来西亚运来了一批货，据可靠消息，这批货是日本人购进的，你注意点。"

褚珊珊应道："我记下了。"

一曲停下，一曲又响。王老板伸手示意，请褚珊珊跳一曲，褚珊珊微笑地欠身，与他步入舞池。褚珊珊扭动着腰肢迈动细碎的舞步，旋风般疾转。王老板忽而轻柔地点额、抚臂，忽而挺身屹立、按箭引弓。场内外顿时爆发出掌声。

……

歌舞升平的背后暗流涌动。

厦门，就像一个外国侵略者、国民党官僚、资本家、封建帮会、商人的乐园。

有多少人，他们来到这里，就像一片树叶落入汪洋大海，丝毫没有感觉到自由和快乐，反而充满了恐惧；有多少人，还没有见到第二天海上的日出，就魂断异乡，从此与这个世界无关；有多少人，为了信仰不被颠覆，执着地与命运抗争。

第三章

31

厦门的苦难要从 1938 年说起。

厦门，港阔水深，不冻不淤，是中国东南沿海的航运中心，是海上丝绸之路的重要节点，是"唐山过台湾"和"唐山下南洋"的重要渡口。厦门是八闽门户、天南锁钥，是台湾海峡西岸的重要城市，占据厦门，基本上可以封锁住台湾海峡。因此，日军将厦门作为进攻内地、挺进华南、进军南洋的大本营。

1938 年 5 月 10 日，日本军国主义的铁蹄踏上这块土地。

1938 年 5 月 12 日晨，日军 10 余架飞机自金门起飞，向厦门投弹近 200 枚，先是厦门大学生物学馆被炸起火，接着厦门大学全部被炸。随后，胡里山两炮台与敌舰炮战，因敌我力量悬殊，胡里山炮台被敌机炸毁。日军自侵入市区后，大肆屠杀，民众死伤达 4000 人。下午，日军进入厦禾路新世界一带，放火焚烧民房，抢劫物品。厦门居民被日军屠杀 7000 人，青年妇女被奸淫蹂躏者尤多，面目姣好者均被掳至日舰带走。幸存者纷纷逃向鼓浪屿，但大多被日军机枪扫射落水，断臂折足，血洒鹭江。

5 月 13 日，日军攻陷厦门，厦门难民再次像潮水般涌进鼓浪屿避难。

1939 年 5 月 11 日，日军以厦门伪商会主席洪立勋在鼓浪屿租界被暗杀为借口，派士兵强行登陆鼓浪屿。英、美、法三国随即提出抗议，同时也派出军舰到鼓浪屿海面待命。但在与日本驻厦总领事内田五郎谈判撤军条件时，由于日本以封锁鼓浪屿和漳州、厦门的水陆交通，断绝岛民的粮食及日用品来源进行要挟，并且故意指使日本浪人在鼓浪屿横行霸道，为非作歹，色厉内荏的工部局最后终于屈服退让，双方签订了《鼓浪屿租界协定》《取缔反日行动协定》和《执行反日行动之取缔协定》。根据以上《协定》，日本总领事馆的警察署大肆在鼓浪屿搜查各教会学校、书店甚至私宅，随意抓捕中国人，并对岛上的华洋商号实施登记，强迫纳税。

1941年2月，日本驻厦总领事成了鼓浪屿租界的实际统治者。

1941年12月7日，太平洋战争爆发。

同日，日本海军陆战队分三路从龙头、田尾和内厝澳侵入鼓浪屿。日军登陆后，立即闯入机关、学校和欧美籍外国人的住宅，进行全面搜查，并把各机关、学校的人员和外国人集中到博爱医院，宣布大东亚圣战开始，日本对英、美、荷宣战，一切敌对国的人员都成为俘虏。与此同时，日本侵略者着手对鼓浪屿工部局的机构进行改组，成立工部局新的董事会。至此，鼓浪屿成为沦陷区，工部局也完全由日本人掌控。

1941年12月8日，鼓浪屿沦陷，位于鹿礁路的日本驻厦门领事馆右边的警务署本部地下室被改造成了监狱，成为日寇拘禁、刑讯、迫害中国人的场所。

32

随着日本对中国侵略的加深，被占领的中国各地的日本领事馆内都设了一个特高课，负责侵华特务活动。

特高课的任务有五项：第一项是监视中国人的思想动态，取缔反日言行。第二项是搜集情报，汇编情报资料。第三项是破坏抗日地下组织，侦捕、审讯、处理国军、中共特工人员。第四项是监视伪高官言行。第五项是进行策反、诱降等活动。

日本驻厦门领事馆也不例外，福田繁一掌管的警务署下设了特高课第一课、第二课。特高课第一课课长由吉田正一中佐担任，第二课课长由美女高桥杉少佐担任。

与此同时，在厦门岛内的日本宪兵队也增设了特高课，特高课课长是竹野明浩中佐。

1942 年 5 月的一天,福田繁一带着高桥杉走上日光岩。

鼓浪屿上的日光岩,山上巨石嵯峨,树木葱郁,亭台掩映。站在日光岩上,近可以俯瞰错落有致地散落在鼓浪屿上的各处建筑,远可以眺望厦门岛。远处的厦门岛上高楼林立,与鼓浪屿上的建筑对比,有一种时空交错的感觉。

福田繁一告诉高桥杉:"在清人的笔下,鼓浪屿人以渔业为生,岛上有'石壁风云余旧垒'的日光岩,又有'四面海山包一寺,千家鸡犬出中流'的风光。和闽南地区大部分农村一样,宗教也成了这里社会文化生活的一项重要内容。

"鼓浪屿民间有闽南文化尊儒重教的习尚。多年前,我曾在南侧的巨岩上发现一方清代同治年间的摩崖残刻,上载重修朱子祠等内容,记载了鸦片战争前厦门人'服贾者以贩海为利薮,视汪洋巨浸如衽席,舵水人等藉此为活者,以万计',而鼓浪屿也是'贾客风樯争倚岸,渔家灯火远连天'的地方。"

"大佐不愧是个中国通啊,对厦门文化也了解甚多。"高桥杉一边称赞福田繁一,一边向福田繁一抛媚眼。

"闽南人的特征,有些人说是勇敢、自负和宽厚大方,有一些人却说是好抬杠、粗鲁和极不诚实。我个人对闽南人的体会是,他们是文明的、勤劳的,按照中国人的标准,又是非常正直而有尊严的。而他们所谓的尊严在大日本帝国面前不堪一击。"福田繁一津津乐道。

忽而,福田繁一问高桥杉:"你知道为什么叫日光岩吗?"

高桥杉答道:"日光岩,英文叫 Sunlight Rock,俗称'岩仔山',别名'晃岩',相传 1641 年,郑成功来到晃岩,看到这里的景色胜过日本的日光山,便把'晃'字拆开,称之为'日光岩'。"

"哈哈哈,你愚蠢了。日光岩的'日光'二字,意为大日本的光辉,这里是帝国光芒照射的地方,所以才叫'日光岩'。"

"大佐,史书上可不是你这样说的啊。"高桥杉不解。

"你也喜欢读史? 那好,我问你,史书从哪来的?"

高桥杉答道:"史书是后人写的,后人对前人的记录。"

福田繁一哈哈大笑道:"那就对了,历史是人写的嘛! 我现在就改变一下日光岩的'历史',我要把它写进大日本帝国的教科书……"

高桥杉附和地笑着:"大佐高明。"

走到日光岩东面,巨石圌上刻有三幅楷书。横题"天风海涛"在上端,其下二幅直题,右为"鼓浪洞天",左为"鹭江第一"。虽然款跋已风化,可"万历元年"的字样还是清晰可见。

福田繁一抬头看了一会儿,说:"把那个'万历元年'铲掉,刻上'昭和十七年,福田繁一'。以后,这就是历史了。"

福田繁一接着说:"日光岩周边的什么庄善远、蔡元培、蔡廷锴的字,统统铲掉。"

随行的人觉得福田繁一是随便说说的,他们也就随口答"改日就办"。事后,这"改日就办"成了遥遥无期。

一个小时后,福田繁一再一次登上日光岩最高处,看着厦鼓码头来来往往的驳船,他问高桥杉:"厦鼓码头的船运是哪家公司的?"

"是天海船运公司,老板是厦门大名鼎鼎的金天海,金老板。厦鼓码头是由他的儿子金运良负责的。"

福田繁一若有所思:"哦,金运良。你怎么认识他的?"

高桥杉告诉福田繁一,有一天,她去厦鼓码头走走看看,一个挑担子的老人下船时把一筐鸡蛋打烂了,她上前拉起老人,并掏了一些钱给他。这一切被金运良看到了,金运良跑了过来,问她是哪里人,并说"现在既善良又漂亮的女人不多了"。她告诉金运良,她是做生意的。两人就这样认识了。

"你们现在还有来往吗?"

"过轮渡时见过一次。"

福田繁一惊诧地道:"你怎么不走专用码头?"

"我想见见金运良。"

福田繁一看出了眼前这位女人的心思,与此同时,他想到了不久前特高课首脑土肥原贤二密谋的一项计划。

福田繁一接着说道："高桥课长体恤贫民,有爱心。金天海老板的公子金运良能在乱世之中抱有情怀,我佩服。话又说回来,闽南人不诚实,你得小心。"

从日光岩回来,福田繁一把高桥杉留在办公室,并把土肥原贤二的计划和盘托出。

"我本来准备把这项工作交给吉田正一,今天在日光岩,我改变了主意,决定把这件事交给你。一来,你可以通过金运良这条线,达到我们的目的。二来,这项任务完成后,你一直希望晋升中佐的事就顺理成章。"

高桥杉一个九十度鞠躬:"谢谢大佐信任,高桥一定完成任务!"

福田繁一挥挥手,示意高桥杉退下。

望着高桥杉的背影,福田繁一觉得这个背影飘飘忽忽、隐隐约约的,有点令人捉摸不透。

转而,福田繁一冷冷一笑。在他想来,高桥杉完成任务,那也是他的成绩;倘若完不成任务,或者有其他状况,那就新账老账一起算。

想到这,福田繁一便立即感到自己的每根神经前所未有地振奋。

33

1942 年 6 月 6 日,一大早,高桥杉刻意打扮一番。

浓密金色的大波浪长发随意地披在肩上,浓密的睫毛、魅惑的眼神、性感丰厚的双唇,无时无刻不透露出万种风情。一袭粉紫色的超短款披肩小外套更加衬托出她一等一的绝佳身材,再搭配一条嫩黄色的天鹅绒齐膝裙,一双黑色的高筒靴,真是娇媚十足。

高桥杉对着镜子左照照、右照照,满意地抿嘴一笑,拎包出门。

初夏的鼓浪屿,曲折的小路两旁是充满生机的植株,随处可见的热带植物,或纤细,或直入苍穹。树叶摇碎了阳光,树影斑驳。

岛上各种具有欧式建筑风格的房舍依山而建,或秀美,或凝重,或雕刻精致,或简单朴实,每一座建筑都有不同的感觉,每一座建筑都有一种独特的气息,每一座建筑里面也许都藏着一个不同的故事。一扇扇雕窗,一座座花墙,一层层台阶,都让人浮想联翩。

眼前的景色令高桥杉慢下了脚步。

岛上风雨无常,一会儿,天上飘起了雨。高桥杉撑起伞,走在扯不断的密密的细雨里,孤独与伤感慢慢从她心底浮出……

1937 年 9 月 19 日,日本海军第三舰队长官清川中将在上海向各驻沪领事馆发出通告,宣称将于 9 月 21 日中午以后对南京城内及附近的中国军队、一切属于军事工作及活动之建筑采取轰炸或其他手段,要求各国驻南京使馆人员、侨民移往"安全区域",各国舰船撤离南京江面。

当天,日军提前行动,日机两次突袭南京。第一次,袭击了大校场机场和南京兵工厂,中国空军 40 余架飞机起飞迎战,在南京和句容上空击落敌机 4 架。第二次,日机轰炸了南京警备司令部、宪兵司令部等处,并同中国飞机发生了激战,不仅摧毁了一些军事设施,而且炸毁了许多民房,引起了平民居住区的大火。

9 月 20 日,日机袭击南京,炸弹多落在城南及城中居民密集区。在当天的空袭中,国民政府、无线电台、大校场机场和沿江炮台等处遭到袭击。

9 月 22 日,日机三次袭击南京。第一次,日军出动战斗机 4 架、轰炸机 12 架、侦察机 7 架,袭击了航空委员会和南京市防空机构。第二次,日军出动战斗机 4 架、轰炸机 14 架,轰炸了南京市政府、国民党中央总部。第三次,日军出动战斗机 3 架、轰炸机 4 架、攻击机 6 架、侦察机 7 架,攻击了下关火车站地区。

在这一轮空战中,中国飞行员死伤惨重,日军飞行员也死伤多人。

9 月 22 日的这次空袭,日军飞行员板井四郎少尉阵亡。

在日本飞行员中,少尉已是高级别的了。板井四郎被公认为超级王牌飞行员,在以往的战斗中,他多次驾机绝境逃生。9 月 20 日的那次空袭,他的一只眼睛被打瞎。22 日,他还坚持升空作战。就是这样一位牛气的日军飞行员,最终连同他驾驶的战机被击落在了南京的牛头山。

这个板井四郎就是高桥杉的未婚夫。

消息传至日本国内,已在内务省特高课当译电员的高桥杉哭得死去活来。

高桥杉与板井四郎是大学同学,毕业那年,高桥杉被选至特高课,板井四郎入伍当上了空军飞行员。平常的日子,热恋中的情侣会隔三岔五地见面。直到 1937 年 7 月初,这对情侣在北海道机场告别。

"杉,这是国家的需要,是军人的职责。从入伍的那天起,我就抱定了为国献出一切的决心。我相信,这短暂的离别是为了我们以后更好地在一起。"板井四郎边说边擦去高桥杉脸上的泪水。

"四郎,这不是旅行,是战争啊。"

"是的,战争一定会带来伤亡。但,我有你的护佑,一定会没事的。请你相信,我很快就会回来的。"板井四郎强挤出一脸的笑。

至此,高桥杉与板井四郎就再也没有见面了。

告别板井四郎,高桥杉在日记里这样写道:今生有你,所以我的爱才如此浓烈。其实,我早就读懂了你离去时的无奈,你的不舍。假如有一天我们不在一起了,也要像在一起一样……

心在路上,念在远方。高桥杉似乎听到了花朵枯萎的声音。

高桥杉和板井四郎的故事已悄然落下帷幕。最后的结局,不过是高桥杉在跟寂寞做伴,与文字诉心……

1940 年冬天,东京雪花飘舞。城市披上一身雪白的嫁衣,转身就变成了银装素裹的浪漫世界,美得不似凡间。

这天,高桥杉像以往一样,收拾收拾桌子准备下班。这时,课长走进电讯室:"高桥,土肥原机关长叫你去一下他办公室。"高桥杉不敢怠慢,三步并作两步地来到土肥原机关长办公室。

"一场雪,一种美,这才是日本的冬天。高桥,我带你出去走走,也有件事要对你说。"

　　车窗外,满大街的白雪,高桥杉心里觉得增添了许多趣味。不知不觉,车停在了皇居公园门口。高桥杉走下车,脚下踩出咯吱咯吱的声音。放眼望去,全部都是粉妆玉砌的世界,天空中空旷得只有鸟飞过的影子,在这里看雪,有一种万物寂寥的感觉,高桥杉得到了久未有过的放松。在皇居公园里,大片的草地上生长着粗壮的乔木,蜿蜒淌过的河流有些护城河的意味。皇居公园里的建筑气派且不奢华,让人感觉到安静、庄重。

　　"机关长,我还是第一次来皇居公园呢。"

　　土肥原的右手轻轻地搭在高桥杉的腰间,不紧不慢地说:"皇居公园不是什么人都能进来的。"

　　土肥原的右手在高桥杉的腰间渐渐用力,高桥杉让了一下之后,土肥原反而用力把她揽得更紧。此时,高桥杉意识到了什么,想推开他的手,可又不敢得罪他,只好装作若无其事。

　　过了一会儿,土肥原说:"时间不早了,我们去浅草寺吧! 寺门前的那条街上全是特色小店,吃的、穿的、玩的都有。浅草寺寺庙虽小,却很受民众欢迎,每到新年到来的时候,烧香的人要排几公里。"

　　从浅草寺吃过晚饭出来已是初夜。倒映在水里面的灯光,映衬着晶莹的白雪,美轮美奂,令人目眩。这便是冬季的日本,安谧的雪景中有一份纯粹的美感。可是,此时的高桥杉已无心看景,她只想快快回去。

　　半个小时后,车子抵达土肥原的官邸。

　　在门口,高桥杉说:"机关长,这么晚了,我该回宿舍了。"

　　土肥原一把拉住高桥杉:"还有要事呢。"他的态度不容高桥杉拒绝。

　　土肥原泡了一壶闽南红茶。"红茶以其醉人馥郁的甜香,征服了不少女性。今天让你喝红茶不是征服你,只是让你知道,它在接下来的日子里会伴随你,你要慢慢地习惯它。"

　　高桥杉诧异。

　　接着,土肥原告诉高桥杉,日本驻厦门领事警务馆署已经设立了特高课,目前整个工作由福田繁一大佐负责。特高课第一课课长是吉田正一中佐,第二课课长虚位以待。

"你是东京大学的高才生,电讯方面的高手,中国话也讲得地道,潜力无限。你在电讯室,屈才了。所以,我准备安排你去厦门,晋升为少佐,担任特高课第二课课长。"土肥原走到高桥杉身边,撩了撩她的头发,"这个职位很多人想啊。"

其实,在板井四郎死后,高桥杉就一直想离开东京,只不过没有机会,也没有合适的去处。现在听土肥原这么一说,她想都没想便答道:"谢谢机关长的栽培,高桥愿意去厦门,为帝国效劳。"说着,高桥杉站起来,深深地向土肥原鞠了一躬。

"以茶代酒,喝一个。以后,闽南的红茶就是你的主饮了。"土肥原哈哈大笑,端起茶杯。

土肥原接着说:"有关手续明天就办,月底你随我去福田繁一那儿报到。"

高桥杉从沙发上起身,提出回宿舍,土肥原按了按她的肩膀:"别急,还有话说。"高桥杉没有再坚持。

接着,土肥原告诉高桥杉,他很快就要晋升陆军大将了,到时,他会提拔她为中佐。

"如果一切顺利,几年后你晋升为大佐也不是没有可能……"

这个夜晚,雪一直在下,土肥原的官邸炭火通红,整个房间犹如春天一般温暖。

土肥原慢慢解开高桥杉的衣衫,她闭着眼,一动不动,任由土肥原的手在她身上游动。她知道,一切反抗都是徒劳,她也好久没有亲近男人了,便顺势倒在土肥原的身下……

事后,高桥杉起床给土肥原递上热毛巾,然后倒了一杯水:"累了吧,口干了吧,喝一口,润润嗓子。"

土肥原接过水杯,一丝感动从心底涌出。平常,他睡过的女人,衣服还没有穿周正,不是伸手要钱,就是张口要官,没有一个像高桥杉这样有情有义。他拉着高桥杉的手说:"今晚别走了,就陪我睡在这里吧。我也想像拉家常那样,和你聊聊……"

这个风雪交加的夜晚,他们聊了很多。

"高桥,到了厦门,除了正常工作外,你得给我监视福田繁一,他有什么不正常的,你随时向我报告。"

"机关长,你怀疑福田繁一对你不忠?"

"谈不上不忠,他那个人啊,诡计多端。我们多留个心眼,有好处。"

34

之后,由于日本对华战事吃紧,高桥杉去厦门任职的事一直拖到了1941年春天才得以实现。

到了厦门后,高桥杉工作勤勤恳恳,她所在的二课情报工作一直领先于一课。一课课长吉田正一心里不悦,可嘴里说不出,也就只好在福田繁一那里搬弄一些是非,挑拨上下级之间的关系。久而久之,福田繁一对高桥杉渐生不满,多次想找她碴儿,可又没有由头。

一天,下班后回到宿舍的福田繁一回到办公室,远远地,他就看到高桥杉办公室的灯亮着。他轻手轻脚地来到高桥杉门前,侧耳听了听,里面似乎是发报的声音。福田繁一屏住呼吸,从多角度证明,高桥杉应该是在发报。

福田繁一心想,按规定,发出去的电文要课长审阅,我签字后再交给电讯室电讯员发送。高桥杉为什么绕过我呢?她的电台从哪来的?是从电讯室搬回的还是从东京带来的?

想到这,福田繁一一脚把门踢开,气冲冲地走到高桥杉面前,眼睛直愣愣地盯着她。

高桥杉向福田繁一解释,她是习惯性地每个月底给一个"死亡"的波段发文,内容是对板井四郎的思念。

福田繁一知道那个"死亡"波段的频道是空军某部的,日军对南京轰炸后,就不再使用,早已废弃了。

"你的电台从哪来的?"

高桥杉答道:"从东京带来的,是得到土肥原大将批准的。东京的特高课都知道,我每个月都会发这样的电文,他们也都十分理解。"

高桥杉把土肥原搬出来,福田繁一无话可说。

福田繁一认为这事没有这么简单,高桥杉说得冠冕堂皇,如果她只说了一半呢?那另一半是什么呢?或许另一半就是在给某个电台发报,或者给多个电台发报。发报给东京?发报给国民党?发报给中共?想到这,福田繁一打了一个激灵。毕竟,福田繁一是经过千锤百炼的军人,他心中立马打好了主意,笑盈盈地故意向电台看了看。

福田繁一微笑着说:"高桥对板井四郎的爱值得大书特书啊,你们的故事甚至可以拍成电影,你这每月发报悼念的情节也是最好的桥段啊。"

临走时,福田繁一还不忘说一句:"别太计较了,人活着要向前看。你的未来可期啊!"

在以后的几个月里,福田繁一安排了心腹监听高桥杉的发报,可是都没有发现异常。其实,高桥杉始终没有忘记监视福田繁一,只不过暂时没有发现他的不轨,也就无从向土肥原告密。福田繁一摸摸自己的头,笑了笑,觉得自己可能太过于敏感了。

直到有一天,东京特高课军纪组的人来到厦门找福田繁一谈话,福田繁一才确认了是高桥杉告的密。

平时对福田繁一行为的研判,高桥杉没有发现实质性的东西。

一天,高桥杉去财务室报销发票,看到会计的桌子上有一张一课课长吉田正一填写、福田繁一签报的大额发票,事项一栏写的是办公用品。高桥杉想拿过来仔细看看,会计随手把它放到抽屉里。

会计的举动引起了高桥杉的怀疑:"汪会计,这张发票后面怎么没有附清单呢?"

汪会计答道:"这是吉田课长送来的,福田大佐也签字了,我就管不了了。"

高桥杉告诉汪会计："这是不符合财会制度的,像这样的大额发票要是被查出问题,你知情不报,是同样会受到处罚的。再说,到那时,他们说有清单,是你弄丢了,看你怎么负得起这个责任。"

汪会计意识到问题的严重性："高桥课长,那你看这事怎么办呢? 我又不能得罪大佐……"

"你别急,发票拿出来让我看看。"

仔细看过发票后,高桥杉记下了开发票的公司以及发票上的票号。她告诉汪会计："这事就当没有发生一样,你对谁都不要说,我来处理。"

第二天,高桥杉找到了那家开发票的家具公司,查明了吉田正一通过君坤古董店老板蒋君坤联系上家具公司开具假发票的事实。接着,高桥杉还查明,吉田正一用这笔钱在蒋君坤那里买了12幅字画与福田繁一平分。

回来后,高桥杉用专用电台先是发了一通悼念板井四郎的悼文,接着把此事报告给了土肥原。

此事出来后,福田繁一与吉田正一都受到了处分。

福田繁一一方面怀疑是高桥杉举报的,另一方面怀疑蒋君坤那里出了问题。可这些都没有证据,在他想来,处分都处分过了,待以后有机会弄清楚了真相,再报复也不迟。

所以,在土肥原决定从马来西亚购进鸦片到厦门这件事上,福田繁一把船运的任务交给了高桥杉,他要看看高桥杉与厦门天海船运公司以及金运良到底是什么关系。

……

自从认识了金运良,高桥杉就对他有一种说不出的亲切感。金运良太像板井四郎了,连走路的姿势都像。高桥杉一直想接近金运良,可没有机会。当福田繁一把船运的任务交给她时,她的心里美滋滋的。

雨渐停,厦鼓码头就在眼前了。高桥杉在迈上金运良办公室的台阶时,忽然放慢了脚步。

她渴望,却又有点害怕。

35

厦门天海船运公司的主要业务是远洋货运,属下的厦鼓码头是厦门岛通向鼓浪屿的一个客运码头,是交通要道,主营厦门至鼓浪屿、厦门至嵩屿的海上客运业务,以及船艇包租。码头自1937年建成的那天起就年年亏损,金运良多次向父亲提出回公司上班,父亲金天海就是不答应。

金天海一直认为金运良是一个胸无大志、不思进取、干不成大事的人。把厦鼓码头交给他,只不过是让他磨炼磨炼,反正码头不挣钱,让谁在那里干都是一样。再说,金天海一开始就把厦鼓码头当作济民项目来做,所以也就没有把盈亏放在眼里,就连每个月送到公司的财务报表,金天海也只是扫一眼而已。

其实,金运良还是有点思想的人,他多次提出增加环鼓浪屿海上游、鹭江夜游、金厦海域游等海上旅游项目,扩大经营范围,可是金天海一直不同意。金天海想,增加一个项目就意味着多亏损一笔,何苦呢?

时光在不经意中流逝。金运良常想,我到底能做什么?恐怕只有匆匆地过日子罢了。过去的日子像薄薄的雾,被风吹散了,被雨淋潮了,那青春给我留下了什么痕迹呢?是伤感,还是无奈?

多少个夜晚,他坐在甲板上回忆过去,回忆母亲去世后,父亲娶了二太太、三太太,有了妹妹、弟弟后,他被冷落的心酸。多少个夜晚,他坐在礁石上望着星空,心里空落落的。

经年累月,他知道了太多真实、虚假的东西。他看惯了阿谀奉承、明争暗斗。他变得越来越沉默了,越来越不想说话了。

就这样,金运良冷暖自知,做着毫无生机的生意,过着不咸不淡的日子。

三十岁的人了,金运良还没有成家。直到有一天,他见到了高桥杉,心才为之一动。他似乎看到了希望……

高桥杉轻轻推开金运良的门:"金总,我来看你了。"

正在埋头看书的金运良见到心仪的高桥杉站在眼前，真的有点不相信自己的眼睛。他连忙把高桥杉迎到茶室。

厦门人对茶情有独钟。民间有"宁可百日无肉，不可一日无茶""宁可三日无粮，不可一日无茶"的俗语。人们均有早晚饮茶的习惯，对茶几乎到了迷醉的地步。

金运良也是如此，他除了看书、写字，就是喝茶。他告诉高桥杉，他的生活很单调，高桥杉反而认为他生活有品位。

"高桥，品品这安溪的'铁观音'。"

高桥杉端起茶杯，笑着问道："这'铁观音'里有'观音'吗？"

金运良反问："那'老婆饼'里难道有'老婆'吗？"

高桥杉接着说道："那'夫妻肺片'里有'夫妻的肺'吗？"

两人笑得合不拢嘴。

金运良端上了炸枣、花生糕、贡糖等"茶配"，两人边喝边吃边聊，淡淡的茶香缭绕着。

聊到青春、人生，金运良颇为伤感。说到茶，金运良则感慨良多，他把人生与茶联系在了一起。

金运良说："茶对水的思念是苦涩、绵长的，在不可预知的日子里，它坚守着一个信念；茶入水的岁月是热烈激昂的，在滚烫似火的接触中，它呼喊着高亢的号子；茶沉底的光阴则是平淡无奇的，在日复一日的生活中，它品味着人生从容的宁静。"

看着茶室里悬挂的"把茶冷眼看红尘，借茶静心度春秋"那幅字，高桥杉略有所思，她端起茶杯，示意金运良碰一下杯。

高桥杉继而说道："杯里的茶因遇到水而上浮，杯里的茶因遇到水而清香。待香散尽，茶也变凉了。不管等待是多么渺茫，水有多么滚烫，只要心中的理想不灭，就能送来清醇的茶香。茶再好，也有变淡的时候；茶再差，也有芳香的一刻。"

金运良微微点头。

接着,高桥杉转开了话题:"金总,我今天来,一是好久没有见到你,想看看你;二是,有一事相托。"

"什么事?你说。只要我金运良能办到的,绝不推辞。"金运良给高桥杉续上茶。

高桥杉告诉金运良,她和朋友合伙做生意,有一批货要从马来西亚运到厦门。听说,这段时间马来西亚开往厦门的货轮极少,也只有天海船运公司的轮船申请到了航线。

"什么货?"金运良问道。

"塑料、天然橡胶。如果用20吨的集装箱,估计要20个。"

金运良说:"20个集装箱,用固定式开顶集装箱就可以了,这个应该没有问题。主要是进口单据包括装箱单、发票、合同,以及报检、报关这些手续,你朋友都要事先做好。否则,货轮停靠时间久了,费用高。"

金运良接着问道:"你朋友的货在马来西亚哪个港口?"

高桥杉说:"这要看你们的船停在哪个港口,船停在哪个港口,货就提前送到哪个港口,以你们的为准。"

金运良告诉高桥杉,这件事他会着手办理。因为他不在公司上班,只知道公司有马来西亚海运航线,但不知道具体来回时间以及停靠在哪个港口,更不知道轮船回厦门时是否有空位,这些他都要先弄清楚。

"事成后,我要重谢你。"

"能为高桥做事,是我的荣幸,哪要什么谢啊!"

高桥杉走到金运良身边,仔细地打量眼前的这个男人。

"像,太像了。"

金运良不解地问:"像什么?"

高桥杉拉着金运良的手:"像我的一个心上人。"

金运良的脸光洁白皙、棱角分明。乌黑深邃的眼眸,浓密的眉,高挺的鼻,绝美的唇形,无一不在张扬着优雅。他脸上掠过一丝不经意的笑容,两片薄薄的嘴唇,性感而不失高雅,那迷惑众生的一笑,更是让人深深陷入其中。

高桥杉告诉金运良,他像板井四郎。

接着,高桥杉向金运良诉说了她与板井四郎如何相识、相爱,还有那些花落无痕的美好年华中的温暖和幸福。

拥抱、接吻,这些恋爱中的男女最为平常的举动,如今只成了回忆。她曾想有一个属于他们俩的地方,在那里,在一张小床上完成新婚之夜。可是,战争让即将到来的美好戛然而止。

故事不长,却很令高桥杉伤心。

金运良掏出手帕,轻轻擦去她眼角的泪水。然后他举起她的手,把它放在自己的胸前。高桥杉没有拒绝。忽然,金运良犹豫了一下,好像在期待什么。高桥杉踮起脚跟,在金运良的额头上轻轻一吻。

"我该走了。"

"不走,行吗?"

"以后的时间很长,只要我们都活着。"

……

36

下午,金运良叫谭宁去烟酒店买了四条"华工"牌香烟。然后,独自开车去了天海船运公司。

棉叔是天海船运公司海运调度,也是老板金天海的拜把子。他曾经和金天海一道闯徽州,闯上海,最终在厦门有了自己的船运公司。1937年,棉叔公司的一艘轮船在金门海域触礁,损失惨重。那次事故,光货物赔偿一项就耗光了他的家底,20多人死亡的抚恤金,更叫他无从拿出。就在他走投无路的时候,金天海主动上门伸出援手。自此,棉叔带着公司的一帮人归到了金天海的门下。

到了天海后,金天海把公司最重要的海运调度交给了棉叔。棉叔不负厚望,把天海公司打理得井井有条,效益也年年翻番。几年后,金天海找他谈话,意思是给他一笔资金,让他重整旗鼓,把原来的公司搞起来。棉叔没有答应,他认定此生就跟着金天海。

金天海与金运良这对父子关系不好,棉叔一清二楚。棉叔多次劝说金天海给金运良机会,不能就这样把他放在厦鼓码头。金天海认为码头没有效益,年年亏损,谁在那里干都一样。棉叔认为金运良还是有一定思想的人,从与他的几次谈话中,能感受到他还是有理想有抱负的。棉叔建议金天海给金运良换个岗位,甚至说让他辅助自己做调度工作,慢慢接班。这些,金天海都没有同意。

家族里的这些事情,棉叔也不好过多干预,几次劝说不成之后,他就再也没有提过金运良的事了。

金运良的到来,令棉叔喜出望外。

"棉叔,我好久没有来公司了,今天来,想请棉叔帮个忙。"金运良把香烟放在棉叔桌上。

"你效益不好,哪来钱买烟送我啊!"

"棉叔,这点小钱我还是有的,您收下。"

棉叔说:"运良啊,我多次和你父亲谈起你的事情,他总是说等等、看看。我倒是想找个机会,让二太太曾玲出面,把这个利害关系讲给金老板听听……"

还没等棉叔说完,金运良连忙说道:"棉叔,我这次来是为一个货运的事,想请您帮忙。"

接着,金运良说了急需要20个集装箱从马来西亚装运货物到厦门的事。

棉叔问了货物,包括所有手续办理的情况。金运良一一做了回答。

棉叔告诉他,已经有一艘货轮在去马来西亚的途中,可返航的时候,会全部装运水果,这批水果是泉州桂老板的,都是冷藏集装箱。

"运良,你是第一次找棉叔办事,棉叔一定给你想办法。我这就和桂老板协商一下,看看他能否腾出20个箱子的位置。如果桂老板答应,你朋友20个箱子的运费就放到桂老板那里一块算,我们就不另开运单了。"

说着，棉叔拿起电话，一番沟通后，对方爽快地答应了。

没想到此事办得如此顺利，金运良高兴地说："这趟船回来后，我请棉叔喝两杯，顺便请您给我掌掌眼。"

"掌什么眼?"

金运良告诉棉叔，他看上了一个女人，那个女人就是这趟货的半个货主。可他没敢告诉棉叔那个女人是日本人。

棉叔高兴地说："好啊，好啊，你也不小了，也该成家了。到时，棉叔给你掌掌眼。"

告别棉叔，金运良车子开得飞快，他要把这好消息第一时间告诉高桥杉。可他万万想不到的是，他已大祸临头了。

37

自高桥杉走进金运良办公室的那刻起，谭宁就注意上了她。

谭宁先是拿着一份单据叫金运良签字，接着送糕点进去，后又向金运良报告说，6 号驳船的发动机有异常声响，船长申请停泊检查。就这样，谭宁来来回回跑了几趟，他想听听他们说些什么。当他确定那女人是日本人的时候，就猫在茶室的门口偷听。

谭宁断断续续听到了金运良与日本女人谈话的内容，他觉得也没有什么奇怪的。他在心里想，金运良可能是看上了那个日本女人。

金运良一下午没有回公司，谭宁知道，他一定是帮那日本女人办事去了。下班时，谭宁在金运良办公桌上留了一张纸条：嫂子好漂亮。

谭宁回到九条巷把见到的听到的一五一十告诉曾佳佳。

曾佳佳一开始认为金运良是在瞒着金老板赚钱，后来一想，不对劲，他怎么和日本人勾搭在一起了呢?

"你去做饭吧，等子珍回来，我们再琢磨琢磨。"

"佳佳，你就是多心。"

接着，谭宁告诉曾佳佳，他还在金运良的桌子上留了个字条呢。

曾佳佳连忙说道:"你不要做饭了,我来做。你赶紧回码头,把字条拿回来,千万不要让金运良晓得你知道这件事!"

"你就大惊小怪的。"

"现在没时间和你顶嘴,你赶紧去!"曾佳佳把桌子一拍,谭宁飞也似的出了门。

胡子珍回到家,曾佳佳说出了疑虑。

胡子珍一听日本人,气不打一处来:"把这个事情告诉金老板,金老板肯定不同意他和日本人做生意,况且还用天海公司的船。"

"金运良也不容易,码头没有经营好,他父亲对他又不好。或许他只想讨个漂亮的老婆。"曾佳佳一边烧菜一边和胡子珍聊着。

"厦门那么多美女,为什么非要和日本女人谈呢?"

"咱们表哥不是娶的日本人嘛。"

胡子珍无言以对。

"那这事可不可以告诉二太太? 二太太稳当。"

曾佳佳说:"还是不说吧! 这是他们金家的事,我们掺和进去了,不好。本来我们就不知道这个事情。"

"你说,那女的是从鼓浪屿来的,住在鼓浪屿上的日本人不是使馆官员,就是军人,或者是特高课的特务。"说到这里,胡子珍有点害怕了,"莫非那女人是特高课的? 真是这样,那就危险了啊!"

曾佳佳停下了手中炒菜的勺子:"别急,等谭宁回来,我们再仔细问问。"

谭宁回来了,他告诉曾佳佳、胡子珍,字条拿回来了,金运良一直没有回办公室,并肯定地说,那女人肯定是从鼓浪屿来的。

这晚,胡子珍、曾佳佳、谭宁三人围绕这个话题聊了很多。最后,他们形成一致意见:不闻不问。

说是不闻不问,曾佳佳还是没有忍住。

第二天上午,曾佳佳正在德和牙科诊所给一个患者上药,金天海的三太太褚珊珊走到她跟前:"佳佳,你这当护士的也会干医生的活了?"

一看是褚珊珊，曾佳佳赶紧放下手中的器械："三太太，你怎么到这来了，是找我有事吗？"

"你先把人家的药上好。我来看牙齿，顺便看看你。"

"好的，三太太，您坐一下，马上就好，马上就好。"

给病人上好药，曾佳佳洗把手，站在褚珊珊面前说："三太太，我带你去看医生。"

褚珊珊告诉曾佳佳，她看过医生了，牙齿现在有炎症得先服药，等炎症消了再来拔。接着，褚珊珊问了曾佳佳的工作、生活情况，曾佳佳一一回答，褚珊珊满意地点了点头。

就在褚珊珊转身要走的时候，曾佳佳一把拉住她："三太太，有个事，不知道当讲不当讲？"

褚珊珊说："丫头，你觉得当讲就讲，不当讲就不讲。"

曾佳佳说道："三太太，我们去后面的院子里，我有话对您说。"

在诊所后院的树下，曾佳佳把昨晚他们议论的事统统告诉了褚珊珊。

褚珊珊先是一怔，然后装作若无其事的样子："运良也不容易，他想赚点钱也是对的。再说，这对天海公司没有损失，就不要太在意了。你们不要把这个事情告诉别人，更不要告诉金家任何人，也当没有告诉过我。"

曾佳佳点点头。

"听说胡子珍会功夫？"

"子珍喜欢踢腿打拳，还会用枪。"曾佳佳答道。

"啊？还会用枪？她不是一个师范生吗？也没在军营待过，怎么会用枪？"褚珊珊不解地问。

曾佳佳把胡子珍父母被炸死，她一心想杀日本人为父母报仇，苦练武功、苦练枪法的事告诉了褚珊珊。褚珊珊若有所思："告诉子珍，仇恨可以记在心里，一个女孩家，要懂得保护好自己，更不要拿自己的性命开玩笑。厦门不是你们那个小县城，厦门也不是金天海的天下，出了事，谁都保不了谁。"

"是的,三太太,我会转告子珍的。"

从德和牙科诊所出来,褚珊珊直奔欧阳红那里。她原来准备看过牙之后去找金天海谈儿子学钢琴的事,听到金运良这个消息之后,觉得事情不会太简单。在没有见到欧阳红后,她在欧阳红住处留了一个标记,然后急匆匆地回到思明电影院。

下午,回到家里的欧阳红知道褚珊珊有急事相告,便急忙赶到思明电影院。

褚珊珊把曾佳佳告诉她的事完整地给欧阳红说了一遍。

"褚珊珊同志,我们也掌握了日本人近期要从马来西亚运一批鸦片到厦门的消息,上级要求我们尽快弄清楚情况,然后制订阻击方案。你这个线索太重要了,你现在就行动起来,通过金运良搞清轮船到港的时间、停泊码头等具体情况。一有消息就联系我,我不在家的时候,你可以破例去爱华书店,找书店崔老板,就说要买一本华东书局 1940 年出版的《曲园书札》。"

和欧阳红分手后,褚珊珊马不停蹄地来到厦鼓码头。

三太太光临码头,金运良又是让座,又是泡茶。褚珊珊说:"我是来找谭宁的,他人呢?"

"他去船上了,三太太有什么事吩咐吗?"

"我想让谭宁到思明电影院上班,我办公室的小张回老家了,现在缺人手。你码头好歹也不忙,多一个人少一个人也无所谓,当时老爷把他安排在你码头,也是暂时的。"

"三太太,这事父亲知道吗?"金运良问道。

"我会跟老爷说的,你就甭管了。快去把谭宁叫来。"

早就不想在码头上班的谭宁听说三太太要他去思明电影院,高兴得不得了。

金运良说:"三太太,船上还有点事,我要去处理。您先和谭宁谈着,我去去就回。"

金运良走后,褚珊珊单刀直入。

"谭宁,你可知道,你已经陷入危险之中。"

谭宁丈二和尚摸不着头脑。

褚珊珊说:"金运良是在帮日本人运输鸦片,你知情不报,同罪啊!"

"啊?这是要杀头的啊!可我也不知道他运的是鸦片呀,金经理说运的是塑料、橡胶。"

"快快将你所知道的情况详细地告诉我。"

谭宁告诉褚珊珊,金运良的确是帮一个叫高桥杉的日本人从公司搞到了20个集装箱,这趟船过几天就到马来西亚了,估计月底就会回到厦门。

"你是听金运良说的?"

"是的,金经理把事情办好后,高兴得手舞足蹈。他控制不住内心的激动,又不好把事情告诉外人,跟我讲,是要我分享他的喜悦。他说,这趟船回来,他不但有了钱,还有了女人……"

"这事,就到这里。你最好离得远远的,否则,日本人、军统的人、中共地下党,还有黑道的人,都有可能找到你,到时你都不知道自己是怎么死的。记住,千万不要多说一句,多说一句就多一分危险。就连曾佳佳、胡子珍,你也不能再透露一个字,包括我今天来找你的事。当然,我叫你去思明电影院上班,这个可以讲。"看着谭宁害怕的表情,褚珊珊拍拍他的肩膀,安慰道,"别怕,听我的话,你就没事。"

看着谭宁疑惑的眼光,褚珊珊板着脸说道:"你在想,我是什么人,对吧?谭宁,很多事你不该想的就不要去想,想,你也想不明白。"

这时,金运良进来了。褚珊珊起身说道:"运良,我和谭宁谈好了。明天你们就把移交的事办好,后天谭宁去我那上班。我这就去跟老爷说。"

褚珊珊把谭宁安排到电影院,金天海觉得十分妥当。金天海说:"当初我把谭宁放在运良那里,也是想让他磨炼磨炼,然后再让他到棉叔的调度室。现在你把他弄到电影院,也好,也好。"

"天海,儿子的钢琴老师要换了,那老师就知道要加钱,教学能力一般般。"

"我叫厦大的朋友给儿子找个好老师,你放心,这几天就办好。你回去后就把那老师辞了,让他结账走人。"

之后,褚珊珊匆匆赶到爱华书店:"请问,崔老板在吗?"

伙计掀开门帘,崔老板从里屋出来:"这位女士,找我有事吗?"

褚珊珊打量了一下这位戴着金边眼镜、穿着长衫的中年人:"我想买一本华东书局1940年出版的《曲园书札》。"

"书库里好像还有一本,你随我来。"

穿过一个小院,崔老板把褚珊珊带到一座木楼前。一进门,褚珊珊就看到了欧阳红,她高兴地握着欧阳红的手。欧阳红给她介绍了屋内的每一位,然后说:"珊珊,你这一来,我就知道有好消息了,快给大家说说。"

听了褚珊珊的汇报,欧阳红说道:"既然轮船都快到马来西亚港口了,我们从天海公司着手阻止已经没有太大意义,相反还会带来更大的麻烦。即便天海这次取消了这20个集装箱的运输,但这批鸦片还在,早晚会被运到厦门,或者中国的其他地方。与其这样,还不如让它进来,我们就在厦门干掉它。"

老崔接着说道:"货到港口,想干掉它,难度大,还不如在海上动手。可是在海上,我们如何接近船,又如何动手呢?"

38

在福田繁一办公室,高桥杉把货运的事做了详细汇报。福田繁一很高兴:"高桥课长就是不一般啊,这事我要为你向土肥原大将邀功请赏。"

"还是福田大佐指导有方。"

"接下来的任务你就不用过问了,好好休息休息。我知道这段时间你费了不少心思,也累了。"

接着,福田繁一皮笑肉不笑地说:"中国的男人和我日本帝国的男人不一样吧?那个叫金运良的人,威猛吗?"

高桥杉斜了一眼福田繁一:"大佐没什么事吩咐的话,我就先回去了。"

没等福田繁一开口,高桥杉已走出了他的办公室。福田繁一也没有觉得无趣,反而看着她的背影冷冷地笑了笑,然后,拿起电话唤来吉田正一。

吉田正一早早把接货方案拟订,用兵、车辆、仓库等一一在列,并且很详细。

福田繁一看后不是很满意,他说:"从港口接货到仓库,这段路有60公里,到时要通知宪兵队,多派兵力,以防万一;军用仓库2号库房的器械要搬出去,另外还要安排几个特高课的人进驻。"

"还是大佐想得周全,宪兵队我不便联系,还请大佐调度。"

"宪兵队当然由我来联系了,你先把仓库清理出来。"

从接到任务的那天起,吉田正一就在酝酿如何利用这次机会给高桥杉来个重重的打击,甚至把她送回国,送到军事法庭。

吉田正一走进蒋君坤的古董店,照例是喝茶、聊古董。

"上次的事,后来对你没有什么影响吧?"

"应该说,没有受到影响的是你蒋老板。"吉田正一显然还心存芥蒂。

"今天不说这个了,有个重要的事要告诉你,我们发大财的时候就要到了。"

"中佐,请明示。"

"鸦片。"

蒋君坤吃惊地啊了一声:"这是要掉脑袋的啊。"

如果单说做这笔鸦片生意,那就谈如何把鸦片买进,再如何把鸦片卖出去就得了。可吉田正一偏偏不说这关键的,而是详细地说这批鸦片从哪儿装船,在哪儿靠港,如何运输、储藏。说到数量,他还重重地敲了敲茶几,像是在提醒蒋君坤注意。

说完这些,吉田正一看蒋君坤反应不大,接着又说:"上次虚开发票的事,要不是福田大佐揽了下来,我今天就坐不到你蒋老板这里了,更谈不上以后合作做生意了,这笔账有一半要记在高桥杉的头上。这次从马来西亚运鸦片,是高桥杉联系的天海船运公司的货轮,据说她为此事还勾引了厦鼓码头的男人……"

"中佐有什么怀疑,有什么不放心的吗?"

"怀疑,是为了更多的安全啊。"

吉田正一看看表:"时间不早了,我要回岛了。"

"在这吃个晚饭,然后我们去鹭江道的'御料理',好久没有放松了。"

吉田正一拍拍蒋君坤的肩膀:"改日吧,改日吧。"

送走吉田正一,蒋君坤把这件事原原本本地讲给了胡子珍听:"子珍,你帮我分析分析,吉田正一到底安的什么心?"

"表哥,这么大的秘密,他敢透露给你? 我想,压根就没有这事,他在探你,看你是不是中共地下党或者军统的人。"

"我和吉田是老朋友了,我是什么人,他不是不知道。"

吉田正一到底是什么目的呢? 蒋君坤百思不得其解。

应该说,吉田正一原本的算盘就打错了,他想通过蒋君坤把鸦片的事情透露出去,可蒋君坤也是混江湖的高手了,怎么可能把杀头的事情往自己的身上揽呢? 除非蒋君坤是中共地下党或者军统特务,这点吉田正一也十分清楚,蒋君坤就是个唯利是图的商人。可万事都有一个想不到,吉田正一万万没有想到的是,在他走后,蒋君坤会把这事告诉胡子珍……

胡子珍早就知道金运良帮日本女人联系船运的事,可她不知道那个女人是特高课的高桥杉,更不知道运的是鸦片。从蒋君坤那里知道消息后,胡子珍把这事告诉了曾佳佳、谭宁。

曾佳佳意识到这件事情的严重性,问谭宁:"三太太今晚在电影院吗?"谭宁说三太太下班后就回家了。曾佳佳放下碗筷,喊了一辆黄包车,直奔黄厝的洪济山别墅而去。

……

39

1942 年 6 月 29 日早上 6 点多钟,"天海号"货轮破浪前行。在距厦门港

100 海里的海面上,三副在瞭望台上发现不远处有一条木船正在靠近"天海号"。

"天海号"旗手立马用旗语告诉木船倒车或者转向,木船用旗语回答:船上有人面临危险,请求医疗协助。"天海号"旗手一边发出"立即停止靠近"旗语,一边叫人向大副汇报。

大副立即把这一情况向船长做了汇报并说:"我们距厦门也就 5 个小时的里程了,在这片海域的应该是我国的渔民,让他们靠近吧。"

船长点点头:"好吧。"

接着,"天海号"旗手发出了"允许靠近"的旗语。

半个小时后,小木船上的 4 人登上了"天海号"。

这 4 人都是中共地下党党员,每个人的身上都捆满了炸弹。在船长室,全身捆着炸弹的老陈把衣服解开,他把日本人用"天海号"运输鸦片的事详细地告诉了在场的船长、大副、二副。

老陈说:"鸦片就装在船上的那 20 个标明'塑料''天然橡胶'的集装箱里。"

船长转身问大副:"上船前没有验货吗?"

大副回答:"这是棉叔亲自安排的,说是金运良联系的货,我们就没有细查了。"

船长意识到事情的严重性,他两眼充血,盯着老陈问:"眼下,你准备怎么办?"

老陈说道:"现在的时间不多了,你们也无须向公司汇报。以后这件事会发展到什么程度,我们暂时不管。眼下这样:第一,你们尽快通知厦门的桂老板,就说厦门港无法靠港,只能改停漳州港,让他到漳州港起货;第二,靠港后,那 20 个装鸦片的集装箱先卸载,装上我们事先准备的车。这样船上的人和桂老板的货都安全。"

"现在无法开箱验货,我凭什么相信你说的话?"船长问道。

老陈义正词严地说:"因为我们都是中国人,中国人都知道中英鸦片战争,却不知,在英国逐渐从中国的殖民舞台上退去之后,日本接替其成为对我国鸦片输入的最大东家。日本军方断言,中国只要有40%的吸毒者,那中国必将永远是日本的附属国。

"全人类都一致认同的毒品,如今在战争中就成了侵略者的宠儿,成了日本征服中国的工具。鸦片不仅让侵略者获得经济利益,而且让被侵略国在长时间的麻木中失去抵抗意志。这种行为,与暴力伤害一样,会在被侵略民族的肌体上留下深重的疤痕啊。

"船长,如果你坚持把'天海号'驶到厦门港,那我们就只能同归于尽!"

一旁的大副说道:"船长,为了我们中国人,为了我们的父老乡亲,就按他说的干吧!"

二副说:"日本鬼子在中国的土地上为所欲为,这次,我们绝不能让他们得逞。如果为此事,公司追究我们责任,我们共同承担!"

船长猛地举起茶杯,重重地摔到地板上:"负什么责任?! 谁要我们负责任?! 金天海还是日本人? 要杀要剐,全由我一人承担! 就这样干了! 大副听令,'天海号'全速前进,目标漳州港!"

4个小时后,"天海号"在漳州港停靠。

1942年7月3日,"天海号"船长、大副被特高课特务关进鼓浪屿的地下牢房,一周后被杀害。

就在"天海号"船长、大副牺牲的那天,地下党截获的近60万斤的鸦片在漳州灵通山的一处山丘上被付之一炬。

猩红色的火球夹杂着滚滚黑烟,腾空而起,冲破云霄,仿佛一道划破天际的光,久久地凝结在空中,那是不可抗拒的革命力量。

时而,弥天大火又像是一层火红的薄雾四散开来,如同闪烁的夕阳照向大地的最后一缕阳光,那是对船长、大副,还有那些不怕牺牲的爱国者深深的怀念和崇高的敬意。

船长、大副连名字都没有留下,只知道他们是这个世界的匆匆过客,是敢作敢为、有鸿鹄之志的大丈夫。在他们的生命里,流淌着智慧与热血,那是中华民族的血液。

大火,在继续燃烧。

在这纷乱的世上,还有多少英杰沉浮其中啊!

40

已是黄昏,残阳依山,夹杂着片片鳞波的海面,显得那么温柔。

太阳再次不慌不忙地奔向了地平线,给忙忙碌碌的一天画上了句号。金天海下意识地打量着自己,用手指梳理梳理日渐稀疏的头发,不免声声感叹。

远处,一曲忧伤的旋律随风而至,连同重重叠叠的无数的心痛慢慢地爬上了他的心田。

一曲黄昏,一丝愁绪,万般凄凉啊。

金天海就这样坐在黄昏下,直到华灯初上。

"天海号"事件给金天海带来了巨大损失,花去的真金白银,只要时光不灭,以后还可以挣回来,可船长、大副是永远回不来了。眼前的事让金天海心乱如麻,一桩一桩都要他决断。生意上是赚是亏已经不太重要了,重要的是人,是人情,这叫他难以决断。

回到家里,金天海把家人全都召集到大厅。他吩咐管家:"快去把棉叔、谭宁、曾佳佳、胡子珍叫过来。"

大厅内鸦雀无声,金天海一个个打量着在座的人,最后把目光落在金运良身上。

"运良,你今年多大了?"

还没等金运良回话,二太太曾玲说:"老爷,运良今年32了,你连儿子的岁数也记不得了。"

金天海看了一眼二太太:"我问你了吗?"

金天海站了起来,走到金运良身边:"常言道,三十而立。你立业了吗?这几年码头弄成了什么样子,你自己心里没数吗? 年年亏损,你还把办公室装得富丽堂皇,竟然从南洋买楠木家具,从蒋君坤那里买古董字画。我一看到那幅写着'鲲鹏展翅'的字就来气,你是鲲鹏?你何时展翅了?我看你连一只麻雀都不如。你忘了当年到码头上任时立下的誓言,忘了祖宗立下的规矩。我始终认为,人生中最重要的是使自己成为有价值的人,我们建立的一切人际关系应为此服务,而不是反过来,只是被动地成为不合格的家庭成员与社会成员,艰难地混日子!

"再说,你立家了吗?30多岁的人了,应该是妻儿满堂,一家其乐融融。你却躲躲藏藏,战战兢兢,回避现实。你当年的那些玩伴一个个都成家立业了,每个人都稳扎稳打地生活着,而你无悲无喜,蹉跎人生。

"好吧,我不说成家立业的事了,我就说说'天海号'。你知道那个高桥杉是日本特务吗?你知道她的手上沾了多少中国人的鲜血吗?你知道贩运鸦片是要杀头的吗?你害公司蒙受了巨大经济损失不说,你还害了船长、大副的性命。你用什么偿还?你有什么脸面站在这里!"

金天海越说越气愤:"我决定,撤去金运良厦鼓码头总经理的职务,谭宁接任,明天开始办理移交手续,由曾玲、管家督办。我同时宣布,金运良不再是我的儿子!"

曾玲连忙接话:"老爷,万万使不得,万万使不得啊!"

一旁的棉叔、管家也说道:"老爷,还是从长计议吧。"

一直内疚、自责的金运良扑通一声跪在地上,一阵号啕大哭之后,飞也似的夺门而出。

片刻的安静之后,金天海说:"明天我就登报声明,金运良从此与金家无关。"

金天海把目光移到谭宁身上:"谭宁啊,我把厦鼓码头交给你,你要给我干出个样子来。我一直考虑的海上旅游,你抓紧拿出一个方案。码头上那些吃闲饭的人要全部清退,那些人都是金运良的小兄弟,这些年他们吃公赚私,也该清理了。过些时日,我请你父亲来厦门,我们兄弟好多年没有见面了,还想请他帮帮我。"

金天海的决定,让谭宁不知所措,但他也不敢违命。他上前一步,怯怯地说道:"谢谢金伯伯的信任,我只是担心自己能力有限,怕耽误了码头。"

"我听三太太说,你是个有梦想、有追求、能吃苦耐劳的孩子。世间的事都有一个因果关系,因为你这样,所以会这样;因为你这样,所以有这样的结果。明白因果关系,凡事要三思而后行。要能够抵制诱惑,敢于讲真话,敢于创新,表现自己真实的一面,你确信自己正确就去做,而不要虚伪做作。所有的成功,都来自不倦的努力和奔跑;所有的幸福,都来自平凡的奋斗和坚持。金伯伯信任你,同时也感谢你在我困难的时候支持我。"金天海用力地握着谭宁的手。

金天海理解棉叔的难处,没有怪罪一句。他把棉叔拉到上座,递上烟,说道:"棉叔啊,我们都老了,培养年轻人是你的当务之急啊。目前,公司调度这个岗位仍然由你负责。你也不要有什么愧疚,我俩风风雨雨这些年,我了解你、信任你,你尊重我、包容我。我们还要并肩战斗,再创天海的辉煌啊。"

棉叔抹了抹眼角的泪,说道:"有功于人不可念,而过则不可不念。也就是说,金老板您有恩于我,我不可忘。我做了一些该做的事,不可居功自傲,念念不忘;而做了一些不该做的事,就要记住,引以为鉴。日后的路还长,金老板放心,吃一堑长一智,以后我会格外小心。"

"棉叔,不说这个了。我倒想把马来西亚这条航线停掉,增加国内海运,比如秦皇岛、大连各加一个航班。"

棉叔说:"我也这么想的,菲律宾航线也可以考虑取消,今年这条线一直是保本,没有收益。"

"棉叔,业务上的事你比我懂,就照你说的办。"

接下来,金天海把家里的事情梳理了一番,并做了详细的安排。

之后,金天海问曾佳佳在德和牙科诊所上班是否如意,在得到肯定的回答后,他满意地笑了。

"子珍,你在蒋君坤那里怎样?"

胡子珍回答:"只是混口饭吃,没有什么前途。"

"我想也是,你表哥那人唯利是图,和日本人又有千丝万缕的联系,说不定哪天会出大事。"金天海把头转向棉叔,"棉叔,我想让子珍到你那上班,你看怎样?"棉叔点头同意。

金天海说:"既然棉叔同意了,子珍就到天海来上班吧。"

接着金天海说:"谭宁和佳佳也老大不小了,也该把婚结了,搬到厦鼓码头住。子珍到天海上班后,住到公司,把九条巷的房子退了,少点开销,减轻负担。"

见褚珊珊一句话也没有说,金天海问道:"三太太,你不说几句吗?"

金天海点名,本来不想说话的褚珊珊只得开口。

"今天的这场家庭会我受益匪浅,也基本赞同老爷的一些决定。只有一点,就是关于对金运良的处理,还请老爷再斟酌。他从小就没有了母亲,长大后也缺少关爱。厦鼓码头的亏损也不完全是他的责任,时局动乱,没有给他更多的机会。他也曾提出扩大经营范围,比如开设环鼓浪屿海上游、鹭江夜游、金厦海域游等海上旅游项目。这些都说明了他还是有思想的,只是老爷没有给他机会。

"再说,这次'天海号'事件,金运良有不可推卸的责任,但核心不在这里。他不知道是鸦片,更料想不到这样的结果。在他想来,既帮了朋友的忙,也为天海揽了业务,出发点是好的。

"我与金运良来往甚少,我只不过站在公正的立场上表达一下自己的看法,请老爷能看在父子情分上,再给他一个机会……"

褚珊珊一番话入情入理,大家也觉得应该给金运良一个机会。

金天海沉思一会儿,说道:"金运良与谭宁明天正常交接,然后让他休息一段时间,我再另做打算。"

这场家庭会开到半夜,散场后,金天海完全没有睡意,他在花园里抽烟、踱步。

海面渔火点点,金天海心潮起伏,五味杂陈。

41

在"天海号"事件后,高桥杉被降职调往宪兵队特高课,吉田正一被降为少佐,福田繁一被降为中佐。

一个月后,福田繁一官复原职。

本来准备给高桥杉难看的吉田正一没想到把自己也套了进去,尽管他百般狡辩,福田繁一屡屡解释,土肥原还是没有对他网开一面。狡辩归狡辩,其实他的心里知道自己负有不可推卸的责任。

吉田正一决定挖出真相。

是蒋君坤吗? 不像。凭这些年与他的关系,吉田知道,他就是个商人,两头吃的奸商。如果是他无意中透露出去的,那又会透露给谁了呢? 是国民党军统特务,还是中共地下党? 吉田正一决定去一趟蒋君坤那里。

一见面,蒋君坤还是像以往那样热情、客气。他还不忘劝上两句:"吉田啊,这事过去了,降职就降职呗,这里损失那里补,以后我们多做点生意就是了。钱赚到自己口袋里就是自己的,那官帽子是捏在别人的手里,想给你戴就给你戴,不想给你戴也就一句话的事。战争迟早是要结束的,你们迟早都是要回日本的。到那时,有的人带些可怜的家当,有的人甚至拖着伤残的腿,有的人却揣着一辈子用不完的钱。你说,哪种是你希望的呢?"

吉田正一本想向蒋君坤打探,却被他说得无言以对。转而一想,吉田正一还是回到了自己的思路上。

"蒋老板,上次我说的事,那时还没有影子,你怎么就急匆匆跑到泉州找买家了呢?"吉田正一一边盯着墙上的那幅"一片树叶,落入水中,便有了茶"的字,一边问蒋君坤。

蒋君坤回答吉田正一,泉州他是去了两趟,不过不是去找买家,而是在泉州认识了一个漂亮、年轻的女人,是去玩的。

"哦。听说泉州一家烟馆老板的女儿是地下党,上周被军统抓去了? 你还带着两个明代的花瓶去捞人?"

"花瓶是假的,我说明代就是明代的,那帮孙子不懂。"

"我不是说花瓶,是说人。"

蒋君坤连忙说:"后来,他们查清楚了,弄错人了,她根本就不是什么地下党。"

吉田正一突然问道:"你表妹呢?"

蒋君坤告诉他,表妹胡子珍去天海公司上班了。

"去天海了?"

"是的,她在我这里起不到什么作用,就去天海了。"

吉田正一眼前浮现了胡子珍第一次见到他时那种似乎藏着敌意的眼神:"胡子珍会点功夫?"

"她是弄着玩的,哪叫功夫?"

吉田正一问道:"你还记得藤原浩吗? 他是被后绞颈致死的。"

蒋君坤笑道:"吉田,你怀疑我表妹? 你想多了吧? 不说这些了,还是谈谈我们自己的事吧。"

蒋君坤告诉吉田,前几天东京大学来了一个教授,看中了他的一件唐代越窑烧制的"秘色瓷"。它的釉色,也像它的名字一样,秘而不宣。教授爱不释手,只是觉得价格太高。

"听说教授想买回去做教学用,那应该是公费了,如果吉田从中促成,到时三七分。"

吉田一听来了神,问道:"它究竟'秘'在何处?"

蒋君坤说:"正是因为没有人知道它'秘'在何处,才越发加深了这种瓷器的神秘感。如果真想知道秘密,那就只能问唐朝诗人陆龟蒙了,他曾吟咏道'九秋风露越窑开,夺得千峰翠色来',说的就是这种瓷。"

……

与吉田正一一样,高桥杉对"天海号"事件也一直放不下。

几次去厦鼓码头都没有找到金运良,码头的人也不知道他的去向,高桥杉越发怀疑是金运良给她下的套、设的局。可从金运良对自己的感情上来说,这似乎讲不通。

高桥杉眼泪婆娑地站在阳台上,一支烟接着一支烟地抽。她觉得自己如一朵蒲公英,没有归宿,总是随风摇摆,不知自己将飘落何方。也许终生的目标只是在寻找一个归宿,却又一次次被满怀的期待扎得遍体鳞伤。有些事,她明知道是错的,却还要坚持;明知没有结局,还不肯放弃;明知没路了,却还要前行……

回到卧室,高桥杉重重地倒到床上叹了一口气,她想好好睡一觉,放过自己。

42

妙法林寺,位于鹭岛东南,旧破布山白鹿脚下,东南毗万石山,西南靠古刹南普陀寺,西北邻鼓浪屿,东北望筼筜湖与狐尾山。因地处市区边缘,远离尘嚣,环境清幽,林木葱郁,百草丰茂,奇花异草遍地丛生。

抗战前夕,2 名中共地下党员因为身份暴露,便来到妙法林寺躲避,发现这里是个既安静又安全的地方。从此,中共地下党一直以妙法林寺为革命据点开展活动。直到 1938 年 5 月厦门沦陷后,地下党才奉命离开妙法林寺撤退到内地。几年后,中共地下党重新回到厦门继续开展工作,最初大家都分散居住,联系起来多有不便,他们急需一个可靠的活动据点交流情报。此时,他们又想到了妙法林寺。

1943 年 6 月,妙法林寺的斋堂上,晨钟暮鼓,油灯长明,时有念经之声。而在斋堂后的两间卧室里,中共地下党员的活动既从容又繁忙,有的"香客"前来接头联络,有的前来开会……

事实上,在年初妙法林寺已悄悄"变身"为革命据点。这座具有闽南特色的,由进步青年住持的佛堂,就这样开始燃烧起了革命的火焰。

地下党员们在此组织党员学习班,寺内的两间厢房则成为地下党组织开会和生活的场所。有时地下党同志在大殿后面的斋堂开会,这些进步青年就在大殿里敲打木鱼,大声诵经,以作掩护。有时地下党在开会时,他们就在大门口站岗放哨,若发现敌情便以"煮干饭、煮稀饭"的问答作为暗号通风报信。如果回答是"煮稀饭",便是可疑人;如果回答是"煮干饭",就是自己人。

在斋堂开会的地下党员听到"煮干饭、煮稀饭"的问答后便知外面的情况,若来的是可疑人,便从妙法林寺的后门前往白鹿洞、虎溪岩躲避。

改变也悄悄发生在这些青年人的身上。他们孜孜不倦地阅读《挺进报》等革命报刊,认真聆听教员讲授的革命道理,细心地观察住在斋堂的地下党员的作风和为人。地下党员的革命精神,让他们愿意全身心投入革命工作。

第一个到妙法林寺的斋堂上宣讲革命真理的就是欧阳红。

为了激发这些进步青年的热情,欧阳红把共产主义的主张、进步思想、文化知识传授给他们,深入浅出地宣传革命,系统地带他们学习党的基本理论和马列主义基本知识,并介绍他们看进步书刊。

第一个在妙法林寺加入中国共产党的就是胡子珍。

胡子珍脸上写满的仇恨早被褚珊珊发现。一天,褚珊珊把胡子珍叫到她的家里。

"子珍,我早听说了你父母的不幸。可仇恨是不能挂在脸上的啊,要记在心上。仇恨,类似某些中药,性寒、微苦,沉淀在人体中,有时也会散发着植物的清香。可是天长日久,却总能催生一场又一场的爆炸,手榴弹、炸药包,当然还有被用作武器的暖水瓶,都是仇恨赠送的礼品盒。打开它们,轰隆一声,火花四溅,浓烟滚滚,生命瞬间烟消云散。这,是我们的终极目标吗?"

"三太太,我对日本人的仇恨像怪兽一般无时无刻不在吞噬着我的心,使我不思饮食,坐立不安。"胡子珍低微而沉郁的声音里蕴含着无比的憎恨和渴望,"有时,我满腔的怨气和愤恨无处发泄,撑得胸腔好像要爆炸似的。"

褚珊珊拉着子珍的手,说道:"子珍,我能理解你。爱到心头成自然,恨到深处成习惯。子珍,我知道此仇不共戴天,天地共鉴,你的仇恨也是我们中华民族的仇恨啊。早在九一八事变后,东北同胞就表示'宁教白山黑水尽化为赤血之区,不愿华胄倭奴同立于黄海之岸',这不只是某个人的豪言壮语,而且是整个中华民族的共同心声。它表现了全民族在民族危机面前同仇敌忾、与日寇血战到底的坚定立场。从日本关东军的铁蹄踏入沈阳那天起,东北人民就自发地拿起土炮洋枪,掀起汹涌澎湃的反侵略斗争。此后,从沈阳到喜峰口,从卢沟桥到上海,从正面战场到敌后游击战,中国人民同强大的敌人进行了生死搏斗,无数中华儿女用鲜血和生命谱写了动人的抗战乐章。

"子珍,仇恨终将泯灭。我们要把爱国心和对敌人的仇恨用乘法乘起来,让每一份举起的火种汇集成熊熊烈火,只有这样的爱国心才能使我们走向胜利……"

热血,在胡子珍的胸膛里翻腾不息,涨得她一脸通红。

"子珍,我问你,那个藤原浩是你杀的吗?"

胡子珍肯定地点点头:"三太太,你怎么知道的?"

褚珊珊只是笑了笑:"子珍,你知道那有多危险吗? 复仇的前提是自己要活着。只有好好地活着,未来才有希望啊。"

那晚,褚珊珊给胡子珍讲了很多,胡子珍仿佛一下开朗了,她看到了曙光,看到了希望。

此后,胡子珍在褚珊珊的感召下,多次走进妙法林寺聆听欧阳红的宣讲。

在那里,她再次看到了希望。一个人拥有了希望,就拥有了自信;拥有了自信,就拥有了勇气;拥有了勇气,就无所畏惧。

面对未来,胡子珍的斗志如大海般澎湃,热情如火山般喷涌。她要扬起风帆,乘万里风,破万里浪!

1943 年 7 月 7 日,在褚珊珊的介绍下,胡子珍光荣地加入了中国共产党。

43

1944 年 1 月 12 日,厦门发生了一件震动日本的大案:掌管警务署的福田繁一大佐被刺身亡,日军如临大敌,布下天罗地网缉拿刺客。

行刺者就是中共地下党员胡子珍。

军统的职责除了搜集情报、策反之外,另一个重要职责就是绑架、暗杀日军重要人物和亲日分子以及中共地下党员。1944 年 1 月,军统厦门站收到重庆密电:除掉福田繁一。

刚刚接替陈达元任军统厦门站站长的王兆畿接到任务之后,立即布置情报组启用 4 号电台与潜伏在鼓浪屿特高课的间谍联系,并决定由行动队队长林云山负责执行。林云山把任务布置给周贵银和丁艳二人。

情报显示,1 月 12 日下午福田繁一要到位于思明南路的蝴蝶舞厅跳舞,跳舞后到高亭西餐馆进餐。

周贵银和丁艳根据福田繁一的活动轨迹制订了行动计划,潜入蝴蝶舞厅并在舞厅附近跟踪蹲守。

跳舞结束,福田繁一离开舞厅,周贵银和丁艳尾随福田繁一。还没到高亭西餐馆,在大中路喜乐咖啡店门口,一声枪响后,福田繁一当场毙命。

突如其来的枪声把周贵银惊呆了,他看着丁艳:"是你开的枪?"丁艳也丈二和尚摸不着头脑:"我没开枪啊,我们的计划是在福田繁一进餐时动手。"

一片混乱中,周贵银看到了一位黑衣人闪进了咖啡店。他对丁艳说:"我们的任务完成了,回去写简报吧。"

"怎么写? 就写我们干的?"

周贵银拍拍丁艳的脑袋:"啥时候我的女人变得聪明了?"

黑衣人穿过咖啡店大厅,飞也似的跑向二楼,然后跳窗而逃。

这个黑衣人就是胡子珍。

逃出咖啡店,胡子珍由思明西路转入山仔顶,经小路到了豆仔尾。几天后,她由箕笃港渡海,又到嵩屿转入漳州,然后又悄悄溜回洪济山别墅,第二天照常回天海公司工作。

原来,在军统厦门站收到福田繁一出行情报的同时,中共地下党组织也收到了发自鼓浪屿的同样的情报。

44

福田繁一被杀事件震惊日本政府高层，土肥原受命从东京赶到厦门。

1944年1月20日，在鼓浪屿日本驻厦门领事馆警务署，土肥原贤二主持召开了一个会议。原陆军中佐长谷川被任命为日本驻厦门领事馆警务署署长，"天海号"事件中被降职的吉田正一官复原职，调往宪兵队特高课的高桥杉调回特高课第二课，继续担任课长，并被提拔为中佐。在这次会议上，土肥原命令长谷川在一个月内破获福田繁一被杀案件。

会后，土肥原来到警务署本部地下室的监狱。站在监狱门口，土肥原对长谷川说："以后的拘禁、刑讯不光要针对中国人，也要让对帝国不忠，或者是叛国投敌的大和民族败类尝尝这里的厉害！"

第二天下午，处理好公务后，土肥原把高桥杉带到了他下榻的酒店。

灯光微亮，红茶飘香。土肥原在高桥杉的茶杯里放了些牛奶："凉性、寒性体质的人，尤其是女人，喝红茶时最好加一点蜂蜜或牛奶。这样，不单对身体有益，茶也变得香气更佳。"高桥杉微微点头："将军懂得真多。"

土肥原点上香烟，跷起二郎腿："我知道这段时间你在宪兵队受了点委屈，但也经受了锻炼。我真实的意思是让你远离福田繁一、吉田正一，好把'天海号'的事情弄清楚。现在这事弄清楚了吗？"

"报告将军，'天海号'事件基本弄清楚了，应该是中共地下党干的。"

土肥原示意高桥杉坐下："坐下说，坐下说，这是我们的私人空间，不要拘礼。"

高桥杉坐到土肥原身边，接着说："从'天海号'事件到福田繁一大佐被刺身亡，我一直怀疑吉田正一，但又没有什么确切的证据。如果确定是吉田正一，那他就通共，这好像有点勉强。从我调查蒋君坤的情况来看，排除了蒋君坤是共产党，那么吉田正一与蒋君坤的来往也只是在生意往来这个层面上。倒是蒋君坤的表妹胡子珍值得怀疑，我正在调查。"

土肥原弹了弹烟灰,问道:"金运良呢?"

"不敢隐瞒,我对金运良的确印象很好,但这是基于我对板井四郎的思念才有的意思。金运良帮了我们,他被金天海逐出了家门,至今下落不明,我也时常觉得愧对了他。但我没有因为感情而影响我的工作和判断,我敢保证金运良与共产党无任何瓜葛。金运良手下一个叫谭宁的人,现在掌管了厦鼓码头,我也在调查他。"

"无论是'天海号'事件还是福田繁一被杀,不管是军统干的还是共产党干的,这中间一定有个中间人,查出这个中间人就是你现在工作的重点。你如何分析、判断是你的事情,我只要结果,铁板钉钉的结果。在这个事情上,你进展到哪一步都要及时向我汇报。现在两条线同时进行,一条是查蒋君坤、胡子珍、谭宁等人,另一条是查吉田正一。查吉田正一,也要查竹下信。"

"竹下信?"高桥杉满是疑惑地问道。

土肥原把烟蒂重重地摁灭:"对,查竹下信。"

"竹下信不就是一个家庭妇女吗?"

"她表面上是一个家庭妇女,在家写写古董书的文人,其实她是福田繁一特批的特高课的外勤人员。"

"这事吉田正一知道吗?"

土肥原笑笑:"知道了,那还叫秘密吗?"

"长谷川知道吗?"

"现在福田繁一死了,这只有你我知道了。"接着土肥原话锋一转,"工作的事,今天就谈到这了。"

说着,土肥原把高桥杉搂进怀里。……

完事后,高桥杉一丝不挂地躺在土肥原身边,眼睛直溜溜地看着天花板。土肥原穿上衣服,点上香烟,话题又回到"天海号"与福田繁一的事件上。

土肥原说:"蒋君坤这个人还要深入调查,即便他没有通共嫌疑,也要查查他的生意,他的古董生意牵涉到军界的高层。"

土肥原犀利而又狠毒、阴险的眼神,令高桥杉不寒而栗。她忐忑不安的心越跳越快,由于心情紧张,注意力过于集中,手心竟溢出汗来。但受过特殊训练的高桥杉也不是等闲之辈,她很快调整状态,可是又无法接话。

土肥原看出了高桥杉的担心,说道:"你大胆地干,一切后果我担着。"

45

土肥原贤二走后,长谷川召集警务署各部门负责人开了他到厦门任职后的第一次会议。散会时,他把吉田正一留了下来。

长谷川说:"'天海号'以及福田繁一被杀事件疑点多多,对内部人员的调查要做到仔细、慎重。从现在起,你着手对高桥杉的秘密调查,进展情况要随时汇报。"

查高桥杉是吉田正一一贯的想法,现在有了长谷川的指示,原先的偷偷摸摸就可以名正言顺了,原先的私下行动现在就是工作内容了。吉田正一问道:"是不是涉及任何人我都可以查?"

长谷川瞄了吉田正一一眼:"你说呢?"

这一句"你说呢"其实就是正面回答,甚至比肯定的答复还要大尺度。吉田正一心里有数了,他走出会议室,情不自禁地笑了笑,在心里想,你高桥杉的死期就快到了。

吉田正一前脚走,长谷川后脚就把高桥杉叫到了会议室。

长谷川打量着高桥杉:"高桥课长请坐。我在东京的时候就听说了高桥是个既有颜值又有才华,既有文才又有武功的人。能与高桥在厦门共事,这是我的荣幸啊。"

高桥杉毕恭毕敬:"大佐,您过奖了。"

接着,长谷川把对"天海号"及福田繁一被杀事件调查的事说了一遍。他说:"从现在起,你秘密对吉田正一调查……"

就这样,长谷川一上任就把两个课长互查的事落实了。在他想来,不论是谁查出了谁,都与自己无关,即便是谁也查不出谁,也能摸清这两个岗位关键人的底细。

吉田正一与高桥杉能坐到特高课课长这个位子，也就说明他们不是一般人。长谷川的把戏，他们心知肚明。

高桥杉决定，先查蒋君坤与竹下信。

1944年1月26日，在搜集整理好关于蒋君坤、竹下信的一系列材料后，高桥杉回到了东京。

1月的东京还是比较冷的。高桥杉穿着长夹克，戴着手套和围巾，穿梭在东京的大街小巷。此时，东京下起了小雨，高桥杉又想起了板井四郎，想起了金运良。

在回国的十多天里，高桥杉去了大阪以及奈良、福井、松山等地。她原来准备临回厦门前去见土肥原，可是从松山回到东京后，她改变了主意。

从日本陆军士官学校和陆军大学以及松山等地，高桥杉了解了土肥原和福田繁一之间的恩怨纠葛。

事情是这样的，土肥原出生在日本松山县的一个武士之家，他的父亲土肥良永是一名陆军少佐，土肥良永与福田繁一的父亲是同乡，也是战友。一次，土肥良永回家探亲，强奸了福田繁一的姐姐福田贞子，后来福田贞子卧轨自杀。从此，两家结下了梁子。在此后的十多年间，福田繁一的父亲不间断地告状，最后土肥良永被处以极刑，这事也严重影响了土肥原的仕途。

土肥原从日本陆军士官学校和陆军大学毕业后，一开始仕途不畅，他把责任统统归结到福田家人。1913年，土肥原贤二以参谋本部部员、陆军上尉身份来到中国北京，在"坂西公馆"任日本特务头目坂西武官的助理，开始了在中国的特务生涯。

土肥原对福田繁一一家恨之入骨。无奈，福田繁一也是一位军中佼佼者，慢慢地，福田繁一也官至大佐。恰恰福田繁一到了厦门后，又爱上了土肥原贤二的情人竹下信。这样一来，土肥原就心心念念找机会，想除掉福田繁一。福田繁一也是个久经沙场的人，他在工作上、生活上处处小心谨慎，没有给土肥原下手的机会。在他想来,他和土肥原的账总有一天要清算的,只不过是哪一天,他不曾料到……

单凭这些,高桥杉不敢妄断福田繁一的被害与土肥原有无关系,但她还是决定暂时不去见土肥原。

回到厦门,高桥杉开始重新调查竹下信。

从东京带回来的资料来看,竹下信是个大学生,父亲战死在齐齐哈尔。因为她懂古董,之后把生意做到了军界,后来认识了土肥原,成了土肥原的情人。在与蒋君坤结婚后,她从前台撤到了后台。之后,她被土肥原派到了厦门。

一切都蒙在鼓里的福田繁一把竹下信秘密安排到了特高课从事外勤,说是外勤,其实她很少做事,只偶尔到特高课来。那时,竹下信摆脱了土肥原,投到了福田繁一的怀抱。

这一切,蒋君坤毫不知晓。

竹下信与吉田正一是大学同学,她偶尔去特高课也只是去吉田正一办公室。再说,蒋君坤的古董生意的确做到了日本军中高层,这样无形中损害了土肥原的利益。可蒋君坤的关系大部分来自吉田正一,吉田正一的关系又来自福田繁一。这样,整个利益链中,这几个人都是关键的一环。

综合各种信息,高桥杉认为福田繁一的死与土肥原有直接的关系。

高桥杉推断了三种可能。第一种可能是,土肥原贤二指挥竹下信从吉田正一那里摸清楚福田繁一外出的时间、地点,由竹下信把消息透露给黑社会,借别人之手干掉福田繁一;第二种可能是,竹下信在掌握了福田繁一的出行信息后直接安排人干掉了他;第三种可能是,军统或者中共地下党自己获得情报后干掉了福田繁一。

前两种可能都好解释,如果是第三种,那么,情报的出口在哪里呢?思前想后,高桥杉判断情报还是竹下信送出去的。在之后的一系列调查中,高桥杉查证竹下信不但与军统有联系,与中共地下党也有联系,是个双面间谍。

明明是土肥原指使竹下信做掉福田繁一,那他又为什么要高桥杉查竹下信呢?想到这里,高桥杉害怕了,土肥原贤二不单是要做掉福田繁一,还要连同竹下信一起做掉,这是灭口啊。那自己呢?是不是土肥原的下一个目标?为了保全自己,高桥杉决定要在这件事上彻底撇清土肥原贤二,如此,就要在竹下信与军统、中共地下党的关联中找出更多的细节……

吉田正一针对高桥杉的调查也在逐步推进。

吉田正一在漳州一间破旧的民房里找到了金运良,面对一个精神失常的人,吉田正一也没有更好的办法询问。吉田正一从口袋里掏出高桥杉的照片在金运良眼前晃了晃,金运良立马有了强烈的反应,他伸手夺过照片,把它紧紧贴在胸口,嘴里念念有词:"高桥,我找到你啦。高桥,我找到你啦。"在金运良那里,吉田正一没有得到一点有价值的信息。吉田正一决定暂时把金运良带回鼓浪屿治疗,并放出风声,让金家知道金运良这事。

不久,那个在福田繁一被枪杀之后,看到一个黑衣人闪进了咖啡店跳窗而逃的周贵银被吉田正一秘密抓获。在鼓浪屿警务署地下审讯室,吉田正一吩咐手下给周贵银动刑。软骨头的周贵银还没有等刑具加身,便嗷嗷大叫起来。接着,周贵银把接到刺杀福田繁一任务的前前后后一五一十地讲得清清楚楚。

"你确定那是个女人吗?"吉田正一问道。

"肯定是个女人,那形态,那动作,一定是个女人。"

吉田正一决定放了周贵银,让他回去弄清楚军统情报的来源。

周贵银战战兢兢:"我一个行动队的人,哪能搞清楚情报是从哪里来的啊!"

吉田正一用手指在周贵银的脑门上点了点:"我能放你回去,就能再把你抓回来,再回到这里就不是这样的场面了。你看看,我们这里的刑具比你们军统的要多得多、强得多、先进得多吧。"

周贵银两腿打战,连忙说:"我回去想办法,我回去想办法。"

在接下来对谭宁、曾佳佳、胡子珍的秘密调查中,吉田正一把怀疑的重点放在了胡子珍身上。逐步地,吉田正一弄清楚了胡子珍的历史。吉田正一把胡子珍的照片放在桌子上仔细打量,他突然想起了在君坤古董店见到胡子珍时,她那似乎带有仇恨的目光。吉田正一按响使唤铃,吩咐手下进一步跟踪调查胡子珍。

不久,特高课一课的特务发现胡子珍在一个夜晚身穿黑衣出现在黄厝的洪济山附近,当他们慢慢靠近时,被胡子珍发觉了。他们原本想把胡子珍带回鼓浪屿,在一番打斗后,胡子珍成功逃脱。

接下来,又有密探来报,福田繁一被杀后,胡子珍到过筼筜港、嵩屿、漳州,然后回到洪济山。

这一连串的信息,让吉田正一仿佛看到那个真正的凶手就站在眼前,那个人就是胡子珍。而这些信息里都有洪济山,胡子珍去洪济山干什么? 要见什么人? 要见的这个人如此重要,是中共地下党? 胡子珍也好,她要见的那个人也好,他们与高桥杉有关联吗? 一个个问号在吉田正一脑里,他要把它拉直。

就在吉田正一苦思冥想的时候,周贵银那边送来重要情报:竹下信向军统传递了福田繁一出行的信息,同时她也把信息给了中共地下党……

这个信息令吉田正一大吃一惊,他没想到原本是查高桥杉的,现在查到了竹下信的头上。吉田正一吓得一身冷汗,他知道警务署的水很深,但他万万没有想到竹下信也卷入其中。他知道,一旦消息得到证实,竹下信是要受到军法严惩的,是要掉脑袋的。

竹下信为什么要背叛国家? 她从什么时候开始成为双面间谍的? 她的背后有什么人在指挥? 吉田正一无法捋出头绪,在他想来,这些以后在军事法庭上都会弄清楚的。此时,吉田正一也顾不上同学情、朋友情、同事情了,他一再警告自己不要涉入其中,他要把已知的情况如实汇报。

吉田正一进一步梳理了"天海号"事件、福田繁一被杀事件:"天海号"事件的泄密是竹下信把情报给了中共地下党;福田繁一被杀事件是竹下信把信息传递给军统的同时也给了中共地下党,军统把任务交给了周贵银、丁艳,在他们动手前中共地下党的人抢先了一步,而那个杀手极有可能就是胡子珍……

吉田正一写好调查简报,字斟句酌地修改了几遍,直到他认为很满意了才走进了长谷川的办公室。

接着,高桥杉的简报也送到了长谷川的案头。

两份简报都直指竹下信。

长谷川召集吉田正一、高桥杉开了一次会议。这次会议,长谷川没有叫速记员到场,他打开录音设备,一边听吉田正一、高桥杉的情况汇报,一边在本子上认真记录。

综合两路情报分析,长谷川深知竹下信后面有一股强大的力量在支撑,但这股力量来自哪里,他不敢多想。在他看来,做好眼前的事至关重要。

长谷川说:"竹下信背叛国家、背叛民族,罪不可恕,这由军事法庭来审判她。我们目前要做的事,第一,会后立即逮捕竹下信,关押到地下室,不提审,不用刑,给她吃好、喝好,确保她的安全,这由高桥杉中佐负责。第二,继续调查胡子珍,适时逮捕胡子珍,并挖出洪济山的那个人;对军统行动队的周贵银要进一步策反,为我所用;对天海公司严密监视,天海公司的海上船舶运输计划必须向警察署报备,这些,由吉田正一中佐负责。"

在逮捕竹下信之后,高桥杉发报给土肥原,把查获、逮捕竹下信的情况做了汇报。土肥原的回电只有两个字:杀之。高桥杉知道,土肥原是绝对不会让竹下信回到东京,更不会让她出现在军事法庭上。

漆黑的夜晚,高桥杉一个人躺在床上毫无睡意。这个夜晚原来是那么可怕,她起身慢慢地抽着香烟,打开窗户,让冷风安静地吹着,想着过往的种种。

高桥杉明白,她的东京之行,阴险、狡诈、工于心计的土肥原一定是知道的。土肥原知道高桥杉知道的事太多,高桥杉也知道危险在慢慢靠近自己。

总有些事情是必须要自己面对、自己解决的。高桥杉明白,天会黑,人会变,人生那么长,路那么远,只能靠自己,别无他选。

　　她同时相信上天的旨意,发生在这世界上的事情没有一样是出于偶然,终有一天,这一切都会有一个解释。

第四章

46

出武汉,经长江转新安江,再转渐江,1943 年 8 月 5 日,许文浦终于抵达歙县。

这是许文浦阔别家乡 6 年后回到故地。

6 年没回家乡了,回到家乡心情真好,许文浦见到什么都倍感亲切。虽然家乡变化很大,熟悉的一切都不见了,但是心里就是不觉得陌生。那山,那水,那路,那曾洒满儿时欢笑的山埂田野,依然可见年少时的青涩。

如果一无所有,那么回到故乡的心情是十分沉重的。如果衣锦还乡,那么回到故乡的心情是十分愉悦的。如今的许文浦是一无所有,还是衣锦还乡呢? 他找不到确切的答案。

眼前的"中美特种技术合作所雄村训练班"一行大字在太阳的照射下格外刺眼,许文浦走进大门,在值班哨卡办理好手续,士兵把他带到了设在崇报祠的郭履洲副主任办公室。

这期训练班共有学员 860 人,其中有 26 人是全国各地军统组织派来强化学习的特工,13 个男的,13 个女的。其中,许文浦的履历最丰富,在军统组织工作的成绩最突出,屡立战功。

和训练班其他学员不一样的是,许文浦等 26 名特工个个身怀绝技,既有理论知识,也有实践经验。尤其是许文浦,他在来雄村训练班之前就是军统武汉站行动组副组长。许文浦这次来训练班,主要是加强密码通讯术的学习,为以后从事情报工作做好准备。

由于许文浦的特殊履历,再加上许文浦是戴笠亲自点名的,郭履洲早早做好了准备,他为许文浦单独安排了一间营房,并任命许文浦为中美特种技术合作所雄村训练班第二期学员一队队长。

"谢谢郭主任的精心安排,文浦记在心上。日后,还请主任多多指教,多多关照。"许文浦敬了一个标准的军礼。

郭履洲微笑道:"文浦啊,你也为党国服务了多年,规矩你是懂的啊,以后就叫'郭副主任'吧,免得别人无事生非。"郭履洲拍拍许文浦的肩膀,继续说道,"戴老板看中了你,你前途无量啊! 你要为戴老板争光,为党国争光啊!"

接下来,郭履洲带许文浦一一见了美国教官。之后,郭履洲带他参观了设在崇报祠左前方的政训组、设在后池塘新建办公室内的教务组、设在汪渭征家中的医务所、设在曹怀曾家中的特务连、设在曹守仁老屋的通讯班、设在竹山书院边房的助教室。

郭履洲说:"气象台设在高坞山上,电台设在河对面慈光庵内,翻译室设在八角亭的听风楼。电台、翻译这两项是你学习的重点,明天由教官带你去。与雄村竹山书院隔着渐江的对岸竹山的半山腰上,绿树丛掩映着一组粉墙黛瓦的徽式建筑,便是曹氏家族的一座家庵,名叫'慈光庵'。它由两座前后两进、一堂两厢房、二层楼的四合院构成,四周有高耸叠峙的马头墙围合分隔开来。两座四合院双层楼都面向雄村,对着清流,前后稍有错位,造型别致优雅,清静,便于更好地学习。戴局长一贯重视电讯工作,我们把电台设在那里是最好的选择。"

走到雄村竹山书院 2 号,郭履洲告诉许文浦:"戴局长常来训导,我们在这里专门为他预留了两间房,一间是会客厅,一间是卧室。美教官马斯德中校、巴尔金少校、贺登上尉住在八角亭楼上。其他教官住在竹山书院。"

在接下来的一个多月里,许文浦把侦察术、邮检术、爆破学、指纹学、痕迹学以及驾驶、摄影、跟踪、暗杀等方面的技术与技巧一一过了一遍。

未来的学习重点就是关于情报方面的电台、密码翻译等通讯技术了。

47

在接下来的教学中,教官着重介绍了摩斯密码、栅栏密码、字母替换、键盘坐标密码、棋盘密码、日历密码、圣经密码等常用的密码。

以上这些内容,按照训练班的排课,需要两个月的时间。两个月后,许文浦向郭履洲副主任建议再加一个月的课程。一般来说,学员都会在常用密码的学习上下点功夫,那些不常用的,甚至在中国压根就没有出现过的密码,学员们也就记一个名词,教官也不深讲,学员们也不提问。

许文浦一个小小的建议让郭履洲看出了他的好学,郭履洲说:"文浦,你的建议很好。但考虑到其他新学员的学习进度,我看这样,把你们26个人从大班中分开,让教官单独为你们开小灶。"

"太谢谢郭主任了。"

"文浦,你又犯错误了。"

"是的,是的,郭副主任,郭副主任,早晚是郭主任。"

郭履洲拍拍许文浦的肩膀:"你小子就是招人喜欢。"

在小班上,教官把密码与电台结合,详细地展开教学。

针对电台在移动中通信这一话题,许文浦说:"是不是可以这样理解,要使短波电台在移动中通信,必须有体积小、效率高的天线,足够的发射功率和相应的持续电源?"

教官回答道:"你说得对,主要是天线和电源问题不好解决。"接着,教官笑着说,"共产党几年前就用15瓦电台把电报从上海发到延安,信号还'杠杠的',大家知道吗?"

全班哄堂大笑。

48

皖南的11月,落叶别树,随风飘零。

1943年11月20日,曙色尚未到来,许文浦照例已经起床。一个小时的跑步是雷打不动的,大汗淋漓后的一个热水澡令他全身放松,他站到阳台上点上烟,眺望远方。

此时,下起了小雨。雨下得很小,断断续续。在阳台上几乎听不见雨声,几乎看不出雨点往下落。不多时,雨渐渐大了起来,寒风也渐渐吹起,许文浦这才发觉浪漫的秋天已经悄然而去了。这一刻他想起了阿灿,想起了胡子珍,想起了蔡新奎,想起了小康,想起了老赵……

思念就像是隔岸观火,你能想象火的炙热,却只能感受没人拥抱的孤独。许文浦多想拥抱他们啊,可惜远隔千山万水,相会遥遥无期。

堆积的思念涌上心口,一时之间竟哽咽在喉。忽而,许文浦感到透骨奇寒,便匆匆跑回屋里拿上一件外套披上。这时,滂沱大雨从天上倾倒下来,霎时,眼前变成了白茫茫的一片。

按规定,越是这样的天气,训练班越是要加强室外训练,许文浦穿好衣服,准备下楼。这时,广播里播出通知:今天室外训练项目取消,室内学习照常。许文浦换上便装,拿起雨伞,走出营房。就在许文浦快走到会议室门口的时候,一个士兵迎面而来。

"许队长,军需科吴永红科长请你到他办公室去一趟。"

许文浦没作声,点了一下头。

许文浦走进军需科:"吴科长,您找我有事?"

"坐下谈,坐下谈。"吴永红不开笑脸。

许文浦毕恭毕敬地坐到吴永红办公桌对面的椅子上,他不知道吴科长找他谈什么,心里一点底也没有,只能看着吴科长,等他开口。

吴科长甩了一支烟给许文浦,说道:"许队长,你们队上周领的32箱罐头是不是全部发放了啊?"

许文浦肯定地回答:"发放了,发到了每个人手上。吴科长,有什么问题吗?"

"没问题我找你干什么?"吴永红接着说,"你们队的那个叫'野猫'的学员前天托人找我要罐头,我叫科里的同事了解了一下,原来'野猫'和学员玩牌九输了,把罐头抵给了他人。这事,你作为队长要管管啊。当然,这事与我无关,但学员夜里训练后吃不上罐头,郭副主任知道,是要找我的呀。这样一说,这事就与我有关了。"

许文浦答道:"我一定严查,对参与赌博的学员进行处罚,并保证以后不会再有此事发生。"说完,许文浦起身准备告辞。

"许队长难得到军需科坐坐,今天上午正好休息,喝杯茶再走。"说着,吴永红到里屋拿出茶叶。

吴永红说:"这可是上等的'正泰毛峰'啊,雄村曹正泰曹老板送的。许队长,你知道曹老板吗?"

吴永红告诉许文浦,雄村的曹正泰是徽州有名的茶叶王,他的茶叶生意做到南京、上海、武汉、重庆等地。曹老板还是戴局长的好朋友。

"戴局长的好朋友?"

"是啊,曹老板是杜月笙的朋友,杜月笙把戴局长介绍给他。戴局长每次来这里,都要去拜访他。这里面水深得很啦……"

茶叶浮在水面上,然后慢慢下沉,尽情地舒展着身躯。片片嫩茶犹如雀舌,色泽墨绿,碧液中透出阵阵幽香。

许文浦端起茶杯抿了一口,顿觉如兰在舌,芬芳甘洌,清香怡人。

许文浦从口袋里掏出香烟递了过去:"吴科长,抽一支我的孬烟。"

吴永红摆摆手:"还是抽我的吧。"

吴永红在津津有味地讲茶,许文浦却想到了离开武汉时老赵给的那张字条。把眼前的情景联系起来,他似乎觉得吴永红不单是在说茶。可转念之间,他又觉得自己太敏感了。许文浦实在不想错过机会,决定试探一下吴永红。

"吴科长,你知道茶叶是怎么来的吗?"

吴永红看了许文浦一眼,漫不经心地说:"茶叶就是树叶,只不过品质不同罢了。"

许文浦好像在等待吴永红的下文,茶杯端在手里,凑在嘴边。

　　"一片树叶,落入水中,便有了茶。"吴永红不紧不慢地说。

　　啪的一声,许文浦的茶杯从手中滑落,他上前一步:"一根竹竿,落入水中,便有了船。"

　　吴永红连忙迎上去,紧紧地握住许文浦的手。

　　"许文浦同志,我一直在等你!"

　　"吴永红同志,我也一直在等待你的出现。"

　　等待,不怕岁月蹉跎,不怕路途遥远,只要最后是你就好。此刻,他们终于等到了。

　　吴永红谨慎地打量了一下四周,然后把办公室的门关上。

　　"吴永红同志,你是不是早就在观察我了?"

　　吴永红告诉许文浦:"你到雄村的第一天,我就在注意你了。尤其是上周的那个晚上,你队里的一个学员做急性阑尾炎手术,你在他的病床前守了一夜,我的猜测就更进了一步。只有我们共产党人才处处以人的生命为重啊。"

　　许文浦笑笑:"单凭这点判断,有点勉强。"

　　接下来,吴永红说:"4天前,从靶场回来,你是不是在路上和安全科的一个副科长谈茶叶? 还说,你老家是徽州许村的,屋后的山上都是茶树?"

　　"我也是有意和他谈茶叶的,想试探试探。他告诉你了?"

　　"他和我是福建老乡,平时聊得多。"

　　许文浦喝了一口茶,再一次掏出香烟:"吴科长,我的烟瘾,现在抽一支,可以吧?"

　　吴永红笑笑:"我们伪装的时间长了,自己有时都感觉自己不真实了。"

　　"其实,你在讲罐头、'野猫'赌博一事的时候,我就觉得这事作为军需科科长应该直接向郭副主任汇报,郭副主任再找我谈话,这才顺理成章。要不,就是你和我关系很好。再说,即便我是个队长,也总归是个学员。"

　　吴永红打开门,故意清清嗓子,说道:"事情都过去了,作为队长以后要多关注学员的一举一动。"然后,他又悄悄说了一句,"你去郭副主任那里把罐头的事汇报一下。"

就在吴永红送走许文浦,转身的一刹那,他看到郭履洲站在对面的楼上看着军需科。

49

吾志所向,一往无前;赴汤蹈火,在所不辞。向善的信念,很多时候不仅由本心发出,更因知道在从善的路上,有人与你同行。

许文浦终于在寂寥中找到了志同道合的吴永红,彼此虽然不能想见就见,但知道彼此在并肩作战,这就足够了。

为了一个梦想、一个使命、一份责任,他们在注视着对方,在勉励着对方。

1943 年 11 月 23 日下午,郭履洲指示吴永红抓紧把 12 月到春节前训练班所需要的物资预算出来。

郭履洲告诉吴永红:"戴局长已经和美方商量好了,美方说物资在武汉交接。11 月 29 号我们的船从武汉发出,在浙江放一部分货,其余全部运到雄村。上次你把香烟都列在物资表上,戴局长很不高兴,这次要注意了。你也知道,这香烟美国佬是看在杜立特将军的分上,即使不列在表上,他们也会给。"

"这次香烟到了,给许文浦两条。"

吴永红不解地问:"给他干吗?"

郭履洲笑笑:"这你就不要问了。"

走出郭履洲办公室后,吴永红以统计物资之名到各个组跑了一圈。在电讯组,他把物资运输信息告诉许文浦。

许文浦说:"老赵告诉我,他们曾经跟踪了一艘国民党的货船,那条船在武汉装满物资后由长江驶入新安江,后来他们的人被敌方发现,4 位同志全部牺牲。上级分析,国民党一定是在新安江流域有重要基地,要求他们联络安徽的地下党组织查清此事。从你刚才说的情况来看,这一切都明朗了。"

"11月29日是个时间节点,你想办法发报给武汉的老赵,此事要在武汉那边解决。"随后,吴永红给了许文浦一个电台的频率。

这是许文浦到雄村训练班之后第一次接到任务。

在平时的训练中,许文浦和学员们实际练习发报的电台都在慈光庵内的阁楼里,几部电台放在一起,6人一个小组,练习时都有专项记录。况且电台的功率也不大,电文发出去了能不能接收得到,也是未知数。有一部功率强大的电台放在二楼一间单独的小屋里,那间小屋编号为201,除了郭履洲的专职发报员与重庆联系时用外,其他人不曾动过。

当晚,许文浦到电讯组营房查看学员们的休息情况。远远地,他看到201的灯亮着。许文浦轻轻上楼,准备敲门,发现门上挂着钥匙。他轻轻地把钥匙拿出来放在口袋里,然后敲了敲门。

"许队长这么晚了还来查岗?"

见是学员李博雯,许文浦松了一口气:"你怎么在这里?"

"报告队长,发报员小芳病了,她向郭副主任推荐了我,我在给重庆发报,正在等回电呢。"

许文浦说:"小芳看中的人必定优秀,说不定你以后能留在领导身边呢。"

"队长过奖了。"

"你忙吧,我去营房转转。"许文浦漫不经心地走出201。

此前,当许文浦取下钥匙时,他就想好了对策。如果小芳发现钥匙在锁孔里,他会批评她不细心,然后把钥匙给她。如果小芳没有发现,他会视情况而定。现在,小芳不在,李博雯在,并且李博雯还在等重庆回电,这样他就大可放心地带走钥匙。

出了慈光庵,许文浦步履匆匆地回到营房,他手脚麻利地做好钥匙拓印,然后蹑手蹑脚地回到201,悄悄地把钥匙插到锁孔里……

第二天深夜,许文浦轻轻松松地打开201的门。他把窗帘拉严,灯光调到微微亮,坐到了电台旁。调整好波段,调试好发报机,许文浦发出了平生第一封电报。当敲完最后一个密码时,他长长地吐了一口气。然后他把一切恢复了原样,走出了慈光庵。

就在许文浦快要到营房的时候,一个黑影站在他面前。许文浦没有退缩,他照常走上前去。

原来这人是吴永红。

吴永红告诉许文浦:"就在你快到 201 的时候,一个人悄悄地跟在你身后。你上二楼,进屋了,他一直躲在一楼的门边。但他万万没有想到他身后还有一个我。当我站到他面前的时候,才看清楚那人是你们队的'野猫',我来不及多想,一个锁喉结果了他,然后把他扔进了浙江……"

吴永红的叙述,让许文浦吓出一身冷汗。

吴永红接着说:"以后可以把账算到他头上。"

50

12 月 1 日,重庆传来消息,运往浙江、雄村的物资在武汉出港后不久被中共地下党烧成灰烬。重庆方面指示军统武汉站不惜代价捉拿地下党,压根就没有怀疑这事是在雄村出了问题,郭履洲更没有想到问题就出在自己的身边。

郭履洲叫来吴永红,指示他协调歙县政府,做好春节前的物资筹备工作。

郭履洲说:"重庆发来电报,美国方面暂时不再向我们提供物资了……"

吴永红把脑袋贴到郭履洲的耳边,悄悄地说:"主任放心,仓库里的物资足够用上三个月。"

郭履洲哈哈大笑,竖起大拇指:"你这个军需科科长能回重庆当处长了。"

这时,安全科苏科长走进了郭履洲办公室,郭履洲摆摆手,示意吴永红退下。

据苏科长汇报,电讯组的"野猫"经常聚众赌博,钱输光了不算,还把夜间训练的食品抵给了别人。许队长和电讯组组长以及教务处、军需科的人都找他谈过话，并且给予了严厉的处罚。后来，"野猫"不见了，直到昨天傍晚，渔民在浙江的沙滩上发现他的尸体了。

郭履洲"哦"了一声，然后说："你们安全科要把学员的人身安全放在首位，听说上次有40多个学员闹肚子，食品安全也很重要。美国佬的食品也不是百分百安全的，据说他们给我们的也有一些即将过期的食品……"

随后，郭履洲唤来许文浦。

许文浦汇报说："'野猫'除了赌博外还有鸡奸行为。"

郭履洲闻言大怒，他拍着桌子说："《清律·刑律·犯奸》里就讲道，'恶徒伙众将良人子弟抢去，强行鸡奸者，无论曾否杀人，仍照光棍例。为首者，拟斩立决'。鸡奸者，类似杀人犯和纵火犯，这种罪行是要受到法律惩罚的！这种可耻的行为怎么能发生在军营，怎么能发生在我们训练班呢?!"

接着郭履洲把政治部、教务科、训练科、安全科、档案室的负责人以及各个队的队长、各组组长召集到会议室，开了一个临时会议。

郭履洲说："……从'野猫'事件中，我们要举一反三，要对少数经常无故不参加训练，擅离营房的学员进行批评教育，做耐心细致的思想工作。对苦口婆心的劝说和教育置若罔闻、我行我素者，对严重扰乱训练班正常工作和生活秩序、损害军人形象者，我们要采取严厉的纪律处罚，直至除名！

"我们要加强内部管理，要有严明纪律的态度和决心。要加强正规化建设，认真遵守条令条例和规章制度，服从管理，认真训练，这是主流。少数人顶风违纪甚至违法，我们将坚决处理，绝不手软。特别是对那些'大错不犯，小错不断'，多次受处分仍不改正者，将依据条令条例，严厉处罚，必要时送重庆处理。

"我们一定要牢记那句古训，'勿以恶小而为之'。要自觉地遵守纪律，自觉地服从命令，听从训练班的管理，自觉做一名纪律严明的军人，为党国做出贡献。

"明天上午，召开全体学员大会，'野猫'事件也不要藏着掖着，政治部要在大会上宣读对'野猫'等人的处理决定。各部门负责人,包括各队队长、各组组长要在大会上表态发言……"

"野猫"事件后,雄村暂时风平浪静,可远在千里之外的军统武汉站马副站长,因为对浙江、雄村物资在长江上被共产党烧毁的事件调查不力,被戴笠严厉训斥。

马副站长想到了许文浦,他决定对许文浦展开秘密调查。

1943年12月6日,军统武汉站的马副站长把关于许文浦的一些文字材料一一摆到案头。这些材料中有许文浦写的简报,也有别人写的简报中涉及许文浦的内容。

1942年7月那次去麻城、黄安、黄陂、云梦等地摸排共产党地下组织情况,虽然行动组肖组长在重庆出差,但他回来后详细了解了情况,在报告中写出了自己的怀疑。马副站长打开那次行动的卷宗仔细地看了一遍,卷宗记载:麻城、黄安、黄陂、云梦和应城的30多个中共支部全部撤离,只有孝感的两个书店被行动组的人标上了记号……

马副站长知道,当时这件事情武汉站是协助当地政府调查,陈副站长的指导思想就是敷衍,对于结果只简单问了一下,简报也是一目十行大致看了看。

马副站长在记事本上写下:要弄清楚7月12号那晚,许文浦到底去了哪里。

关于1942年底共产党员马慧芝尸体存疑与小王失踪的事,蔡新奎和肖组长都写了报告,这两份报告陈副站长也都看过,可陈副站长把报告往抽屉里一扔,就像没事一样。马副站长知道,那时的陈副站长全部心思都在贪财、升官上。

马副站长打开卷宗,没有找到尸体送检的结果。他喊来技术科科长,问道:"马慧芝尸体送检的结果怎么没有记录呢?"

技术科科长说:"当时陈副站长说,案子已经结了,就不要再送检了,所以没有记录。"

之后，马副站长又问行动组组长蔡新奎，蔡新奎的回答与技术科科长回答的内容基本一致。他想，这事都集中到了陈副站长身上，陈副站长被关在重庆，已经疯了，这事还怎么查呢？但他又想，这事没有那么简单。

马副站长在记事本上写下：要弄清楚马慧芝尸检的情况。

还有，1943年2月，那次在安全屋，许文浦为什么要击毙肖组长？

一个个问号都摆在马副站长面前。

马副站长联系到这次物资的送达终点是徽州的雄村，许文浦刚好也在雄村培训，他觉得许文浦疑点很多。于是，他喊来情报组的朱组长、行动组的蔡新奎组长。

"你们二人把手头的工作先放一放，现在的主要任务是调查许文浦。朱组长负责查那次麻城等地行动、马慧芝尸体存疑这两件事情，查清与许文浦相关的一切情况。蔡组长负责查清许文浦击毙肖组长一事。"马副站长把所有的材料交到他们手上，并说道，"给你们一个礼拜的时间。"

一个礼拜后，朱组长和蔡新奎的调查报告送到了马副站长面前。

马副站长看后，一脸不悦。

"你们的报告与之前的简报、卷宗材料相比，只不过多了现在调查的年月日，多出现了几个证人的名字而已。除此之外，还有什么区别吗？"

朱组长说："我的调查也是很细致的，没有发现许文浦有可疑之处。"

"7月12号那晚许文浦去哪了？"马副站长眼睛直愣愣地盯着朱组长。

朱组长唯唯诺诺："我查清楚了，许文浦那晚和小康在一起。"

"那你为什么在报告中没有写？"

朱组长回答："我找了小康了解情况，她不让把这事写进报告。"

"小康不让写，你就不写？你这是严重失职。那个和许文浦一块处理马慧芝尸体的小王呢？查到了没有？"

朱科长摇摇头。

马副站长转脸问蔡新奎："蔡组长，我知道你和许文浦的关系很好，我让你查许文浦是我对你的绝对信任。你别忘了，肖组长还有一份报告，我在陈副站长的柜子里发现了,现在躺在我的柜子里,你要不要看看?"

说着,马副站长拿出了那份报告:"你自己看看,肖组长认为你身上疑点多多啊。"

蔡新奎接过报告,上面是肖组长列出的几个疑点,他看完后不慌不忙地说:"马副站长,针对肖组长提出的问题,我曾在陈副站长面前一一解释了。后来,我也知道陈副站长秘密调查了此事,但案子已经结了,与我蔡新奎没有丝毫关系。现在,你马副站长又拿出肖组长的这份报告,我只能说,请求马副站长重新启动对我的调查,如有问题,党纪军法处置我,我没有怨言。如果没有问题,还请马副站长相信你的部下,你的部下也是为党国出生入死的军人!"

马副站长走到蔡新奎面前,递上一支烟:"新奎啊,我这也是急了啊。这次物资被烧事件我们没有查出个所以然,我被戴局长骂得狗血喷头,请你理解我的心情。我看,这事就到此为止了,大家也不要记在心上。新奎,你先回去吧。"

说完,马副站长转向朱组长:"你留下。"

接着,马副站长口授,朱组长当场拟了一份电文。

"这份电报你知我知,就不走程序了,也不要交给发报员,你亲自发。双重加密!"

朱组长会意地点点头。

一个小时后,这份双重加密的电报飞到了雄村。

51

蔡新奎感到事态严重,他料定马副站长不会就这样了事。出了马副站长办公室的门,他直奔江岸机车车辆厂。

见到老赵,蔡新奎把马副站长调查许文浦的事详细地说了一遍。蔡新奎说:"马副站长把物资被烧事件指向了许文浦,他一定会与雄村联系,这样一来,许文浦在雄村就危险了。"

老赵想了想,说道:"我想是这样的,在他们找到证据证明是许文浦发出情报之前,许文浦同志是安全的。就是武汉站与雄村取得了联系,也说不出之前许文浦在武汉的一二三,那些猜疑,那些推理,拿到桌面上都是站不住的。但是,武汉这边的情况必须让许文浦知道,他好应对。"

怎么才能让许文浦知道呢? 大家议论纷纷。

有人提出发报,老赵说:"这万万使不得,许文浦肯定没有专用电台,如果有的话,他上次就会告诉我们的。"

有人提出通过徽州的地下组织与许文浦联系。

老赵说:"只有这样。我们尽快把信息发送给徽州的同志,让他们想办法再把情报送出去。雄村有我们的人,从目前的情况来看,许文浦已经和他联系上了。"

老赵接着问蔡新奎:"朱组长说去年 7 月 12 号那晚许文浦和小康在一起,这是怎么回事?"

蔡新奎告诉老赵,许文浦当时就料定肖组长会暗中调查他,他早早就和小康说妥了这事。小康爱许文浦,也没有多问来龙去脉,就一口答应了。

"哦,这样也说得过去,因为军统内部不许同事间谈恋爱,许文浦当时不讲,也在情理中。"

就在武汉站给雄村发情报三天后,12 月 9 日,老赵的情报终于传到了许文浦手里。

12 月 6 日晚,郭履洲就收到了发自军统武汉站的双重加密电报。

电报内容为:许文浦在汉存疑,目前尚无证据证实。建议雄村多加观察。

郭履洲看后把电文收了起来,自言自语道:"武汉的腿伸得真长。"

在郭履洲看来,武汉应该向重庆汇报,重庆通知雄村,这才符合规矩。郭履洲虽然对武汉的马副站长此举有看法,但他没有因为程序上的问题而忽视这份电报。

一直对物资没有能够进场而耿耿于怀的郭履洲还是决定查查许文浦。

训练班没有办案机构,也没有行动部门,郭履洲决定亲自查。郭履洲心想,自己虽然没有在一线办过案,可跑江湖多年,面对一个小自己近二十岁的后生,应该是有办法的。

从什么地方下手查呢? 郭履洲首先想到了电台。

郭履洲问小芳:"你生病那几天,李博雯一共替你上了几天班?"

"四天,11 月 21 号到 24 号。怎么了,主任,有什么问题吗?"小芳不解地问。

"你去把李博雯叫来,把 21 号到 24 号的发报、收报记录也带来。"

不一会儿,李博雯来了。

郭履洲看了记录后问道:"这几天有人用过这部电台吗? 或者有没有人让你发报?"

李博雯肯定地说:"没有。"

"有没有人去过发报室呢?"

李博雯突然想起来了,她告诉郭履洲,许文浦去过一次发报室。

"23 号晚上,许队长说他巡查时看到 201 的灯亮着,就上来看看。我告诉他,小芳生病了,让我替她上今天的班。他没说什么就走了。"

"你发现他有异常没有?"

李博雯说:"这倒没发现。许队长还说了一句'说不定你以后能留在领导身边呢',郭主任,我能留在你身边吗?"

郭履洲看看李博雯,没有回答。

从李博雯的话中看不出许文浦有什么问题,可郭履洲从收到武汉的电报起,心态就变了,各种信息不断地让他对许文浦产生猜疑,但又无法当面对质,因为他无法证实这些疑点。

怀疑一旦冒出头,往往如乱云扩散般,以惊人的速度蔓延开来。就像天空长时间完全被乌云笼罩,人们会慢慢地认为那些云就是天空的全部,不相信云之上还有一片湛蓝纯净的天空。

在郭履洲想来,一个撒谎者面对提问,通常会先有点惊慌,然后借假笑的时间迅速思考,想出一个并不高明的谎言,然后异常坚定地回应,而且会一直自言自语,越说越多,因为沉默的时候,他觉得别人还在怀疑他。

于是,郭履洲决定试探试探许文浦。

在听风楼的翻译室转了一圈后,郭履洲来到了慈光庵。他上到阁楼二楼,本不想进201,可看到了201的门锁上插着钥匙,他取下钥匙装进口袋,推开了门。

"哦,是小李。小芳今天怎么又没来上班?"

李博雯告诉郭履洲,小芳昨晚闹肚子,让她替一天。"小芳没跟主任请假?"

郭履洲拍拍脑门:"你看我这记性。人岁数大了,脑子就不够用了……"

转而,郭履洲从口袋里掏出钥匙放到桌上,问道:"你每次开门都是把钥匙插在锁孔里,不取下吗?"

李博雯红着脸,不好意思地答道:"不是的。"

"那23号晚,钥匙也没有取下吗?"

李博雯眨眨眼。

"别急,你仔细回忆一下,好好想想。"郭履洲的声音变得很小。

很快,李博雯想起来了,23号那晚,钥匙确实是忘了取下。可她马上想到,如实说,一定会受到批评的。

"23号那晚,钥匙肯定是取下的,我清楚地记得,我进屋后还用挂在钥匙上的指甲剪剪指甲了呢。"

从二楼下来,郭履洲走到一楼电讯室门口,招手示意许文浦出来。

渐江岸边,冷风飕飕。群山萧索,百树凋零,不见鸟飞,不闻兽叫。乍看去,就像低垂的云幕前面,凝固着一幅死气沉沉的图画。由于没有了绿树的点缀,岸边显得有点破败,有些冷清。

在寒风中,许文浦嗅到一种特殊的气息,那是土味,是滋润养育世间万物的味道。它不同于春天的花香沁人心脾,不同于夏天的水汽令人窒息,更不同于秋天的果香预示收获,它蕴含了能量的孕育与生命的律动。

郭履洲递了一支烟给许文浦:"上个月 23 号晚上,你去过慈光庵的 201?"

许文浦点上烟,吸了一口:"是的,我见夜深了,201 的灯还亮着,就上去看了看。"

"看到什么了吗?"

"看到的,都是您知道的。"许文浦笑了笑。

"文浦啊,听说你在武汉时做得不错啊。"

"武汉应该是我伤心的地方。"

"何以见得?"

许文浦告诉郭履洲:"我在武汉参与的几次行动,因为结果不是太理想,当时的组长与主持工作的副站长等人之间有利益纠葛,就把怨气撒到我身上。之后陈副站长的事闹大了,我击毙肖组长也是为了临危之际保护陈副站长,可是陈副站长在重庆上了我的烂药……"

"后来,戴老板不是表扬你,还提拔你了吗?"郭履洲斜看了许文浦一眼。

"这是两码事。"许文浦用力把烟头甩向远处。

郭履洲接着把话题引到物资被焚事件上:"你对这次的物资被烧事件怎么看? 我想听听你的高见。"

许文浦笑着说:"郭副主任高看文浦了,关于这事,我一点信息都不知道,我能怎么看? 再说,我来雄村是来学习的,是个学员。"

冬天正在寒冷的风霜中积蓄着力量。一阵冷风吹来,寒冷刺骨。

郭履洲说:"我们回去吧。"

许文浦没有作声,跟在郭履洲后面往回走。

走进大院,郭履洲远远地看到吴永红站在他办公室门口,他三步并作两步上了楼。

"吴科长找我?"

吴永红告诉郭履洲:"歙县县政府提供的物资到了,刚刚入库。这是物资清单,主任看一下。"

郭履洲高兴地接过清单，连声说道："好啊，好啊。你这个军需科科长，称职！"

"都是主任的面子。"

"哪里，这是戴老板的面子。"

吴永红刚走出办公室，郭履洲把他喊了回来。

"永红，你看许文浦这个人怎样？"

吴永红不解地问道："主任指的是哪方面？"

"综合的。"

吴永红知道郭履洲的意图，故意说道："再有几个月，这批学员都要离开这里，管他怎样。"接着，他又说，"可话又说回来，以我个人的观察，许文浦还是个蛮不错的人，队长当得称职，替我们做了很多事，我们也省了很多心。再说，他业务精良，作风正派，为人忠厚，是个好青年，以后也一定是党国的栋梁。"

"吴科长对许文浦评价很高哦。"

"主任，你是不是怀疑许文浦什么？"

郭履洲没有表态，深深地吸了口烟。

"实话告诉你，因为种种原因，我对许文浦有点不放心，也可以说是怀疑。"

吴永红接过话："怀疑一个人，并不是自己的缺点。如果没有什么确切的东西存在，总是疑，而并不下断语，这就是缺点了。"

郭履洲笑着说："吴科长，你这是在批评我？"

"哪敢，哪敢。"

52

1943 年 12 月底的一天，郭履洲决定再试一试许文浦。

这一次试，可不是什么谈话式的窥探了，而是人命。

这是个阳光正好的上午，实弹射击环节，学员们既紧张又兴奋。不论是中正式步枪、汉阳造步枪，还是毛瑟步枪、捷克半自动步枪，抑或是 M1911 制式手枪、勃朗宁自动步枪、MG-34 通用机枪以及马克沁 M1910 重机枪，许文浦都能运用自如。所以，在每次实弹射击中，他都代替教官，坐在一队的教官席上。

步枪射击时，李博雯子弹上膛却迟迟不能发枪，因为教官多次讲后坐力，她有些害怕。许文浦走上去，纠正了她的枪托位置，让她将枪托抵实肩窝。"不要怕，我在你身边。"在许文浦的鼓励下，李博雯打出了第一枪，虽然后坐力之大让她震惊，很大的冲击力让她肩膀很痛，但她还是认真地完成了下面的射击。

许文浦站到操场中央，对学员们大声说："手枪射击时，由于手枪的枪管短，枪的后坐力轴线与手臂不在一条直线上，而是高于手臂轴线，所以射击时你会发现枪不容易控制，在子弹出膛后，枪口上跳。所以，双手托起时，一定要随着扣动扳机而向下稳稳地压一些。只有刻苦地训练，认真地训练，才有可能达到'枪中无弹，心中有弹；枪中有弹，心中无弹'的射击最高境界……"

枪声中的火药味还未散尽，郭履洲走上了高台。

郭履洲大声说道："今天学员们的实弹练习很成功，你们严整的精神风貌和严明的队列纪律，让我深感欣慰。你们整齐的步伐和嘹亮的口号，让我们备受鼓舞。你们在教官的带领下，严格训练，勇于吃苦，服从管理，文明守纪，充分发扬了军人的吃苦精神，自觉地磨砺了意志和品质，提高了自身的综合素质，达到了这次训练的预期目的。希望你们发扬在训练期间培养出来的吃苦精神和优良作风，以饱满热情和旺盛斗志投入学习中去。

"现在全体听令，列队原地坐下休息。我要让大家看一次实弹对真人的射击！"

郭履洲话音刚落，操场上一片哗然。

他接着说："昨天夜里，我们的士兵在执勤时发现了两个中共地下党在我们仓库的围墙边埋炸药，在抓捕中，我们有 1 名士兵全身被他们刺中 20 多刀,当场殉职。后来,这两个人被制伏。今天,我们在这里严惩凶手,为殉职的士兵报仇!"

郭履洲提高嗓门:"许文浦,出列!"

许文浦上前一步。

"现在由雄村训练班学员,二期一队队长许文浦对凶手执行枪决。"

许文浦走上前去,在毛瑟步枪里装上 3 发子弹。这是以防万一,如一枪没打死,子弹不响,或者犯人突然仆倒,没打中等意外情况。

许文浦缓缓端起了枪,扣响扳机,一个人应声仆倒。接着,他又举起枪,另一个人倒地而亡。

这两个人都是后脑勺中弹的。检查尸体时,许文浦发现子弹入口处只有一个圆孔,前面出口较大,死者面目全非。

回来的路上,许文浦的心情怎么也平静不了,觉得手有些颤抖,心脏有被挤压的疼痛,还有莫名的异样感觉。那种感觉是惭愧？是残忍？

郭履洲吩咐吴永红:"中午你喊两个能喝酒的,陪文浦喝几杯。"

"主任,您也参加。"

"我就不参加了,我还有点事。"

中午,吴永红谁也没有喊,只和许文浦两人对饮。

许文浦说:"我端起枪的那一刻,真想对准郭履洲。两个无辜的生命结束在我的手里啊。"说着,许文浦的眼泪流了下来。

吴永红端起酒杯:"文浦,不要多想了,干一杯。你过了这一关,郭履洲从此打消了对你的猜疑,他也会把这事告诉武汉。你安全了,这是我们目前最大的事啊。"

原来,事情是这样的。

几天前,两个流浪汉爬上了歙县县政府的物资车,当押车员发现这两个人时,车上的物资已被他们扔下了 5 箱。押车员把这两人绑了起来,带到训练班,交给了安全科。安全科的人得知物资没有损失,就准备放了他们。谁知,这两个人口出狂言。一个说,他在屯溪杀了个女人。安全科的人问他为什么要杀人,他大言不惭地说:"她不让我睡,我就杀了她。"另一个说,去年雄村曹正泰茶庄的那把火就是他放的。安全科的人问他为什么要放火,他说:"好玩呗。"

事情汇报到郭履洲那里,郭履洲顿时有了主意。他问安全科的苏科长:"这两个人进来,还有谁知道?"

苏科长说:"歙县县政府的几个人知道,还有安全科的人知道。"

"好的,把这两人秘密关押,不要透露任何风声。"

就这样,郭履洲布好了局。他要假称这两个人是中共地下党员,要许文浦亲手枪毙这两人。

原以为天衣无缝的郭履洲万万没有想到,第二天军需科科长吴永红带人给歙县县政府送锦旗,在酒桌上,他知道了两个流浪汉的事情。回来后,有心的吴永红发现这两个流浪汉被关在地下室,就悄悄地把此事告诉了许文浦。

当那两人被押至操场的时候,许文浦一切都明白了……

53

女性学员的训练是辛苦的,她们日复一日地接受训练,就是为了能够完成任务,不让自己暴露,也不让自己因为能力有限而送命。

在雄村训练班,对女性学员的培训内容十分全面,除了要学习伪装、潜伏、格斗、刺杀、爆破等特工的必备技能,还要学习化装、窃听、电报破译等技巧,以及如何合理利用女性美色诱惑男性,以帮助完成任务。

这天,郭履洲走上讲台。

他说:"这期训练班的常规的训练即将告一段落,对于你们83名女性学员,接下来还有具体的针对性训练。1941年,戴局长就从上海、杭州、嘉兴、湖州等地流亡的难民中挑选了40多位女青年,在位于浙江衢县廿八都镇的军统局中校处长姜守住宅中,举办了一期军统女特务培训班。这期培训班培养了很多优秀女特工,其中就有号称'军统之花'的特工姜毅英。

"你们这批83名女学员,除6人外,其他都能够快速记忆地图、人物肖像,能够驾驶机动车,能够自制炸药和拆除炸弹,能够熟练地使用各种枪支弹药,等等,这些都是常规的训练。而作为女性学员,接下来就是具体的针对性的训练。当然,我们这里因为条件有限,不会像美国的学校那样一丝不苟,我们会简化程序。我们也知道,我们的女学员中有些人原来就有过性经历,有些人还是一张白纸。不管怎样,这一关,大家都得过!"

接着,教官宣读了计划。

"第一轮,所有女学员在597名男学员中抽签;第二轮,在上次没有抽中的514名男学员中抽签;第三轮,在前两次没有抽中的431名男学员中抽签。抽签后,到后勤科登记。然后由后勤科安排训练地点、时间。"

三轮抽签,许文浦都没有被抽中,他如释重负。可郭履洲没有放过许文浦。

"文浦啊,我知道你心中有人,也知道你重情重义。这次你没有被抽上,按说就不参加这个特殊的训练了。但是,为了你以后能更好地应对复杂的局面,更好地保护自己的人身安全,更好地完成任务,我还是决定让你参加这次训练。"

"郭主任,我听说第一期训练班也是按照抽签结果进行的,这是按照规矩办事,这规矩可不能破啊。再说,我也有过短暂的婚姻,也有一位女同学一直在等我。另外,这次特殊训练是针对女学员的。"

郭履洲严肃地说道:"这是两码事。对你这样的特殊人才,我们有规定。你要知道,你许文浦可是戴局长一直关心、重点培养的对象哦。"

"那就是说,我这次非得参加训练不可了?"许文浦语气有点急。

"是的!"郭履洲回答得也很干脆。

既然郭履洲态度坚决,许文浦只好提出:"83名女学员现在都有主了,你安排谁给我呢?"

"这个我不做安排,83人中,任你挑。"

事已至此,许文浦无话可说,他脑海中突然闪现出了李博雯。许文浦也没有犹豫:"那就李博雯吧。"

郭履洲当即唤来后勤科的余科长。

郭履洲指示余科长:"余科长,你把李博雯第一轮抽中的那个男学员换掉,换成许文浦。"

还没等余科长开口,许文浦接过郭履洲的话,说道:"把李博雯抽中的三个男学员都换成我。"

郭履洲起身,笑着说:"尊重文浦的意见。余科长,就这样办吧。"

余科长转身要走,许文浦说:"余科长,听说你们后勤科安排的是多人在一起?"

余科长抽回脚:"是的,营房不够用,我们一共安排了二十个房间。"

许文浦把脸转向郭履洲:"郭主任,我最后一个要求,我和李博雯就在我自己的房间吧。"

郭履洲看看余科长,余科长估计郭履洲是同意的,便说道:"可以,可以。"

这事就这样定下来了。

李博雯出生在上海,淞沪会战期间,她就读的沪江大学在侵华日军的狂轰滥炸中被迫撤离到杨树浦校区。之后,李博雯加入大学生抗日游行队伍。1937年10月26日,四行仓库保卫战爆发。四行仓库对面的苏州河南岸是英美的公共租界,李博雯和同学们就在南岸声援四行仓库的战士。

当时四行仓库守军没有携带旗帜,整个上海也都挂上了日本国旗。谢晋元副团长为了提升军威,提出想要一面国旗挂在四行仓库屋顶。上海商会迅速送来一面大旗,游行队伍里的李博雯自告奋勇,表示愿意将旗送入四行仓库。她用油布包了这面大旗,在众人的掩护下跳入苏州河,泅水到达对岸……

后来,李博雯投笔从戎,直至被送到雄村训练班。因为李博雯是学理工的大学生,数学成绩棒,所以,她主动报名到了电讯组。

……

　　抽签后,李博雯的心里一直惴惴不安。无奈军规军纪严厉,她也只好认命。在得知许文浦点了她名字后,李博雯总算放松了一些。

　　李博雯一直对队长许文浦印象很好。在她的眼里,许文浦有时候就像小孩子一样,很听话,很温顺;有的时候又是大男人的范儿,镇定自若,意气风发。作为男人,他傲然挺立,充满了阳刚之气;作为军人,他伟岸正直,身先士卒,威武不屈,气宇轩昂。

　　想到这里,李博雯的心里也多了一些期盼。

54

　　上灯了,一点点黄晕的光。

　　今晚的雄村注定是一个躁动不安的夜。

　　许文浦站在阳台上抽烟,他是在等李博雯的到来,还是想把时间一点一点耗去,他说不上来。不远处那二十个营房的灯错错落落都亮了,渐渐地,一扇一扇的窗户关闭了。那幽幽的灯光,穿过层层寒风,蜿蜒而去,无穷无尽。突然间,一股异样的暖流涌来,他抬眼望去之处,竟朦胧起来……

　　高跟鞋叩响楼梯,声音沉闷,节奏渐缓。许文浦知道李博雯快到门口了,他打开门迎接。

　　“博雯,晚上好。”

　　“许队长好,我化了个淡妆,耽误了点时间,让你久等了,不好意思。”

　　“哪里,哪里。博雯,是喝点红酒还是喝点茶水?”

　　李博雯抬眼看了一下许文浦,微微笑了一下:“还是喝点红酒吧。”

　　女人遇上红酒,她的魅力与红色的酒液相互融合,显得格外妩媚动人。

　　眼前的李博雯就像从最标准的美女画上走下来的人一样。一张再标准不过的古典瓜子脸;眼睛大而有神,似乎眸子里有水波荡漾,仿佛无时无刻不在默默倾诉着什么;挺直的鼻梁,兼有女性的俏美又有点男性才有的英气;略薄柔软的樱唇,呈现出一种近乎透明的宝石红,仿佛看一眼就能让人沉醉似的;一头柔美的乌亮长发,流瀑般倾斜下来,恰到好处地披散在微削的香肩上……

许文浦点上香烟,伸手把白炽灯打开,随之把暗红色的灯关掉。他不想让红酒与柔润的灯光烘托气氛。

李博雯看了许文浦一眼,没有作声。她一杯在手,纤指轻握。

接着,许文浦向李博雯叙述了他上学、结婚、逃婚、参军的故事。其中的每个故事都深深打动了李博雯。

李博雯抿了一口酒道:"说说你的爱情故事。"

许文浦告诉李博雯,他在徽州师范学校读书的时候认识了胡子珍,爱上了胡子珍,因为战乱他们分开了。可他一直心心念念想着胡子珍,他坚信她会等他……

"你的爱情故事可不可以说来我听听?"

李博雯说道:"我的爱情故事很简单,大学时的一个男生追我,我同意了,也相爱了。但后来,他没有和我走上同一条道路,他选择了回家,在他父亲的烟厂工作,我到了军营。志向不同,爱情也就随之烟消云散了……"

"我听说四行仓库那面大旗是你跳入苏州河,泅水送到对岸的。"

李博雯不免有些得意:"是啊,那是我告别爱情后的壮举。"说着,李博雯端起酒杯,仰头喝了一大口,她把酒杯重重放在茶几上,两眼直愣愣地看着许文浦。

红红的酒液光映着李博雯绯红的面庞,低眉浅酌间,葡萄酒让她在温柔中融入了豪放的娇媚,透过晶莹玲珑的高脚杯,烛光微晃,眼前的一切都变得模糊。

"文浦,今晚我们的主要任务是谈心,还是……"

许文浦没有正面回答:"茫茫人海中与你相逢,志趣相投,渐渐地,我们相识相知。人生是一个行走的过程,会遇到许许多多的人,会成为过客或是朋友。虽然我们彼此都有好感,可我们谁都不能越雷池一步,因为我们不知道前方的路是怎样的,未来会是怎样的。只有友谊是至真的,是人生中重要的一笔财富。如果博雯不嫌弃,在今后的岁月里我愿做你的哥哥,把你当作亲妹妹,关心你、爱护你、珍惜你……"

委婉的言辞,其实很残忍。

伤心的时候,葡萄酒万般酸涩;心境平和的时候,它又果香浓郁,口齿留香,让你的心情仿佛步入鸟语花香的世界一样明亮起来;欢快的时候,它又越发甜腻,像吃巧克力般让人兴奋。此刻,李博雯感到的是酸涩。

许文浦端起酒杯:"来,干一个。"

李博雯没有言语,端起杯一口喝干。随之,微笑着流下了眼泪。

眼泪的存在,证明了悲伤不是一场幻觉。

许文浦递上纸巾,李博雯擦了擦泪水。她说:"文浦,今晚我真正认识了你,你朴实稳重,坦荡真诚,心静如水,志洁如冰。从你身上,我看到了一颗尊贵的心。你是我的榜样。在未来的岁月里,我可不可以,可不可以在精神的层面上赖在你的世界里?"

不觉之中,许文浦的脸上一阵温热,一种无法言状的伤感从灵魂中油然而生,他靠在沙发上一个劲地流泪。眼泪大滴大滴地落下,他也不动手去擦它。

李博雯的心因之震颤,她走到许文浦身边,轻轻地说了一声:"不哭。"说着说着,自己也哭了起来。诸多感慨,复杂的情感一时之间难以道尽,全部凝聚在这夺眶而出的眼泪之中了。

他握着她的手,静静的,谁也没说话,泪水却不断地从他们的脸颊滚落下来,滴在衣襟上。

他们用泪水滋润这个寒冷的夜晚,用泪水祭奠痛苦和哀伤,用泪水去温暖苦痛的灵魂。人生总在泪水中前行,酸甜苦辣百味尝尽,或许,懂了泪水,就懂了人生。

许文浦起身再次把酒倒满,他把酒端到李博雯面前。

"再干一个!"

李博雯坚定地点点头:"干一个!"

"有一种情感,只能用心去感受。有一种情感,只能用心去珍藏。但这种情感不能被简单地划归为朋友之情,它超出了友情的界限和范畴,这就是兄妹情、战友情。博雯妹妹,我俩要做可以放心把后背交给对方的、互相依靠的兄妹! 我们不是谁从属于谁,而是遵守道德、纪律、规则的兄妹。愿我们的生命在挫折和磨难中茁壮,思想在徘徊和失意中成熟,意志在残酷和无情中坚强……"

李博雯擦了擦眼角的泪:"哥,听你的。"

许文浦伸开双臂,看着李博雯:"妹妹,让哥哥抱你一下。"

李博雯张开双臂迎了上去。

拥抱,是无声的语言,是感情的交流,是宽容理解,是贴心信任,是妥协与原谅,是不舍与期待。

在寂寞的寒冬里,在异乡孤独的夜晚,一个拥抱就够了,一个微笑就可以让彼此温暖地呼吸,把心点亮,不再失落。

许文浦突然想起了什么,他问李博雯:"你之前说'你斗胆,但不大意'是什么意思?"

李博雯没有立刻回答,她抿了一口红酒,笑着看看许文浦,说:"哥,我一定要回答吗?"

"听从你的内心吧。想说就说,不想说就不说。"

"在我回答之前,我要问你,我说了那么多话,你为啥偏偏把这一句拣出来?"李博雯偏着头,盯着许文浦的眼睛。

许文浦弹弹烟灰:"因为这句可贬可褒,我想听听你的高论。"

李博雯说道:"高论谈不上,我想说说心中的疑问。既然我们是兄妹,那我就无话不谈了啊。运往浙江、雄村的物资在武汉出港后不久被中共地下党烧成灰烬,这事想必哥哥没有忘记吧。事后不久的一天晚上,郭履洲副主任来到201,发现钥匙被我挂在门上,他问我每次开门是不是都把钥匙留在锁孔里,我回答不是的。他又问,23号晚钥匙也没有取下吗? 我说,取下了。其实,我是撒了一个谎。当时,我倒是没有想到其他什么,只是怕如实说会受到批评。郭主任走后,我坐在发报机前倒是认真地思考了一些问题。

"的确,我那晚在开门后没有取下钥匙。有了这个前提,才有了我的一些猜测、怀疑。

"首先,那晚你为什么走到二楼? 201 是郭主任专用电报收发室,不在你的巡查范围内。好,就算你看到了 201 的灯亮着,你走上去看看,未尝不可。但接下来发生的事不得不让我思前想后。我分析,你是发现了门上挂着钥匙,把它拿走复制,之后又悄悄地还原,然后在某个夜晚进了 201 发报,这些都是神不知鬼不觉的。可就在那晚,我在床上翻来覆去睡不着,索性起床,准备去 201 看看小芳是否在那里,如果她在,我就进去写写日记。没想到,就在我快要走进小楼时,看到两个黑影在打斗,不一会儿,一个把另一个扛在肩上,直奔浙江方向去了。后来,传出了'野猫'的事……当然,你复制钥匙是否与武汉出港物资被烧有必然的关联,我不敢妄加猜测,但至少可以说你有所图谋。"

许文浦深深地吸了一口烟,说道:"如果我取下钥匙,被你发现了,我会怎么办?"

"你会批评我不细心,然后把钥匙给我。"李博雯的回答很直接。她接着说:"你刚才深深地吸了一口烟,说明了什么? 你懂的。"

"我把钥匙拔走,倘若你工作结束了,找不到钥匙了,那不出事了吗?"

"有些事情就是天注定。那晚我在等重庆回电,等的时间足够长,冥冥中这些好像都是拜你所赐。"李博雯接着说,"不说这事了,哥,再喝一个。"

许文浦没有解释什么,只是让李博雯不要多想:"博雯,不要想得太多,想多了,想深了,或许会有危险。"

李博雯不解地说道:"想问题还有危险? 真有危险,我的危险就是哥的危险,反过来,哥的危险就是我的危险。"

……

许文浦和李博雯站在阳台上,看着不远处营房的灯光,他俩相视一笑。

"明天你的报告怎么写?"

许文浦笑着说:"我会如实记录我和李小姐云雨高唐的每一个片段。"

"编得出来?"

"嗯。"

抬眼看着眼前漆黑的夜里那些明亮而又柔和的灯光,再看看眼前的李博雯,许文浦的内心不由得充满了温暖与感动。不远处那柔美的灯光,像明亮的眸子,让他仿佛远离了黑暗,置身于一个有着明亮天窗的梦幻乐园,温馨而又美好。

55

同样是这个夜晚,远在千里之外的军统武汉站情报组电讯室的译电员小康倒在了血泊之中……

军统武汉站马副站长曾在记事本上写下:要弄清楚1942年7月12号那晚,许文浦到底去了哪里。后来,他叫情报组朱组长彻查此事。朱组长调查的结果是那晚许文浦和小康在一起。

对于许文浦的一系列调查,虽然报告显示没有问题,但马副站长一直放不下,尤其是运往浙江、雄村的物资在武汉出港后不久被中共地下党烧成灰烬一事,令他对许文浦的怀疑逐步增加。怀疑归怀疑,可一切都得证据说话,马副站长觉得要想挖出许文浦,目前只有从小康那里打开缺口。

马副站长决定亲自来审审小康。

当天,小康被带到审讯室。

"马副站长,为什么把我带到这里啊?"

马副站长笑笑:"小康啊,你知道这不是你该待的地方,那我为什么把你请到这里呢?实话告诉你吧,今天你要是不说出一些有价值的东西,就别想走出这道门了。"

小康也笑了笑:"马副站长,我小康什么违规违法的事也没做,你要我说什么呢?"

马副站长一改之前的态度,他冷冷地问道:"7月12号那晚,你真的和许文浦在一起?"

"7月12号那晚,我真的和许文浦在一起!"小康坚定地回答。

"那你为什么不让朱组长把这事记下?"

"我怕受到处分。"

"现在就不怕受到处分了? 如果查证你和许文浦谈对象,这肯定要处分的。如果查证7月12号那晚你没有和许文浦在一起,你却为了庇护他而撒谎,这可不是处分的事了,而是要掉脑袋的! 现在你说说,谁来证明那晚你和许文浦在一起?"

"难道我和一个男人在一起睡觉还要别人证明吗?"小康的语气显然有些强硬。

"普通人可以,但我们军统的人不可以! 难道你不知道军统的同事之间是不可以谈恋爱的吗? 就算那晚你俩在一起,这也是违纪! 何况,你单方面言辞,叫人如何信服?! 现在,我可以这样认定:第一,你和许文浦谈对象,并且发展到在一起睡觉,这是违纪的,要受到处分;第二,你7月12号那晚根本就没有和许文浦在一起,你欺骗了组织,隐瞒了事情真相,造成了一系列对党国不利的后果,这是违法的,是要受到严重处罚的。"说着,马副站长看了看行动组的蔡新奎组长,那意思很明显,是要蔡新奎对小康上手段。

蔡新奎为难地说:"马副站长,小康毕竟是同事,再说还没有证据证明许文浦那晚不在小康那里。"

马副站长又一次看看蔡新奎,他在蔡新奎面前转了一圈:"你是在提醒小康,要我们拿出许文浦那晚不在她那里的证据?"

"马副站长,我不是这个意思。我只是觉得,对待同事不能像对待其他嫌疑人那样,就我们前期对小康的外围调查来看,她是没有问题的,她就是个译电员,一个简简单单的女孩子。"

"你这么轻松地一说,倒是我错了?"

"不敢,不敢,我蔡新奎忠诚于马副站长,不敢有半点不敬。"

马副站长拍拍蔡新奎的肩膀:"我们不要被假象迷惑了眼睛,小康的事今天必须有个了断!"

蔡新奎心里十分清楚,马副站长怀疑许文浦由来已久,小康今天恐怕是难以过关了。于是他只好顺着马副站长的意思,说道:"小康,你今天要是不拿出证据,你真的走不出去了。这不是你在家里闹着玩,而是在军统的审讯室。再给你十分钟,要不然,我们就得换个地方谈话了。"

小康知道,换个地方,那地方就是刑讯室,刑讯室里几十种刑具中的任何一种都足以叫人死去活来。她知道,今天一定是有来无回了。

其实,小康就是一个普普通通的译电员,一个凭工作拿工资吃饭的人。她只知道对工作负责,根本就不了解军统内部的风云。从事高风险的工作,最重要的就是在履行职责的过程中注重职业安全和人身安全,高风险行业最忌讳的是不能时刻保持警醒,忘记了或者低估了时时刻刻都存在的风险。如今的自己变成温水中的青蛙,在愈来愈高的"温暖享受"中,可能会默默地死去。此时的小康后悔来到这个似被囚禁的地方,后悔从事这跟死神打交道的职业。可现在,后悔已经来不及了。

小康心里十分清楚,7 月 12 号那晚许文浦根本就不在自己的房间,朱组长的调查,矛头是指向许文浦的,出于心中的那份感情,她撒了谎。她原以为就这么过去了,没想到马副站长钉着不放。如此,许文浦真的有问题?许文浦是得罪了马副站长,还是通日、通共呢?一时间,小康捋不出头绪。

忽然,小康想起了 1941 年秋她截获一份日本外交密电的事,那份密电从表面上看是一宗木材换橡胶的信息,其实真正的内容是日本要对美国动手了。1941 年 12 月 7 日,此消息得到了印证,珍珠港上空呼啸而下的炸弹让美国人如梦初醒。这件事自己因为不慎而受到了处分,许文浦受到了嘉奖,这说明许文浦是有心计的,或者说他另有隐情。

再联想到麻城、黄安那次行动的失利,以及共党马慧芝尸体存疑与小王失踪的事,小康觉得许文浦的身份的确可疑。但,所有的疑虑都被爱情掩盖。

思念过,才明白思念的痛苦;相爱过,才知道爱的代价。小康不吝惜感情,然而她终究没有得到她所渴望的感情;她甘于付出,有时只为了得到心灵的慰藉,然而,她最小的愿望终究没有实现。

小康爱许文浦,她为他骄傲。她喜欢许文浦站在她面前的样子,喜欢听他说话的声音。更为重要的是,她希望他能真心地对待她的感情,渴望得到他真诚的爱和祝福。

一直等待被爱的人是很可悲的,你要学会去爱护一个你在乎的人,才能得到他最真挚的回应。小康的确很少站在许文浦的角度和立场去思考问题,每每考虑的都是自己开不开心,自己痛不痛快,从未真正地了解他、理解他。她将太多情感寄托于他,渴望得到他的回应,渴望在他那里获得安心,可这一切都无从实现。

其实,许文浦也不是冷血之躯,他的身份、职责、使命,令他在这个战火纷飞的年代、动荡的现实面前,思想与行动不得有丝毫的游移和松懈。可这一切,小康无从知道。

出于对许文浦的保护,更出于对许文浦的爱,小康不在乎许文浦是什么身份,是哪条线上的人了。她决定一条路走到底,不辜负自己的内心。

"马副站长,你不是要证据吗? 好,我现在就让你看证据!"说着,小康脱去了棉裤、内衣,只剩下裤衩。她指着大腿处那块长长的伤痕说:"这条伤痕就是 7 月 12 号那晚许文浦留下的。当时,我拒绝和许文浦发生性关系,可他的性欲不可控制,他的力量也足够强大。在拉扯中,他手指甲抓破了我的大腿,肤裂肉开的疼痛随之被性欲控制了,痛苦也就变成了快乐。此后,肉体给精神生活和爱情控制住的时候,苦痛也就变成了幸福……"

眼前的小康,清澈明亮的瞳孔,弯弯的柳眉,微微颤动着的长长的睫毛,透出淡淡红粉的皮肤,薄薄的如玫瑰花瓣般娇嫩欲滴的双唇,颀长、匀称的秀腿,似乎都在引诱着男人,牵动着男人的神经。

马副站长尽管不为之所动,但呼吸还是显得有点急促,他轻轻地说:"穿上吧。"

一般人被怀疑,会表现出惊恐、愤怒的神态。如果表现过激,那就有文章了。小康的举动不但没有让马副站长信服,反而让他更加怀疑了。

"马副站长,你看这证据足够了吧。"

"今天就到这里吧。"马副站长背着手走出了审讯室。

回到办公室,马副站长越想越气。他本来想从这个丫头口里得到点有价值的东西,却被这丫头玩了。他认为,小康当面脱衣服,说出她与许文浦性爱的事,这是对他的不屑,甚至是对他的侮辱。想到这里,他喊来了心腹——行动组的副组长雷明灿。

看着马副站长的表情,雷明灿知道他又要提笔在某个人的名字上打红色的叉子了。

"那个乳臭未干的小康,竟然和我玩起了阴的。我也不想在站内闹出大动静,既然她玩阴的,我也就跟她玩阴的,今晚就叫她消失!做掉后,把她送到'两汉春满楼'。事后,你写个报告,就说黑道上的嫖客争风吃醋把她杀了……"

"马副站长,你是说我们站的译电员小康?"

"是。"马副站长斜视了一下雷明灿。

雷明灿说道:"小康不会有胆子和您玩阴的吧,您是不是再考虑考虑?"

"不用考虑了,武汉站到了彻底洗牌的时候了!这两年一连串地出事,戴局长很是恼火,我不出手,接下来就有人要出手了,到那时拿红笔的就不是我了,打叉子的对象也不会少了你雷明灿!"

雷明灿哆嗦了一下:"马副站长考虑的都是大局,我小雷目光短浅。小康的事,照办,照办,请马副站长放心。"

就这样三言两语,小康的性命说没就没了。

第二天上午,情报组的朱组长来到马副站长办公室:"报告马副站长,我们组的小康到现在还没来上班,是不是叫行动组的人去看看?"

"亏你还是情报组组长,小康卖身,昨晚在'两汉春满楼'被嫖客杀了。武汉站出了这么大的丑事,大家就不要再议论了。你安排一下,给小康家里送点抚恤金,就说小康暴毙而亡。"说着,马副站长挥挥手,示意朱组长退下。

小康的死,蔡新奎心知肚明是马副站长干的。他在悲痛中责怪自己没有保护好她,他把这笔账记在了马副站长头上。

老赵得知此事后,立即召开了一个会议,决定把小康的事告诉许文浦,使他知道武汉站的斗争很复杂,针对他的调查一刻也没有停止过,并要求许文浦暂时停止一切活动,视事态进展情况而定。

很快,噩耗飞到了雄村。

56

许文浦想不到,1943 年 7 月 26 日那次与小康的告别竟是永别。

得知小康的噩耗,许文浦一下子就腿软了,心口像被重击了一般。他的心中翻波涌浪,悲从心来,竟呜呜地哭了起来。

许文浦原以为日子既然是这样一天一天地过来的,当然也应该就这样一天一天地过去。昨天、今天和明天应该是没有什么大不同的。但是,就会有那么一次,在你转身的一刹那,有的事情就完全改变了。太阳落下去,在它重新升起以前,有些人,就从此和你永诀了。

在这细雨纷飞、寒冷的夜晚,窗帘儿轻轻被风掠起,小康那深邃的眸子荡着涟漪,或脉脉含情,或活泼愉快,似乎都随着月光一起倾泻了进来。她在兴奋激动地讲述分别时与相逢时的感受,她在娓娓述说着分别后的岁月里所发生的故事……

许文浦拿起笔,用泪水写下了心声。

    ……小康,你我素昧平生,在武汉,在军统,我们成了同事。你的专业注定了你每天都在与秘密、与危险打交道,但你浑然不知。你只知道那是事业,但你不知道你的事业关联着政治。如果你能单纯地工作,那有多好啊!可是你不知道,自从你进入军统后,你的一切都不属于你了。可惜了,你入错了行。

    小康,我知道你暗暗地爱着我。我大你近十岁,难道这点我看不出来,我不知道?谁不曾为暗恋而痛呢?暗恋一个人的心情,就像是瓶中等待发芽的种子,永远不能确定未来是不是美丽的,但你真心而倔强地等待着。只是,你不知道,我是一名中共党员,我有我的抱负与理想、追求与责任。再说,我有我的心上人,她在未来等着我,因为当初的承诺,我们会一辈子等待。可惜了,你爱错了人。

小康,你为让我化险为夷却搭上了自己的性命,我对不起你。我所有的哭泣、悲伤、痛心,都已无用,都无法挽回你逝去的生命。我只能说,生或死,也许早已命中注定。但,我会记下你的故事,因为你是为了正义而死,为了中国的解放事业而献身!

这个世界上,每天都有人离去,而每一个人的离去,都会带给亲人无限的悲痛和怀念。今天,我不能不怀念你,不能不想念你。我怀念那段一同走过的难以忘怀的岁月中,无法抹去的温暖。

雨水不停地飘过夜的窗台,淋湿了我的心绪。我不知道,在这样的雨夜,又将有多少生命,带着美好或遗憾,在某一终点戛然而止。而我,不也正是奔赴在这条生命终结的路上吗?到那时,我们再相聚……

这一夜,许文浦无语凝噎,凄恻难眠。

57

1944年3月8日,下午5点多,刚刚训练结束回到房间洗完澡的许文浦被郭履洲叫到了会议室。偌大的会议桌只坐了6个人,郭履洲副主任、办公室主任王柯、军需科科长吴永红、安全科苏科长,还有两位许文浦不认识。

郭履洲指着他身旁的那个人向许文浦介绍道:"这位就是大名鼎鼎的毛森少将。"

在偏处浙江西南一隅的江山县,20世纪30年代出现了众多国民党特工人员,并且多属军统系统,其中"一戴三毛"尤为著名,人称军统巨枭。"一戴"即戴笠,"三毛"即毛人凤、毛森、毛万里。"三毛"中的毛森被视为"杀人魔王",声名远播。

此次,毛森是受戴笠指派前往雄村,他要代表戴笠在雄村训练班挑选5名学员充实军统在厦门的力量。

毛森的名字,如雷贯耳,许文浦随手一个标准的军礼。

毛森示意许文浦坐下:"你就是许文浦?"

"报告将军,我是雄村训练班二期学员许文浦!"

毛森笑了笑,转头对郭履洲说:"一看就是干练的人,难怪戴局长点他的名字。"

一切都来得那么突然,没有给许文浦任何的准备,让他措手不及。但许文浦知道,一段新的生活即将开始了。

58

"许文浦,你的履历我认真看了,说说看,下一步有什么打算? 也就是说你就要离开训练班了,你如何规划你的未来?"毛森没有看许文浦,只是前前后后翻他的履历。

一般来说,对于这样的问题,应答者往往会说上一大通,但许文浦没有,他只是简简单单地说了一句:"军人以服从命令为天职!"

毛森原以为许文浦会高谈阔论,这一句掷地有声的回答令他对许文浦刮目相看。毛森抬起头看着许文浦:"好! 简约的回答不简单哪。你再详细说说怎么样服从命令,怎么样履行职责?"

得到毛森的认可,许文浦也就不像先前那样紧张了。

许文浦说:"军人的天职是服从命令,这是古今中外少有争议的一句话,尤其是在军人圈子里。因为战场局面千变万化,上一级更能掌控全局、着眼未来,下级坚定地执行全局任务是不容商量的。尤其是'兵者,诡道也',即使是上级下令投降,下级也需要服从,因为上级很有可能是在策划计谋。其实,'以服从命令为天职'是存在例外情况的,古今中外都有类似的例子。首先《孙子兵法》里就讲过,'将在外君命有所不受',意思就是在外作战可以根据实际情况不受上级命令约束。古往今来'将在外君命有所不受'的情况非常多,但'不受'要建立在胜利的基础之上,如果'不受君命'而且没有取得胜利,那违令者一定会很惨。宋代岳飞曾经被赵构 12 道金牌召回,前 11 道金牌岳飞都拒绝了,如果岳王爷最后能够赢回二帝或许还能挽回一切,而最后如果完成不了这个目标,结局是注定的。还有另一种情况,那就是上级的命令是违背良知的……"

毛森示意许文浦停下,他掏出香烟:"会抽烟吗?"

许文浦答道:"会。"

毛森扔了一支给许文浦,自己点上烟:"你接着说。"

许文浦接着说道:"其实,事事都有自身的特殊性,要全面并辩证地看。当然,军人的主流价值取向是服从命令听从指挥,在实际运用中,也许会有因执行命令而遭受损失的情况,但整体来看,这是确保活动或者行动顺利进行并规避风险的效益最高的手段和原则,这个原则底线不能突破。"

许文浦的这些话语是毛森日常难以从部下那里听到的,他连连说道:"戴局长没有看错人,戴局长没有看错人。"

接下来,许文浦向毛森叙述了习武、读书、回乡、结婚、逃婚、参军,到武汉再到雄村的过程,同时他一一回答了毛森关于业务的种种考问。

毛森说:"白居易说,'高者未必贤,下者未必愚'。人才出于贫寒家庭,莲花开在死水之中,这一点不假啊。人才的成长不是一蹴而就的,而是需要经历千锤百炼的打磨。当今社会,谁能会聚更多的人才谁就拥有主动权。党国因有你这样的人才而骄傲。"

毛森接着说:"可人才,也得看放在什么地方。我这次来是受戴局长委派,从你们训练班挑选人才去厦门工作。就这样定了,这个月 11 号你和其他 4 名学员一道启程。"

许文浦怯生生地问道:"将军,我能提一个要求吗?"

"只要你提得对,我就会满足你。"

"我想推荐训练班电讯组的李博雯学员,她的收发电文以及译电水平很高,在厦门或许我们会有很好的配合,更好地为党国服务。"

毛森想了想："这个,我还要和郭履洲副主任商议商议,应该没问题吧。"

在接下来的推荐、问询、确定中,电讯组的李博雯、技术组的米线杨与行动组的韦汉、欧阳水源被选中,他们将与许文浦一道奔赴厦门。

59

有一种情感,只能用心去感受,用心去珍藏。这种情感不能被简单地划归为友情,它超出了友情的界限和范畴,这就是战友情。尤其是共同战斗在敌人心脏的战友,这种战友情不是人人都有的,但有了就会一生铭记,就会渗入心髓融入血脉,就抹不去忘不掉。

在即将踏上新的征程的时候,许文浦百感交集。

许文浦轻轻地敲了敲吴永红宿舍的门,门是虚掩的,他推门走了进去。吴永红坐在沙发上抽烟,刚起身,泪水已挂满两腮。许文浦走上前握住吴永红的手,没有言语,眼泪也流了下来。这是两个男人的眼泪,在这特殊的环境里,它涵盖了一切的情义。

"文浦,你就要走了,今天我俩喝一杯,这是我和你在雄村最后一次相聚了。我们就喝雄村自己酿的米酒,我也不去食堂端菜了,就一包花生米,你看怎样?"

"永红哥,花生米配米酒,这就是兄弟啊!"

"永红哥,你是一个好兄长,与你相处,让我们的感情更加浓厚,不是亲兄弟,胜似亲兄弟,我的内心有说不出的留恋。"

"你我为了革命理想历尽了艰难,才走向了通往成功之路。你要记得,永远地记得,在雄村的日子是一段充满着奋斗激情的闪亮的日子。"

许文浦点点头:"来,干一杯!"

"雄村毕竟是训练班,日常任务就是训练,单纯,没有风险。往后的日子你可能会更加艰难,因为你的身边有很多敌人,一不小心就会坠入万丈深渊。我已经把你去厦门军统的情况报告给了组织,在厦门同样会有我们的人联系你、保护你,你不是一个人在战斗。同时,上级要我转告你,到厦门后别急于开展工作,先稳住,适当的时候会有我们的同志联络你。"

吴永红的话,许文浦句句记在心上,他端起酒杯:"永红哥,我敬你一杯。请永红哥放心,请组织放心。"

接着,吴永红告诉许文浦:"电讯组的李博雯是一个进步青年,可以在以后的工作中慢慢考察,如有可能,把她争取过来。技术组的米线杨、行动组的欧阳水源,必要的时候可以用用。但行动组的韦汉你要防着点,他是郭履洲极力推荐的人。我认为,郭履洲一直对你放心不下,他把韦汉放在你身边,就是为了监视你。"

"我也有这种感觉,我会时刻小心的。"

有一种相聚叫离别,有一种离别是为了更好地相聚。

送许文浦出门,吴永红紧紧握住他的手。

"青山不改,绿水长流,咱们后会有期。"

许文浦重重地点头:"青山不改,绿水长流,咱们后会有期。"

第五章

60

1944 年 3 月 18 日上午,许文浦和李博雯、韦汉、米线杨、欧阳水源在毛森的带领下到达了厦门的军统闽南站厦鼓组。

下午,戴笠也从重庆飞到了厦门。

按说,对于一般的人事安排,一纸文书就够了。戴笠亲自到场,足见他对此事的重视程度。

戴笠办事认真,讲究效率,雷厉风行。当天下午,他就召开了一次会议。毛森以及军统闽南站的王兆畿站长、陈重宗副站长,军统闽南站厦鼓组、漳州组、泉州组、诏安组的负责人和同安等地的通讯小组负责人参加了会议。

在这次会议上,戴笠宣布改厦鼓组为军统厦门站,下设漳州组、泉州组、诏安组以及同安、惠安、华安、南靖、龙岩、仙游、南安、石码、海澄等地直属通讯小组。站长由闽南站副站长陈重宗兼任,许文浦任副站长。

为了能让许文浦更好地工作,更快地进入角色,用心良苦的戴笠还把原厦鼓组的情报组组长、行动组副组长调离了厦门。

厦鼓组改为厦门站,闽南站的管制范围大大缩小了,王兆畿的权力也就小了很多。王兆畿一肚子不高兴,可他也没有办法。一旁的陈重宗看出了王兆畿的心思,他在心里想,你王兆畿对重庆的指示阳奉阴违,办事不力、中饱私囊、任人唯亲,如今这是应得的下场。目前还有个空壳的站长帽子,往后恐怕这轻飘飘的帽子也难以保住了。想到这里,陈重宗的脸上露出了笑容。

王兆畿看到了陈重宗得意的神情,他在心里想,你陈重宗的能耐我还不知道？要不了多长时间，下场或许比我还惨。

在第二天的大会上，军统厦门站站长陈重宗首先宣布了各个岗位的人事安排。

陈重宗宣布："许文浦副站长兼情报组组长，李博雯任情报组副组长，林云山任行动组组长，韦汉任行动组副组长，米线杨任技术组组长，黄平任后勤组组长……"

此外，办公室、行政科、综合科的负责人也一一配齐。

随后，上述的每个人都做了表态发言。

接着，陈重宗大声地说："现在，我们用热烈的掌声欢迎戴局长讲话！"

戴笠微微笑了一下，站起身。

"同志们，军统闽南站厦鼓组已经结束了它的历史使命，随之的军统厦门站正式成立了。这是事业的需要，这是对敌斗争的需要。新的班子已经成立，我在此对他们表示祝贺！"接着，戴笠对新班子成员提出了要求与希望。

晚宴上，戴笠端着酒杯来到许文浦身边："许副站长，你肩上的担子不轻啊。你要协助好陈站长，把厦门站的工作做好，我寄希望于你呀。"

许文浦说道："谢谢戴局长器重，文浦感恩不尽。"

戴笠走到李博雯身边："你就是泗过苏州河送大旗到四行仓库的那个女学生李博雯？"

李博雯高兴地回答："报告戴局长，我就是那个李博雯。"

"一看你就是一个精明能干的人。我还听说，你的译电水平很高。"

"博雯会在干中学，在学中干。"

"这话只说对了一半，在军统，可不能拿'学'来原谅错误，往往电文的一个差错会关乎一批人的性命。"

李博雯点点头，端起酒杯："我敬局长一杯。"

戴笠举杯，一饮而尽。

61

　　毕竟许文浦有过在武汉站工作的经验,不到半个月的时间,他就进入了角色。

　　一次,在与行动组组长林云山的谈话中,许文浦感觉林云山对有些事情可能有所隐瞒。他不动声色地找来周贵银。

　　早已被日本特高课收买的周贵银一直担心自己某天会事情败露,他要寻找靠山。当许文浦找他谈话的时候,他表现出了极大的诚意,全力配合。他想巴结许文浦,给自己留一条后路。

　　一番谈话后,周贵银觉得许文浦值得信赖,为了表示自己以后跟定了他、靠定了他,得拿出有分量的"见面礼"。周贵银左思右想,决定以污点证人的身份举报林云山。

　　据周贵银举报,两年前的一次特别行动中,行动组与中共游击队在集美的天马山交火,行动组损失了12名队员。后来,林云山打报告给王兆畿站长,行动组一次性补充了26人入编。接着,林云山又打了一个报告,要求成立特别行动队,旨在为重要行动或者大的行动储备力量,王兆畿同意了林云山的计划。一个月后,一支号称108人的特别行动队在漳州成立。人员招募、训练基地、器械配备、后勤保障等各项工作都由林云山一个人负责。按说,这么大的事情,不说一个班来做,至少要抽出几个人负责,可王兆畿没有要求,任随林云山去搞。这里面涉及林云山给王兆畿的大额行贿。

　　林云山走到哪都带上周贵银,所以周贵银对此事的前前后后十分清楚。108人的日常开支以及他们的薪水,完全凭一份报表做账。周贵银为经手人,林云山签字,办公室审核,王兆畿批准报销,就这样大把的钱流向了特别行动队。

　　一次,林云山把20根金条送到王兆畿家,王兆畿问林云山:"你哪来这么多钱?"林云山回答说:"站长,实话告诉你吧,我实际招募了20人,那88人的空饷就是我们发财的金库啊。"王兆畿料到林云山会在方方面面多做预算,没有想到林云山这么大的胆子,竟敢凭空造册,领军饷。王兆畿知道,若是上面知道了,要掉脑袋的啊。事已至此,批评已显得苍白,王兆畿拿着金条,掂量着说:"杀头的事你也敢干,还把我套了进去。这样,从下个月起,你的人数要控制在 40 人之内,慢慢地取消……"

这样的大事终是会显山露水的。一次大的行动,王兆畿要林云山调集特别行动队的人参加,可林云山只派来了 4 人,王兆畿大为恼火,可又不敢多说。事后,陈重宗副站长有所耳闻,当他去总务处查看账单时,账单早已被会计重新做了。陈重宗本想追查下去,可是一场车祸导致他卧床半年。后来,听说厦鼓组要撤销,大家人心惶惶的,此事也就没有人再过问了……

许文浦一字一句记录下周贵银的举报,并让他看过后按了手印。

许文浦问道:"那个特别行动队的基地还在吗?"

"在,在漳州的一个破旧工厂里。"

许文浦继续问道:"基地还有人吗?"

"还有 2 个人在那里看守器械。"周贵银补充说,"有 6 个人后来编入我们行动组了。"接着,周贵银把 6 个人的名字写给了许文浦。

周贵银问许文浦:"许副站长,我这算戴罪立功吧?"

许文浦说:"今天的事你不要透露给任何人,如果走漏风声,你小命难保。按说,你要承担相当一部分的责任,如何追究你,这就要看你以后的表现了。"

"一定,一定,我唯许副站长马首是瞻。"

晚上,许文浦把韦汉叫到办公室,把特别行动队的事一五一十地告诉了韦汉,并要韦汉秘密查清此事,包括与林云山有关的外围事情。

许文浦说:"这事,你只能带上欧阳水源,其他人,我不放心。"

一个礼拜之后,韦汉把调查报告以及附件放到了许文浦的案头。

韦汉的调查基本与周贵银的举报相符,只不过一些单据凭证在闽南站,他无从获得。可他的报告中有这样一行字引起了许文浦的特别注意:"林云山与一个叫蒋君坤的古董店老板联系甚密,有生意上的往来……"

古董店老板？在徽州师范学校与胡子珍告别时，胡子珍说她有个表哥在厦门开古玩店，这个蒋君坤是不是胡子珍的表哥呢？如果是，胡子珍在那里吗？

深藏的无尽的思念涌上了心头。

子珍，你在厦门吗？月光吞噬了大地的黑暗，却无法抹去我的思念。星光装扮了夜空的美丽，却无法驱散我心中的孤寂。一丝丝的思绪，一阵阵的痛，堆积成了愁。难忘你，是因为那青涩中饱含你深深的热情，那忧虑中深藏着你真挚的感情，那关爱中透露着你浓浓的深情。难忘你，是因为你的爱已经深深地刻在我的心上。

子珍，你在厦门吗？生命中平淡如水的日子，因为爱而甜蜜，因为感动而温馨，也因为想念而苦涩。走过火热的夏天，走过纠结的秋天，走过温暖的冬天，也走过了茫然的春天。转眼，又是一年了。这些年，我回乡、逃婚、入伍，到武汉，回徽州，再到厦门；这些年，我从一个懵懵懂懂的青年成长为一名共产党员。这些，你知道吗？我多想见到你，抱着你，慢慢地向你诉说……

许文浦的眼前满是胡子珍的影子在晃动，可他还是凭着毅力收回了思绪。

62

第二天，许文浦带着韦汉到了君坤古董店。

已是 9 点钟的光景，古董店的门还没有开，韦汉敲了敲门，一个中年男人把门打开："你们是买东西的吗？"

韦汉说："也可以买点东西，主要是看看。"

"看看，去别的店吧。"说着，他随手就要关门。韦汉说："我们是军统局的，找你们老板有点事。"一听说是军统局的，对方立马把门打开，笑着说："两位请进，茶室里坐。"

一进茶室，许文浦就看到了那幅被装裱得十分讲究的字："一片树叶，落入水中,便有了茶。"

许文浦又惊又喜,想不到在古董店看到了这行字。难道蒋君坤是自己的同志?

"蒋老板呢?"中年男人告诉许文浦,蒋老板家里出事了,他的夫人被日本特高课的特务带走了,这几天他都没有来店里,在处理家里的事。

韦汉说道:"现在问你几个问题,你要如实回答。蒋老板与林云山有生意上的往来,你知道吗?"

"长官,你说的林云山我知道,他也是你们军统的人,他常来,上个月还从店里拿走了一件云龙纹辅首耳盖罐瓷器呢。"

韦汉继续问道:"林云山送给蒋君坤枪支和子弹的事,你知道吗?"

"长官,林云山不是把枪支、子弹送给蒋老板,而是让蒋老板帮他把枪支、子弹卖出去。"

"枪支、子弹卖到哪儿了,你知道吗?"

"卖给泉州的一个叫辉仔的人,那个人不简单,泉州西街的骑楼都是他的。"

"他们之间交易也不回避你?"

"林云山和蒋老板是老交情了,我是伙计,我给他跑跑路,他也会给我一些钱,林云山很大方的。"

"你刚才说蒋老板夫人给日本特高课特务带走了,是怎么回事?"

"长官,这我就不知道了。"

韦汉接着说道:"今天我们来这里,你不要对任何人说,多说一个字就会有生命危险,知道吗?"

"知道,知道,就是蒋老板回来,我也不会吐露半个字。"

韦汉拍拍他的肩膀:"自己的命最重要啊,伙计。"

许文浦在茶室里来回踱步,韦汉与伙计的问答他听在耳里,记在心里。

许文浦转身问伙计:"蒋老板下午能回到店里吗?"

"我来打他家里电话问问看。"

"就说下午有个大客户要来买两件古董,需要和老板当面谈价格。"

伙计拨通了蒋君坤家里的电话,巧了,蒋君坤在家,回答下午一准到店里。

车水马龙的街道上轿车、黄包车来回穿梭,开元路的繁华景象——从车窗外掠过。许文浦坐在车里心绪难安。这蒋君坤到底是什么人呢? 如果是自己的同志,他为什么和林云山搅和到一起? 做古董生意还可以解释,帮林云山卖枪支弹药又怎么解释呢? 如果不是自己的人,茶室里的那幅字纯属偶然吗? 想到这里,许文浦决定下午独自去古董店见见蒋君坤。

"韦汉,你下午去一趟泉州,多带几个人,调查一下西街那个叫辉仔的人,必要时把他带回安全屋控制起来。不要带回站里的关押室,否则会走漏风声。"

"明白。许副站长,下午要不要欧阳陪你一道?"

"不要。"

下午1点多钟,许文浦开了一辆民用车,把车子停到了君坤古董店门口。伙计打开车门刚要说话,许文浦说道:"我是上午来看古董的,老板回来了吗?"这时,蒋君坤已走到了车边:"我叫蒋君坤,君坤古董店的老板,失迎,失迎。"寒暄几句后,蒋君坤把许文浦引到了茶室。

见客人戴着墨镜,蒋君坤说:"茶室灯光有点暗,老板可以把墨镜摘下。"

许文浦说:"我这眼睛治疗后正在恢复中,墨镜暂时还不能取下。"

一旁的伙计不敢作声,他看了许文浦一眼,退出了茶室。

蒋君坤拿出了红茶,许文浦说:"蒋老板,我是徽州人,喜欢喝绿茶。"

"您是徽州人? 您贵姓?"

"是的,我是徽州歙县人,我姓许。"

"我是屯溪人,他乡遇同乡,太好啦。我这就给许老板泡黄山毛峰。"

在接下来的交谈中,蒋君坤叙述了他来到厦门后的种种境况,尤其说到夫人竹下信的时候,他道出了万般无奈。

"许老板,你说,她一个专注于古董研究的人怎么会是间谍呢? 现在特高课还给她定了双面间谍,说她既给军统办事也给中共地下党办事,这怎么可能呢?"

蒋君坤告诉许文浦,他找到了竹下信的同学,特高课一课课长吉田正一,吉田正一说这是铁板钉钉的事,给再多的钱也无济于事,就是天皇出面也帮不了。

许文浦递上一支烟给蒋君坤:"真是间谍,就麻烦了。"

蒋君坤给许文浦续上茶水:"不知道许老板在厦门做什么?我听伙计说,您想看看金刚萨埵、青铜神树,这可就不是一般的主儿了。"

许文浦答道:"我做什么不重要,做成这笔生意才是重要的。"

蒋君坤连忙笑道:"那是,那是。许老板,您看,是先看看东西呢,还是喝会茶再看?"

许文浦随蒋君坤来到楼上,他故作行家,绕那棵高达4米的青铜神树看了看,就在许文浦伸手要触摸它时,蒋君坤欲言又止。许文浦似有觉察,他把手缩了回来。

"应该是赝品吧。"

"许老板是送人还是自己收藏?"

"回茶室再说吧。"

回到茶室,许文浦已无心再谈什么古董的事,他问蒋君坤:"有什么亲人在厦门吗?"

蒋君坤告诉许文浦,他有两个表妹在厦门。一个叫胡子珍,现在天海船运公司上班。一个叫曾佳佳,在德和牙科诊所上班。

人生总有许多巧合,两条平行线也可能有交会的一天。在这个陌生的城市中,无助地寻找一个人的身影是何等艰难啊!可人生充满了无数的可能、无数的巧合。

经年过往,天各一方。千万个美丽的未来,抵不上一个温暖的现在。一股暖流传遍了许文浦的全身,他平静的外表下满是激动,心里像有只小鹿在欢乐地蹦跳……

许文浦深深地吸了一口气，抑制住内心的激动。

他佯装什么也没听见，缓缓走到那幅字前，他想试探蒋君坤。

"'一片树叶，落入水中，便有了茶。'嗯，好字，好句啊！这倒使我想起了另一句话：'一根竹竿，落入水中，便有了船。'"

蒋君坤顺着许文浦的话答道："嗯，好字，好句啊！"此后，也就没有下文了。

蒋君坤没能回答出"一根竹竿，落入水中，便有了船"下面的一句话，许文浦知道了蒋君坤不是自己的同志。但他同时又想，写字的人或许是自己的同志，他一定也在苦苦地寻找，可蒋君坤这字是从哪里来的呢？

"蒋老板，这字我喜欢，能不能给我写一幅呢？"

"这是天海船运公司金天海的三太太褚珊珊送给我的，说是有个不出名的书法家，想推广自己，她就送一幅挂在了这里。许老板要是喜欢，改日我找褚珊珊，叫她朋友给你写一幅。"

许文浦说道："好啊，好啊，太谢谢蒋老板了。"

"许老板您看字的内容是古诗词呢，还是……"

"和你这个一样，一看到它，我就想起了家乡的绿茶。"

"好的，许老板方便的话，留个电话或者地址，字写好了我把它装裱后送给您。"

许文浦说道："我随时来取。"

许文浦准备起身离开，蒋君坤凑上前去："许老板，那两样东西……"

"那样的东西价值不菲，容我再考虑考虑。"说罢，许文浦起身告辞。

蒋君坤给许文浦打开车门："许老板能否把眼镜摘下来，让我看看真容，也好记住您？"

许文浦笑笑："到时候一定会给你看的。"

寒辞去冬雪，暖带入春风。浮云一别后，流水数年间。这些年，许文浦没奈何，只能在回忆中与胡子珍重逢，在梦境中与她相遇。如今，胡子珍就在他的眼前。许文浦加大油门，金色的阳光照射在车窗上，风轻轻掠过，他不由自主地眼眶湿润……

然而,许文浦清楚地知道,他的使命与职责决定了他只能暂时把儿女情长放在一边。

63

林云山利用虚假编制套取军费、倒卖枪支等犯罪事实一一被查实,人证物证俱全。许文浦把韦汉写的调查报告仔细地看了两遍,做了一些修改,他决定上报陈重宗。

陈重宗看完报告后,猛地拍了下桌子:"王兆畿的死期到了!"

他继而对许文浦说:"现在看来,我遭遇车祸肯定是拜王兆畿所赐,本来我是想等一切稳定了再来查王兆畿的事,想不到你许副站长暗暗地帮我办了一件大事。当然,你不是帮我陈重宗,是替党国查获了一起大案!

"许副站长,你不愧为戴局长培养出来的党国的优秀人才,你的报告天衣无缝,王兆畿与林云山的犯罪情况条条属实,每个细节滴水不漏。

"我看这样,你现在就通知行动组的人到大会议室,当场逮捕林云山、周贵银。我拟电给戴局长,请求逮捕王兆畿。"

许文浦没想到陈重宗这么快就做了决定,他小心翼翼地说:"陈站长,关于周贵银,你看是否先放他一马? 他虽然是污点证人,但如果不是他,我们也不一定能挖出王兆畿。再说,后面的事,周贵银肯定还会对我们有帮助的。"

陈重宗觉得许文浦说得合情合理:"先把周贵银关到审讯室,不难为他,给他吃好喝好,以后再说。"

行动组的人基本到场,就缺林云山和另外 2 个队员。

陈重宗问道:"林云山呢?"

韦汉回答:"林组长带队员去厦鼓码头了。"

"去厦鼓码头干什么?"

韦汉说:"不清楚。"

陈重宗目光落在周贵银脸上："周贵银，你知道林云山去干什么了吗？"

陈重宗充满杀气的目光令周贵银不寒而栗，他胆怯地回道："据说他在跟踪一个地下党。"

陈重宗清了清嗓子："现在我宣布，逮捕林云山！由韦汉负责抓捕，如果林云山负隅顽抗，就地枪决，先斩后奏！韦副组长听令，现在出发！"

韦汉随即点了10个队员的名字，跑步出了会议室。

陈重宗走到周贵银身边，还没有开口，周贵银就跪在了地上。

"周贵银，你罪责不小，但念你举报有功，暂时关押，听候处理。"

回到办公室，陈重宗深深地吸了一口气，他点上香烟，唤来李博雯。

接着，陈重宗口授，一份加密加急电报发往了重庆。

在重庆回电之前，陈重宗怕走漏风声招来麻烦，便召开了一次厦门站全体人员大会。

会上，陈重宗要求大家严守秘密，任何人不得对外透露林云山被捕的事，如有违纪，严惩不贷。

会后，许文浦拿着文件准备去陈重宗办公室，在走廊上碰到了李博雯。

"许副站长，这下你要立功了。"

"博雯，这话不可以乱说。要说立功，也是陈站长。"

李博雯笑笑："改日有时间，我们雄村来的几个同事聚聚。"

许文浦说："好的，我来安排。"

林云山被带回来之后，审讯工作由韦汉负责。

在刑讯室，看着一个个熟悉的刑具，林云山毛骨悚然。

"林组长，我奉命对你审讯，你可要配合哦，要不这些刑具是不认人的。"

林云山看了韦汉一眼："你是受许文浦指派的吧？你们雄村来的拉帮结派，你想当组长，我给你，何必这样整我呢？"

"你不要信口雌黄，我现在是代表军统厦门站审讯你，你要如实交代你的罪行，只有据实招供，才有走出这道门的机会。"

林云山没有把韦汉放在眼里，他继续说道："我要见王兆畿，见到他后，我什么都会说。"

"想见王兆畿？估计你这生没有机会了。或者说还有一点点的可能,那就是到重庆。你觉得,陈站长会给你这个机会吗?"

对林云山的审讯是艰难的,就像挤牙膏,你挤一点,他说一点。早已失去耐心的韦汉在接下来的两天里让林云山一一尝了老虎凳、辣椒水、电烙铁、手指竹签、骑木马的滋味。最终,林云山实在招架不住了,一一供出了罪行。

三天后,重庆的双重密电飞到了厦门。许文浦不敢怠慢,第一时间把译电送给了陈重宗。

陈重宗看后,决定由许文浦持重庆电文带队赴福州,秘密逮捕王兆畿。

64

把王兆畿押送到重庆后,许文浦回到了厦门。

许文浦一早到了办公室,韦汉敲门进来。

"许副站长,三天前竹下信在日本警务署的地下室关押室里暴病身亡。"

"哦,我现在去陈站长那里汇报一下押送王兆畿的情况。你去准备一下,开民用车,我去一趟君坤古董店。"

许文浦再一次来到君坤古董店。

君坤古董店的伙计看到许文浦又来了,心想蒋君坤肯定是惹上什么大事了,他心生害怕,决定不在君坤古董店干了。把许文浦迎到茶室后,他上到阁楼:"蒋老板,楼下来人了,还是上次那个老板,我把他带到了茶室。另外,我来跟老板说一声,我收拾一下东西准备回武夷山老家,家里人捎来口信,媳妇病重,我要回去处理家里的事情。"

"哦,事情都赶到一块了。你回去吧,工钱多少你自己心里有数,从抽屉里拿吧。"说完,蒋君坤下楼。

蒋君坤一边下楼一边说道:"许老板来了,有失远迎。"坐下,上茶后,问道,"许老板的眼睛还没有好?"

许文浦说:"再有半个月就差不多了。"

"许老板确定要那两件东西了?"

许文浦点点头:"东西我确定买,可钱还没有筹齐,估计还得要几天。"

接着,蒋君坤告诉许文浦,他联系了褚珊珊,褚珊珊说字要写给懂字的人,还说可以面谈。随后,蒋君坤把褚珊珊的地址写给了许文浦:"我这段时间实在是没有心情帮许老板了,你自己去办吧。只要给钱,褚珊珊那边肯定没问题。"

许文浦起身拉着蒋君坤的手说:"你太太的不幸,我深表同情。蒋老板啊,你要远离日本人了,走得近,会有麻烦的。再说,做古董生意就做古董生意,其他危险的买卖不要碰,陷得深了,想拔都拔不出来,到头来还会有性命之忧。"

送走许文浦,蒋君坤呆呆地站在石阶上,他想,这许老板到底是什么人呢?

到了思明电影院,许文浦停好车,上了二楼雅座。他对服务生说:"喊一下褚珊珊副经理过来。"

服务生说:"先生,你喝点什么? 我这就去叫褚经理。"

"来一杯绿茶。"

服务生看看许文浦,心想,坐二楼雅座的压根就没有喝绿茶的,可他没说什么,只是微微笑了笑:"我这就去。"

不一会儿,服务生送来了一杯绿茶,并告诉许文浦,褚珊珊今天没来电影院。

"她上午还能来吗?"

服务生回答说:"我问了当班的,褚经理这两天身体不太舒服,估计今天来不了。"

许文浦喝了两杯茶,抽了几支烟,他决定去褚珊珊家里走一趟。

在黄厝的洪济山别墅区,许文浦找到了褚珊珊的家,他伸手按响了门铃。

用人打开门："您是谁？找谁？"

许文浦上前答道："我是一个书法爱好者，来找褚珊珊，求她的朋友给写一幅字。"

用人关上门，一会儿回来了。她回复许文浦："我家主人说，她早不做书画生意了。大街上写字的人很多，你可以随便找谁写。"说着，用人要关门。许文浦上前用手挡住："麻烦你再去说一声，就说来的人要写一幅关于'茶'的字。"

很快，用人打开门，把许文浦迎到客厅："您先坐一会儿，喝口水，太太刚起床。"

一会儿，褚珊珊款款下楼。

眼前的褚珊珊一头靓丽的黑发飞瀑般披散下来，弯弯的柳眉，秀丽的明眸，挺直的琼鼻，微微泛红的粉腮，滴水樱桃般的唇，晶莹如玉的瓜子脸，妩媚含情，宜喜宜嗔。

"您是……"

"我姓许，来自徽州，做点古董生意，认识了蒋君坤。看到他茶室的那幅字，我挺喜欢的，就上门来麻烦褚太太了。"

褚珊珊说："哦，徽州人，喜欢喝绿茶，是吧？"随后，褚珊珊吩咐用人给许文浦泡了一壶绿茶，并吩咐用人去街上买点水果。

用人走后，褚珊珊说道："'一片树叶，落入水中，便有了茶'，这句话不知道出自谁的口中，蛮有诗意的。"

许文浦说："出自谁的口中不重要，重要的是我给它续了下一句：'一根竹竿，落入水中，便有了船。'"

褚珊珊眼睛一亮，拿在手中的水壶停止了给许文浦续水，她接着说道："我再给它续一句：'一方石块，落入水中，便有了桥。'"

许文浦激动得内心波涛汹涌，万马奔腾，一声"同志"，眼里含着的泪花差点掉了下来。他不知用什么语言来表达此时的心情，只是两眼直愣愣地看着褚珊珊，然后上前握住她的手。

好像有一股甜滋滋、清凉凉的风掠过心头,褚珊珊握着许文浦的手说:"我们一直在等你。"

随后,许文浦向褚珊珊叙述了他到军统厦门站工作的一些情况,并告诉褚珊珊,军统近期要逮捕蒋君坤,因为他涉及枪支买卖。

褚珊珊说:"蒋君坤对我们来说不重要,他既不是日本的人,也不是军统的人,更不是我党的人。我倒是建议放他一马。他虽然是个有钱人,但也是个可怜人……"

接下来,许文浦和褚珊珊说到胡子珍。

褚珊珊说:"许文浦同志,你和胡子珍的情意我早就知道了,她是我们天海船运公司的员工,更是我党一名地下工作者。她和我们一样,在同一条船上奋力划桨,我们的目的都是驶向理想的彼岸。目前,你还不能和她见面,我会在适当的时候向组织汇报,再做安排。到时,你不但会见到胡子珍,还会见到她的表姐曾佳佳,还有曾佳佳的爱人谭宁,他们都是徽州人。"

接着,褚珊珊向许文浦介绍了胡子珍杀藤原浩、福田繁一的壮举,并告诉他:"日本特高课一课课长吉田正一正在调查胡子珍,对我也产生了怀疑。往后,没有极特殊的情况,你不要到洪济山别墅来找我。有事可以去爱华书店,找书店崔老板,就说要买一本华东书局 1940 年出版的《曲园书札》,我们有紧急情报也会送到那里。日后,在爱华书店,你会见到更多的同志……"

看着眼前知性、智慧、细致的褚珊珊,听着她充满亲和力的话语,许文浦心里踏实了许多。他知道,虽然在一个完全陌生的城市,在敌人的心脏战斗,但身后有无尽的力量在支撑着自己。

许文浦抬腕看看表:"褚珊珊同志,现在时间不早了,我要回站里了……"

褚珊珊把许文浦送到门口后没有马上回屋,她站在台阶上,远远地目送他的背影。

65

1944 年 5 月上旬,日军在鼓浪屿展开了一场大逮捕,商人、在外国人手下做事的人、社会上有声望的人,都成了这场逮捕的目标,日本领事馆地下监狱里人满为患,一些不太重要的反日人士被关到了鹿礁路2号的海滨旅社。

5月21日上午,长谷川敲着桌子对吉田正一、高桥杉说:"告诉你俩一个坏消息,大日本在中国战场渐渐失利的消息已在军界悄悄传开。我们目前要做好两件事情:第一,集中处决一批关押的人,不管他们是国民党的人,还是共产党的人;第二,带上那个金运良去天海公司,征用金天海一艘船,把我们所有的东西装船运回东京,同时把蒋君坤的东西以及他本人带上船!"

吉田正一惊诧地问道:"大佐,事态已到这种地步了吗?"

长谷川说:"从我掌握的情报来看,多则一年,少则三五个月,我们要把后路准备好。实话告诉你们,上海、武汉、南京等地领事馆的人早在3月份就把值钱的东西运回国了,我们再不行动恐怕会一无所有,甚至都回不去了。"

吉田正一和高桥杉意识到事态的严重,他俩相互看了看,点了点头。

5月27日,30多名爱国人士、知识分子以及地下党被日军集中杀害。

5月28日上午,吉田正一、高桥杉带领日军包围了天海船运公司。

吉田正一向金天海宣布征用天海公司一艘商船。金天海漫不经心地说:"中佐先生,看你们的阵势,是没有协商的余地了?"

吉田正一说:"我们是执行长谷川大佐的命令!"

"长谷川可以命令你们,但不可以命令我金天海!"

吉田正一抬手就是一枪,子弹穿过天花板,士兵团团围了上来。

这时棉叔解开长袍,露出了绑在身上的炸药。

一个士兵悄悄地在吉田正一的耳边说了一番,吉田正一说:"好!"

原来,就在吉田正一和金天海交涉的时候,外面的日军和特务强占了天海船运公司的"中山号"商船。随后,士兵押着金运良上了"中山号"。

就在吉田正一转身要离开的时候,他看到了金天海身后有个女人充满怒火的眼睛紧紧盯着他,他突然想起来了,这个女人十分像他苦苦追捕的胡子珍。吉田正一从口袋里掏出画像看了看,他笑着走到胡子珍面前:"胡小姐,我们终于在这里见面了。"吉田正一一挥手,士兵蜂拥而上,胡子珍落到了吉田正一手里。随后,胡子珍被带到了船上。

"天海,我们炸掉'中山号'吧。"棉叔说道。

"不行,我们炸了'中山号',他们还会抢走其他船。"手足无措的金天海来回踱步,他一时也理不清头绪。这时,二太太曾玲说:"还不如和长谷川妥协,表面上顺从他们,暗地里我们再想办法。"

金天海觉得有道理,于是派曾玲去和吉田正一商谈。

"中山号"慢慢靠到了日军专用码头,曾玲疾步走进长谷川的办公室。

谁知道,曾玲这一去就再也没有回来。

随后,胡子珍被关押到地下室,曾玲和金运良被关到了"中山号"舱底的储备室里。

消息传到金天海这里,他急得不知所措,一旁的棉叔说:"把三太太叫过来,看她有没有办法。"

下午,褚珊珊赶到公司,金天海向她详细地说了上午的事。褚珊珊感到了事态的严重,她说:"事到如今,我们也顾不得那么多了,这事必须告知地下党,只有他们才能帮助我们。"

金天海看了褚珊珊一眼,此时他没有心思多想,问道:"共产党愿意帮我们吗?"

"战争给我们带来了无尽的灾难和痛苦,为了抗日图存,所有的中国人都应该团结,这是共产党人一贯信奉的民族大义。我想,他们帮助我们,就是帮助国家!"

金天海看着褚珊珊,他似乎明白了什么,但他没有问,也没有说话,只是点了点头。

胡子珍被捕、"中山号"被强行征用、曾玲和金运良被关押在船上,这些消息汇聚到了爱华书店。面对严峻的现实,中共厦门地下党负责人欧阳红决定:首先解救胡子珍,这需要许文浦的协助,具体方案由褚珊珊与许文浦商定;其次,解救"中山号",由漳州、泉州的游击队负责,必要的时候炸毁"中山号",绝不能让长谷川把中国的财富带到日本。

褚珊珊提出:"这样,许文浦会不会暴露?"

欧阳红说:"这要看许文浦的智慧了。"

漳州、泉州游击队的负责同志提出:"万不得已炸毁'中山号',船上的曾玲、金运良,还有天海公司的员工怎么办?"

欧阳红一时拿不定主意:"这是个棘手的问题,容我们再考虑。"

此时,高桥杉走上"中山号"。

每次想起金运良的时候,高桥杉的心里就有一种说不出的滋味,痛着,酸着。每个故事都不会只有一个主角,可自己的故事现在只剩下一个人了,连观众都是一个人。吹过清风,饮过烈酒,可回忆所剩无几,大风将它们卷至东南西北。血雨腥风中,两颗孤独的心就这样悲剧地相遇。看着眼前已经木讷、近乎痴呆的金运良,高桥杉流下泪来。一场繁华的邂逅,一段静默的收场啊。

就在高桥杉等待蒋君坤和他的古董到来的时候,君坤古董店发生了激烈的枪战。

原来,褚珊珊与许文浦见面后,许文浦觉得解救胡子珍不是那样简单,要进一步筹划。当务之急就是阻止蒋君坤的古董被带上"中山号"。许文浦决定,先运走古董店的古董,再把蒋君坤带走。

当韦汉带着队员来到君坤古董店时,特高课的特务们正在装车,于是发生了一场枪战。前前后后不到二十分钟,特高课的特务被全部击毙。接着,装上车的古董被行动组的人运到了厦门西北部的集美天竺山军统特务集训基地。

同时,蒋君坤被带到了军统厦门站。

惊魂未定的蒋君坤看着坐在对面戴着眼镜的许文浦,惊奇地问道:"你是许老板? 你怎么会在这里?"

许文浦摘下眼镜,笑了笑:"我曾答应你,会在适当时候摘下眼镜,让你仔细看看。现在你看明白了吧? 我是军统厦门站副站长许文浦。"

接着,许文浦说:"你伙同林云山买卖枪支,依法该枪毙你,看在你两车古董捐给党国的分上,罪可以免。但是,竹下信是你的老婆,日本人是不会放过你的。所以,暂时就要委屈你了,你要在我们的基地待上一段时间,这样也是保护你……"

古董被劫的消息立马传到了鼓浪屿,长谷川咆哮了起来:"仓库里的物资抓紧上船,如有闪失,格杀勿论!"

第二天,就在物资被全部装上船之后,棉叔带着3个员工来到了船上。

高桥杉问:"你上船干什么来了?"

棉叔告诉高桥杉,轮船远航,需要进一步检测一下才能保证安全。高桥杉觉得有道理。

按照棉叔的要求,船员和金运良、曾玲被带到甲板上。

棉叔对曾玲说道:"二太太,金老板要我转告你,你到了东京之后,他会去看你,并把你带回来。"说完,他向曾玲使了个眼色。

接着,棉叔对船员们说:"这次长谷川大佐征用我们'中山号',是对我们天海船运公司的信任,你们要在出发前认真检查每一个部件,做到航行万无一失。"

棉叔边说边挥动手臂,一旁的高桥杉觉得这老头讲话还怪有激情的,可她万万不知道棉叔是在用手臂发旗语。

棉叔发出的旗语是:两分钟后跳船!

旗手看到旗语后,走出队列,他说:"我们一定安全行驶,确保顺利靠港。"紧接着,旗手用平时航行中的暗语向队员们传达了两分钟后跳船的命令。

棉叔走上前去,微笑着对高桥杉说:"一路平安。"

就在棉叔转身的一刹那,20多名船员纷纷跳海,其中2人顺手揪住金运良、曾玲一起跳到海里。与此同时,和棉叔一起上船的3人分别跑向船头、船中、船尾,他们和棉叔一起拉响了捆在身上的炸弹。

随着一阵阵爆炸声,甲板断裂,驾驶台起火。船上熊熊烈火,船下狂风巨浪。一个小时后,"中山号"彻底沉没。几个小时后,海面便渐趋平静,波涛渐渐消失了。

66

第二天一大早,愤怒的长谷川拿起电话打到吉田正一办公室,可电话铃响了半天也没人接。

这时,报务员拿着一份电报走到了长谷川跟前:"大佐,这是份加急明电。"

看过电文,长谷川瘫在了沙发上。

拿胡子珍换吉田正一! 长谷川觉得自己被彻底羞辱了,但他又不能放弃吉田正一。

原来,就在六个小时前,许文浦获得了重要情报。情报显示,吉田正一已离开鼓浪屿,到了岛内思明南路的天一楼巷里见他的情人。

许文浦觉得这是个机会,抓住吉田正一,换回胡子珍。

按说,这样的行动要向陈重宗汇报。许文浦再三考虑后还是决定暂时隐瞒,悄悄行动。

许文浦带上欧阳水源等人来到思明南路的天一楼巷。由于情报准确,没费多大周折,许文浦就抓获了吉田正一。

许文浦开车,欧阳水源和队员把吉田正一夹在后座。眼看车子往海沧方向开去,韦汉问道:"许副站长,我们不回站里?"

许文浦答道:"去海沧安全屋。"

到安全屋后,许文浦吩咐欧阳水源开车回站里,叫上李博雯,带上电台,返回安全屋。

两个小时后,李博雯带着电台到了安全屋。

很快,李博雯根据吉田正一提供的电台频率、波长,发出了电文……

接着,许文浦把吉田正一转手给了褚珊珊。

上午10点,褚珊珊带人坐上快艇,在离日军专用码头两百米的水面停下,吉田正一被带到了快艇的前面。远远地,胡子珍看到了褚珊珊,她的眼泪一下子涌了出来。此时,胡子珍已被注射药物失声了。

两艘快艇渐渐靠近,就在胡子珍和吉田正一擦身而过的一瞬间,她猛然回身,跳回日方快艇。她迅速解开上衣,露出了胸前被捆绑的炸药,她一边挥手示意同志们赶快撤离,一边扑到快艇的船舱。

紧接着,一声巨响,日军的快艇被炸上了天。

原来,长谷川在胡子珍身上安置了定时炸弹,根据时间推定,炸弹应该是在胡子珍回到接她的快艇上爆炸。没想到结果令长谷川万分沮丧,他任桌子上的电话铃响,却不愿意伸手去接……

厦门的上空,不时有飞机闪着灯光低飞着从夜空中滑过,夜晚更加地让人不安。

此时的许文浦一个人默默地坐在桌前,任眼泪浸湿衣衫。

人海茫茫,众生芸芸,许文浦与胡子珍不知不觉中都将对方藏到心灵深处。于是,他们每天驻守着一份等待,一份期盼,一份梦幻。可最终,他们等来的是永别。

许文浦拿起笔,给胡子珍写了最后一封信。

子珍,纵使时光让我们相隔七年之遥,可我时时刻刻感到你我的心近在咫尺。我不知道,我的步伐是否追随你而来,但我已经走到了你的身边,可这是近在咫尺,远在天涯啊。

心啊,你为何让我这样悲伤? 泪啊,你为何断断续续地流淌? 人啊,你为何孤独地在远方彷徨? 我不得不承认生命之脆弱,生或死,也许早已命中注定,只愿你一路走好。

子珍,这些年我一直以为你就在尘世的某个角落,一边为生活打拼,一边等心上的人出现。可你没有,你在理想的道路上不畏惧、不妥协。你坚信一个人的理想比他的肉体的生命长得多,理想可以穿越时间的限制,在历史的原野上奔驰。你对理想的忠诚,是一种高尚而强大的感情,我也必将以你为榜样,向着理想的明天奋不顾身!

　　子珍,我在春天等你。如果你抬头看见那天上飘着云,那是我们今生最美的相遇。你要相信,我会用这一生等你,我一直在你身边从未走远。

　　长歌当哭,泪水盈盈,苍天悠悠,思绪绵绵。

　　子珍,愿今夜的风带去我对你的崇敬,愿我奋然,愿你安息……

写完信后,许文浦终于知道了它将寄往何方。

67

　　1944 年 8 月的一天晚上,因为有点事情没有正常下班的李博雯发现了可疑电波,根据她的分析,这电波应该是不远处另一部电台发出的。

　　第二天晚上,李博雯终于找准了那部电台的波长为 115 兆赫,这功率不大的电台应该为短间距使用的。已是深夜了,李博雯没有放弃,终于截获了电文。

　　"65739,14268,88221,73923……"这样的密码,每一组代表日文中一个具体的词或短语,是一种从两部电码本中产生的密码。在拍发密码电报之前,每一组数字逐次加在第二部电码本的类似的五位数一组的数字后面,每一组数字可被 3 整除,以便检查是否被篡改。因此,它们的总数也能被 3 整除。日本人为使用这种密码,密码字典中又增添了许多词。

　　李博雯知道,这种复杂的密码只有长波段使用,或者一方与身处国外的间谍联络时使用。而这道密电是短间距使用,可见电文是何等重要了。研究了半天,李博雯还是没有捋出头绪。

　　摆在李博雯面前的是一道难题,她决定向许文浦汇报。

　　许文浦看着眼前的一组组数字,他随手给李博雯写了一个电台的频率、波长,说道:"你把原文发到这里,电文最后敲上 X、W、P 三个字母。"

　　李博雯疑惑地瞅了许文浦一眼,许文浦说道:"不要想太多。"

李博雯在发出电文后不久就收到了对方的回电,电文翻译出来后,其内容令她大吃一惊:查证,吉田事件系许文浦所为,许疑是共党。

李博雯吓出一身冷汗,许文浦是地下党？ 发出密电的那个人是什么人？ 给自己回电的那个人又是什么人？ 李博雯一时头大了。

李博雯疾步走到许文浦办公室。看到电文后,许文浦起身关上了门,并打开了收音机。

"博雯,你知道延安有个周恩来吗？"

李博雯点头:"在上海读书的时候,我还拿着他的演讲稿给大家演讲过呢。"

许文浦说:"在艰苦卓绝的抗战中,周恩来肩负历史使命,高举抗日民族统一战线旗帜,积极开展抗日救亡宣传工作。为了唤起国统区千百万民众坚持长期抗战、争取最后胜利,他深入重庆的诸多大学发表了脍炙人口的精彩演讲,为抗战发出了强有力的呐喊。

"他说,敌人速战速决的方针被我们击破,敌人的困难正在增加,而我们则已奠定了长期抗战的基础,正在争取主动,向着抗战的胜利之途迈进,中国的抗日战争必将取得最后的胜利。周恩来接下来的一系列演讲高瞻远瞩,说理透彻,把萦绕在人们心头的压抑沉闷一扫而光,大家认清了抗战形势,重新树立了抗战必胜的信心。学生们交口称赞:'还是共产党有办法。'会场上,有学生当场递条询问:延安是否有大学？ 周恩来大声回答:'延安有马列学院、抗日军政大学、陕北公学、鲁迅艺术学院等。'演讲会后,还在学校发展了一批共产党员。有的甚至是上午听了周恩来的演讲,下午就提出了入党要求。这些进步学生怀着寻找真理、追求光明的心愿,踏上了奔赴革命圣地延安的征途。

"周恩来强调,蒋介石离心离德,中国抗战存在很多困难,青年人要关心民族的危亡,要学习抗日救国的道理,在中华民族面临生死存亡的历史关头,青年人要把天下兴亡的责任担在肩上。他还对'允公允能'给予新的解释:公,就是抗战;能,就是学习,就是学好抗日的本领。要把民族利益看得高于一切,有力出力,有钱出钱,凡是有利抗战的事都要支持、拥护;凡是不利于抗战的事都要抵制、反对,为抗战建国而努力。

"周恩来呼吁,抗战已经进入有利于我们的相持阶段,为争取最后反攻的到来,我们要求全国最好的兵力、最优秀的人才,都应该深入敌后,到那里去消灭敌人,以争取抗战的胜利。

"周恩来的演讲意义深远,在整个国统区起到了很好的指导作用,激发了国统区民众的抗战热情……"

许文浦的一番话听得李博雯热血澎湃……

许文浦看出了李博雯的情绪变化,只是现在没有过多的时间对她进一步多说。在他想来,慢慢地,李博雯会走上一条通往光明的道路,会与他一道奔赴前程。

"博雯,你现在先去我房间检测一下。"

李博雯在许文浦房间检测时发现,房屋内部被安装了大量窃听器材,包括拾震式窃听器和高频、低频电磁感应式窃听装置,几乎覆盖了整层楼板,甚至连储藏室也未能幸免。

对于这些装置,许文浦示意李博雯暂时不要动,他要先查出隐藏在厦门站的那个日本间谍。

九一八事变之后,日本在中国安插了众多的间谍。因为日本人和中国人长得十分相似,加上这些间谍都是经过特高课严格训练的,都能说一口流利的汉语,所以一般根本发现不了他们。

这些日本间谍也分为很多种,有的负责在中国的后方散播谣言,动摇中国老百姓抵抗日本人的信心;还有一些负责搞破坏,暗杀中国军队的一些指挥官或者领导人;当然特高课还有一批十分特殊的间谍,她们都是经过严格训练的女特工,这些女特工都长得十分漂亮,然后打扮成风尘女子的样子,故意接近国民党的高官,从这些官员身上窃取情报,有的甚至打入军统或者中共内部,因此把这些潜伏在中国的日本间谍揪出来就是一件重要的事情。

许文浦认为,只要细心观察就能找到这些日本间谍身上的破绽。

在接下来的一个月里,许文浦终于揪出了潜伏在军统厦门站的日本女特务山口杏子。

许文浦本来还在担心审讯山口杏子时,她会说出他通共的事,谁知就在押她去审讯室的路上,她咬住衣领,服毒身亡了。

山口杏子的死,暂时把许文浦的事掩盖了起来。可谁知,还有另一双眼睛在背后紧紧盯着他,这个人就是韦汉。

68

1945 年 3 月 17 日上午,许文浦奉命去重庆执行公务。许文浦前脚走,韦汉后脚就到了陈重宗办公室。

几页密密麻麻写着许文浦疑点的报告书摆在了陈重宗的案头。

陈重宗边看边问,韦汉一一解答。

之后,陈重宗说道:"你不是和许文浦一起从雄村出来的吗?"

"郭履洲副主任综合军统武汉站的信息,一直觉得许文浦有问题。到厦门的日子,我也处处留心。虽然那些疑问无法得到验证,可还是有道理的。"

陈重宗收起报告,看了韦汉一眼,说道:"年轻人,精诚团结很重要,在没有确凿证据之前,你不要总是疑神疑鬼,那样不利于工作。今天就到这里,你回去吧。"

韦汉知道,这个陈重宗就是个老狐狸,他明明对这件事感兴趣却装作无所谓。

韦汉什么时间进陈重宗的门,什么时间离开,站在楼道口的李博雯记得一清二楚。当然,她不知道韦汉在陈重宗面前说什么,但她感到此次谈话时间如此之长就是反常,再加上之前两次看到韦汉悄悄跟在许文浦身后,她觉得此事一定与许文浦有关。

在接下来的四个多月时间里,站里的事情明显多了起来,情报组的工作量甚至超过了之前两倍。从各种电报内容来看,许文浦感觉到,战争快要结束了……

1945 年 8 月 15 日正午,日本裕仁天皇向全日本广播,接受《波茨坦公告》,无条件投降,结束战争。

9 月 2 日上午 9 时,标志着二战结束的日本投降签字仪式,在停泊在东京湾的"密苏里号"主甲板上举行。代表日本天皇和政府的日本新任外相重光葵和代表日本帝国大本营的陆军参谋长梅津美治郎依次在投降书上签字。

1945 年 9 月 9 日 9 时,南京中央陆军军官学校大礼堂举行第二次世界大战中国战区受降仪式,侵华日军总司令冈村宁次正式向中华民国政府陆军总司令何应钦呈交投降书,日本宣布无条件投降。

9 月 28 日,在位于厦门鼓浪屿鹿礁路 2 号的海滨旅社,中国军队将领李世甲、刘德浦在此举行受降仪式,正式接受侵厦日军司令、海军中将原田清一的投降。

接着,军统厦门站迁到虎园路 5 号,不久又迁至布袋街 1 号。

抗战胜利不久,蒋介石公开发动了反人民内战,发出了"剿共令"。

在布袋街 1 号,军统厦门站全新的会议室,陈重宗趾高气扬地宣布:"厦门站从今天开始对敌的矛头将指向共产党! 据悉,厦门的地下党活动十分猖獗,我们要抓一批,杀一批,直至把共产党消灭殆尽……"

就在陈重宗着手实施下一步计划的时候,重庆传来了戴笠坠机死亡的消息。

1946 年 3 月 17 日,戴笠乘专机由青岛飞往南京,因南京上空乌云密布、雷电交加,不得已专机转飞上海,但上海的天气也不适合飞机降落,只能改飞徐州降落,途中在南京西郊的岱山失事,戴笠与同行者军统人事处处长龚仙舫等全部身亡。

被戴笠一手提拔起来的陈重宗,对戴笠的死亡悲痛不已,同时知道,军统会大乱。

果然不出陈重宗所料,1946 年 7 月 1 日,国民党军事委员会调查统计局正式宣告结束,改组为国防部保密局,原军统局主任秘书毛人凤被任命为保密局副局长。

保密局成立后,原来军统局的机构虽大部被保留下来,但都缩编和合并了,有的甚至被裁撤。不久,蒋介石在召集这个局处长一级的特务讲话时,着重指出了保密局以后的工作任务。毛人凤把听训者的名单交给蒋以后,蒋逐一点了名,并一再提到死去了的戴笠,要大家向他学习,继承其遗志,再接再厉地发扬过去的成绩,保持过去的荣誉。接着他谈到,今后的主要敌人是共产党,这比过去同日本人与汉奸做斗争要困难得多。他要求每个人都必须全力以赴,稍不注意,不只是危及党国,而且会死无葬身之地。最后他希望大家要多研究出一些办法,多想出一些主意,随时总结经验和教训,才能很好地担负起这一项直接和共产党做斗争的任务。

随后,军统厦门站改称保密局闽西南站。看在戴笠的分上,局长毛人凤没有换掉陈重宗,陈重宗继续任保密局闽西南站站长。

与此同时,韦汉被陈重宗任命为行动组组长。

1947 年 6 月,换上"新衣服"的陈重宗在厦门展开了一场对地下党的疯狂大屠杀。

69

1947 年 9 月 6 日晚,思明北路 177 号的老元成杂货店被韦汉带领的特务团团包围。这里是中共厦门工委联络站,正在里面开会的 12 名中共地下党员全部被捕。

第二天晚上,厦门大学 6 名进步学生聚集在九条巷 7 号的中共厦门工委联络站。凌晨 2 点,在场学生和中共地下党员被全部逮捕。

9 月 16 日,被捕者被保密局特务秘密杀害。

这两起行动都是陈重宗直接指挥韦汉干的,许文浦一点也不知道。事后,许文浦见到韦汉,韦汉冲着他笑笑。

1947 年 12 月 2 日下午,陈重宗把许文浦、韦汉以及行动组的骨干、行动组特别小组的骨干召集到会议室。

陈重宗说:"爱华书店是中共地下党的一个秘密联络点,据可靠情报,今晚地下党要在那里开会,并且有地下党的重要人员参加。这是我们逮捕他们的一个好机会,这项任务由韦汉组长带队实施,要做到万无一失!另外,我们掌握了天海船运公司金天海的三太太褚珊珊的通共证据,今晚同时对她实施抓捕,这一行动由行动组特别小组实施。"

说完,陈重宗转头问许文浦:"许副站长还有什么要补充的吗?"

许文浦站起来说道:"老规矩,会后所有人不准出会议室,不准打电话。走漏风声,严惩不贷!"

陈重宗接着说:"两队在执行任务时,如果情况紧急,可以击毙共党!"

开完会,众人留在会议室,打牌的打牌,下棋的下棋。陈重宗和许文浦各自回到自己的办公室。

许文浦站在电话机前抽烟,他眼睛盯着话机,可不敢伸手,他知道这几个月来电话一直被监听。

如何把这重要情报送出去呢?

许文浦想了多条办法,可都被自己一一否定。

万般无奈,许文浦只有试试李博雯了,这也是他目前唯一的希望。

为了保护李博雯,许文浦没有把她叫到办公室,而是走到电讯室当着大家的面说道:"今晚电讯室可不可以留下来几个美女,陪行动组的人跳跳舞?"

一个报务员问道:"去哪家舞厅?"

许文浦摇摇头说:"就在会议室。行动组的人凌晨要执行任务。"

就在大家叽叽喳喳议论的时候,许文浦用摩斯密码给李博雯发出了求助的信号,李博雯同样用摩斯密码回复许文浦"愿意为你效劳"。接着,许文浦把行动的计划发给了李博雯,并要求她立即去爱华书店。

李博雯面无表情地说:"许副站长,我身体不舒服,今晚就不参加了。我想请个假,提前点下班,去医院看看。"

许文浦不高兴地说:"关键时候你就掉链子。"

接着，电讯室有 6 名美女报名参加晚上的舞会。

许文浦说："很好，很好。我这就去报告陈站长。"

没有霓虹灯，没有化妆，只有简单的音响，大家开心地旋转着。

许文浦一个人旋转起来，一开始的动作，像是俯身，又像是仰望，是那样从容不迫，又是那么惆怅不已，实难用词语来形容。接着舞下去，像是飞翔，又像步行，手眼身法都应着节奏。

跳着跳着，许文浦觉得非常难过，总觉得此时应该是他和另一个人在这里，那个人就是胡子珍。夜晚的舞蹈啊，就是他逝去的青春……

当晚行动失败，第二天一上班，韦汉气冲冲地推开陈重宗办公室的门，边走边说："肯定有人泄密，肯定有人泄密！"

陈重宗半天没有说话，手指头一个劲地敲着桌子。

"陈站长，你倒是说话啊。"

陈重宗站起来："你去把电讯室的小梅叫来。"

小梅把许文浦到电讯室邀请大家跳舞的事一五一十说了一遍，从小梅的描述中，陈重宗觉得没有什么问题。

韦汉问道："许副站长与李博雯有没有什么不对的地方？"

"李博雯请假，许副站长很不高兴。"小梅回道。

陈重宗走到小梅身边，低声说道："你再回忆回忆，许文浦有没有什么动作？"

小梅紧锁眉头，想了一下："没有。"

小梅走开后，韦汉说："陈站长，我想以后的行动就不要开会了，你直接下令，我来执行。"

陈重宗点了点韦汉的脑门："你啊，不能凭空怀疑你的上司。这样，迟早会掉脑袋的。"

韦汉一脸不屑。

韦汉说："我上次就在查厦鼓码头的谭宁，他之前通日可以确定，通共也有嫌疑。再说他的老婆叫曾佳佳，是胡子珍的表姐。胡子珍是共党，是天海船运公司的人,与褚珊珊来往频繁。这一连串的关系,我觉得谭宁不会置身事外,我打算把他抓起来,审审再说。"

陈重宗点点头:"就怕什么也弄不出来,金天海那里不好交代啊!"

"金天海,不就一个商人吗!褚珊珊涉嫌通共,就凭这个,把他抓起来也不为过。"

"还是缓缓吧。韦组长啊,抓人你是行家,政治你就不懂了。"

一切看似风平浪静,却是暗流汹涌。

一天下午,许文浦把李博雯约到了茶室。两人坐下,相视一笑。

许文浦说:"我拿什么感谢你呢?"

李博雯答道:"这也是我心甘情愿做的。帮你,也是在帮我自己。"

两人边喝边聊,许文浦说:"人的一生是对理想追求的一生,理想是人生的指示灯,这灯失去了作用,就会失去生活的勇气。因此,只有坚持远大的人生理想,才不会在生活的海洋中迷失方向。托尔斯泰将人生的理想分成一辈子的理想,一个阶段的理想,一年的理想,一个月的理想,甚至一天、一小时、一分钟的理想。当你听到这里时,你是否想到了自己的理想?我们要让青春在红旗下继续燃烧,在人生的航程上不断乘风破浪,奋勇前进。博雯,你的行动告诉我,你已行走在一条通往光明的路上。往后,你我并肩前行!"

说着,许文浦站起来,伸出手。李博雯也站起来,与许文浦紧紧握手。李博雯微笑着点头:"许副站长,我早就知道你的身份了。"

"凭什么?我有破绽吗?"

"我的直觉告诉了我。"

喝茶的时光,感觉不到时间的存在,时光就在慢慢品味的过程中流逝,喝茶的时光也因这样的流逝而弥足珍贵。

70

1948 年底,中共厦门临时工委开始分批转移党员干部和进步学生到安溪长坑乡参与创建根据地,在安南永德地区开展游击战争。

1949 年 4 月 23 日,国民党统治中心南京解放,国民党反动政权宣告覆灭。中国人民解放军继续奋勇前进,于 8 月解放福州。按照中共中央和上级党委的指示,中共厦门地方组织以积极行动迎接厦门解放,率领共产党员和革命群众,在白色恐怖极其严重的情况下,开展了配合解放军南下解放厦门的各项战斗:发动宣传攻势,秘密翻印《约法八章》,争取各阶层民众。

7 月,厦门党组织根据上级指示,发动党员开展社会敌情调查和情报收集工作,对厦门党政机关、重要企业、文化教育单位、各界知名人士以及国民党驻军番号、武器装备等情况做了详细调查,为解放军解放厦门、接管厦门创造了有利条件。

而就在之前,5 月 10 日,上海四周已闻隆隆炮声。黑暗已到最后时刻,上海黎明在望。驻在复兴岛军舰上的蒋介石准备逃跑了,他命令毛森把关在牢里的囚犯全部处决。这次,毛森共杀害地下党与爱国民主人士 400 多人。

5 月 24 日,解放军向上海发起总攻。毛森匆忙逃出市区直奔吴淞口,登上舰船逃到厦门。蒋介石任命他担任厦门警备司令部中将司令。

毛森为了实现固守厦门的美梦,一面日夜在沿岛赶筑钢筋水泥碉堡,一面强化他的血腥统治,开始大肆捕杀共产党员和革命群众。

8 月 31 日夜,毛森手持黑名单到厦门大学搜捕共产党员和革命群众,21 名厦大学生被杀害。

9 月,解放军攻克福州之后,接连攻克莆田、惠安、青阳、安海等地,从北、西、南三个方向对厦门岛完成了半月形包围之势,对厦门发动进攻指日可待。

9 月 16 日,中国人民解放军第三野战军第 10 兵团下达了漳厦战役作战命令。

9 月 19 日,在中共泉州中心县委、中共厦门工委(闽中)等多方策动下,国民党"海辽号"船长率船员起义。"海辽号"冲破国民党在海上的重重封锁,于 28 日胜利抵达大连港解放区,成为第一艘升起新中国国旗的轮船。

9 月 19 日,以解放厦门为中心的漳厦战役打响。

9 月 25 日,人民解放军胜利解放漳州和同安、集美、嵩屿等地,完成了夺取厦门外围桥头堡的战斗任务。

在人民解放战争即将取得胜利的形势下,国民党统治集团对厦门的工厂、企业、学校及重要设施,采取"决不留给共产党"的方针,不能迁走的一律彻底破坏。

10 月 2 日晚,毛森手持蒋介石签发的密电来到陈重宗办公室。

一场疯狂的行动在此酝酿。

第六章

71

陈重宗看过电文,没有正面说事,而是问毛森:"我们什么时候飞台湾?许文浦也一道去台湾吗?"

毛森看了陈重宗一眼,说道:"哪些人去台湾,什么时候飞台湾,这不是我们定的。眼下的行动,要我们定!"

在鼓浪屿地形图上,两个老谋深算的人在不停地勾画,并且用红线在一些重点地方做了标注。

"这次行动,我们厦门警备司令部负责,你保密局闽西南站全力配合。"

陈重宗问:"怎么配合?"

经协商,陈重宗答应从保密局闽西南站调60名行动队的人参与行动,技术组组长米线杨和他的组员12人也抽给毛森。

毛森高兴地说:"我们警备司令部的技术人员有16人,再加上你们的12人,这样技术上就没问题了。施工人员,我们准备投入140人,加上你们60人,一共200人,应该可以了。现在我们来给这次行动起个名字吧。"

仔细推敲后,毛森和陈重宗把这次行动定名为"鼓浪屿之波"。

所谓的"鼓浪屿之波"就是一次全覆盖式的大规模爆炸,预计爆炸后的鼓浪屿将消失在海平面之下,或者完全不复存在。

原名"圆沙洲",南宋时期命名为"五龙屿",明朝被改称为"鼓浪屿"的这个1.88平方公里,具有突出文化多样性和高品质国际社区的海岛全然不知,一场灾难正在向它悄悄逼近。

1949年10月3日一大早,陈重宗召集行动组组长韦汉、技术组组长米线杨以及参加行动的全体队员,在会议室开了一个短会。

会上,陈重宗没有向大家说明任务,只是说保密局闽西南站此次将配合警备司令部完成一项高级别的秘密行动,一切工作听从毛森司令的安排。会后,保密局闽西南站 72 人被早早等候的警备司令部大卡车接走。

按说,作为保密局闽西南站的副站长,许文浦是应该参加会议的,可陈重宗没有叫许文浦参加。许文浦明白,陈重宗已经完全不信任自己了,或者说对自己的怀疑已升级。

许文浦站在窗前看大卡车一溜烟驶出,他知道这次行动非同寻常,但他不知道行动的具体内容。从抽调人员的配备来看,绝不是抓捕地下党这么简单。从米线杨被抽调的情况来分析,应该与技术有关。与技术有关,包括电台与发报机的调试、维修,从目前国民党节节败退的形势来分析,调试、维修器械的可能性不大。再说,单就这方面,警备司令部的人完全有能力做到。那么,是关于爆破技术吗?也只有这点能说得过去了。如果是,这么大的阵容足以证明有大规模的爆破装置要做,可这爆破对象又是什么呢?是工厂?是学校?是重点建设项目?是码头?是机场?是军事设施?许文浦一时捋不出头绪。

如今,爱华书店、思明电影院、洪济山别墅这几个点都被切断了,与地下党联络人的联系完全陷入被动之中。万分焦急中,许文浦想到了曾佳佳。

许文浦知道,这是冒险,是没办法的办法。但情况紧急,他必须去德和牙科诊所走一趟。

许文浦开车出门,站在二楼的陈重宗看得一清二楚。

到了德和牙科诊所,许文浦找到了曾佳佳。

曾佳佳早已知道许文浦,可当许文浦站在她面前时,她却不愿相信。

曾佳佳不想在悲痛中思念,她想忘记,却难以做到。胡子珍的容貌依稀还在眼前,笑声宛如还在耳边,空气里似乎还弥漫着熟悉的气息,但她的生命已远离,化作了尘土。

"常说好人一生平安,而我们的和善、纯朴却总是与磨难相随,命运为什么老和我们开这天大的玩笑?"曾佳佳哭泣着。

曾佳佳眼里的无望、痛苦、渴求,深深地刺痛着许文浦,他的心在滴血。

"这个世界上,每天都有人离去,每一个人的离去,都会带给亲人无限的悲痛和怀念。我相信,我们的亲人只是到了我们看不到的地方,但是她能看到我们,她不希望我们因为她而过得不好。我们要让她知道我们是坚强的人,不会让她失望。她是到另一个地方完成自己的任务,我们应该祝福她……"

接着,许文浦话题一转,把今天早上的事情向曾佳佳叙述了一遍,重点强调了他的分析和担心。

"佳佳,我拜托你的是十万火急的事,你要迅速找到褚珊珊,把这一情况转述给她。"

曾佳佳告诉许文浦,褚珊珊下午会来诊所,她要来安装假牙。

走出德和牙科诊所,许文浦发现自己被盯梢。他转身回到诊所,告诉曾佳佳:"佳佳,看样子不能等褚珊珊了,你现在就从后门出去,越快越好。"

曾佳佳知道情况危急,立即脱下白大褂换上便装,从后门匆匆走出。

出门后返回,却又匆忙离开,许文浦这一举动已经反常了,可他已顾不得许多了。启动车后,许文浦一溜烟回到了办公室。

第二天,许文浦得知德和牙科诊所被行动组捣毁,庆幸的是曾佳佳逃了出去。

许文浦的信息传递到褚珊珊那里后,欧阳红在厦门大学地下室召开了碰头会。欧阳红把截获重庆发给厦门警备司令部的密电与许文浦传递来的信息放在一起综合分析,判定厦门警备司令部这次行动的目标就是鼓浪屿。

欧阳红决定,一是派人上岛摸清情况;二是安排会使用摩斯密码的人化装成卖香烟的,到保密局闽西南站门前伺机与许文浦联络,把情报传送给许文浦,让他进一步核实情况。

10 月 10 日下午,李博雯截获一份密电,电文内容:抓紧装置,16 日凌晨爆破。

这次,李博雯没有把电文送给陈重宗,而是给了许文浦。许文浦说:"根据波长可以断定,发报电台与接收电台之间不会超过 15 公里,你给接收方试着发一些无关紧要的内容,看看对方有没有反应……"

就在许文浦和李博雯做进一步交代的时候,电讯室的小梅在走廊大声喊道:"博雯,博雯!"

李博雯应声出来,小梅说:"博雯,陈站长叫你去他办公室一下。"

从陈站长办公室出来,李博雯给侧身而过的许文浦发出了她现在就要去鼓浪屿的信息,许文浦没有回复。至此,许文浦百分之百地断定这次行动的目标就是鼓浪屿了。

在接下来的两天时间里,许文浦把这一确切情报通过卖烟的联络员传递给了褚珊珊。

国家贫弱,人民成为最大的受害者。抗日战争是中国近代以来取得的最完全的反侵略胜利,但是这一胜利没有让中国人真正站起来。其中的原因国人皆知,那就是国民党掀起的内战使山河破碎。此时,许文浦再一次站在了人生的十字路口,他下决心走出一条人生的智慧之路,这种行为绝不是盲目的英雄气概。

许文浦决定泅渡登岛,他要与鼓浪屿共存亡。

72

10 月 15 日深夜,满身携带枪支弹药的许文浦泅水登上了鼓浪屿。

很快,许文浦与李博雯取得了联系。通过李博雯,许文浦与米线杨见了面。

在日光岩,米线杨详细地告诉了许文浦鼓浪屿的爆破装置情况:

工程爆破常用的起爆方法有电力起爆法、导火索起爆法、导爆索起爆法、导爆管起爆法。这次,这几种方式都已在鼓浪屿分区段装置,正在最后检查。其中主要运用的还是电力起爆,这种方式安全、可靠、准确、高效,爆破母线与电缆、电线、信号线分别挂在巷道的两侧,绝缘母线单回路爆破……

从技术层面上来说，许文浦似懂非懂。

"如果解除这些装置，或者说取消爆破，要采取什么方式？要多长时间呢？"

许文浦这一问，米线杨一时没有反应过来，他直愣愣地看着许文浦。

"米线杨，你知道吗？国民党政权在国共内战中节节败退，解放军一路势如破竹，国民党内部将领不断投向人民，最终蒋介石带着国民党残余势力逃向了台湾。现在毛森的行动就是国民党在厦门最后的疯狂，我们拯救鼓浪屿、拯救厦门，就是拯救国家。我现在没有时间向你多做解释了，我只要你知道，我的决定是正确的，我的行动是正义的！"

许文浦一连串的话语容不得米线杨思考。

米线杨怯怯地说道："简单地说，最直接的取消爆破的方法就是把爆破母线和连接线切断。"

"做到这一点，需要多长时间？"

米线杨答道："现在爆破装置布满鼓浪屿的幽谷、峭崖、沙滩及所有建筑物。按鼓浪屿的体量，至少要 10 人，2 人一组，分 5 组，10 个小时，才有可能全部拆除。如果能进到总控室，解除爆破就是分分秒秒的事。可是总控室有韦汉把守，任何人都不得靠近半步。"

"也就是说，韦汉在爆破前一刻才会离开总控室？"

米线杨点点头："是的。但是，韦汉即使离开，他也会留下队员看守，这些队员最终会与鼓浪屿一起消失。"

就在这时，中共地下党游击队的同志也泗水到了鼓浪屿。

米线杨给大家演示了爆破母线和连接线切断的方法，接着，大家按照许文浦的指示开始分组行动。

米线杨没时间犹豫，没办法拒绝，他随着许文浦走上了一条他自己根本就不知道方向的道路。可他认定许文浦的人品，认定跟着许文浦没错。

天快亮了，许文浦和米线杨到了东南山坡下的德记洋行公寓，当他们正在剪断线路时,毓德女子中学方向传来了激烈的枪声。

随之,岛上的警报器被拉响。

原来,游击队员到达毓德女子中学时,被警备司令部的士兵发现,继而发生了枪战。附近的两组游击队员闻声赶到增援,由于敌众我寡,10名游击队员壮烈牺牲。

"切断爆破母线和连接线装置无法进行下去了,现在只有最后一搏,去总控室!"

米线杨告诉许文浦:"总控室无法靠近,外围有警备司令部的士兵把守。"

"有我们行动组的人吗?"

米线杨回答:"有。"

许文浦说道:"那就好办,警备司令部的士兵虽然不认识我,但行动组的人是不会阻拦我的。"

米线杨告诉许文浦:"就是进了总控室也无法靠近密码仪。总控按钮与密码仪衔接,只要把密码仪里的三组密码打乱,总控就会失效,远程启动也就无法进行。"

"除了韦汉,谁还能靠近总控按钮与密码仪呢?"

米线杨答道:"只有李博雯了,她的电台就放在总控台上。李博雯除了收发电文,还要守候警备司令部的电话。"

许文浦问米线杨:"三组密码只有你知道?"

"是我设计的,只有我知道。密码是0183、5517、6030。"米线杨答道。

许文浦与米线杨边跑边说,当他们站到总控室大院门前时,士兵拦住了他们。

还没有等许文浦开口,一旁站岗的行动组队员走了上来:"这是我们的许副站长,让他进来。"

士兵坚持不让进,于是,两人吵了起来。

韦汉闻声出来:"哈哈,许副站长终于来了。刚才毓德女子中学的枪声你听到了吧？你的同志留在了鼓浪屿，回不去了。今天，你也回不去了。从雄村到厦门，我一直怀疑你，事实证明我的怀疑是对的。"

韦汉把脸转向米线杨："原来你也是？哈哈哈，你这个可恶的东西！"说着，韦汉抬手就是一枪，米线杨应声倒地。

许文浦知道，眼前只能与韦汉周旋，等待时机。

就在这时，李博雯走了出来："韦组长，警备司令部急电，请你接电话。"

士兵把许文浦团团包围了起来，行动组的人在韦汉的命令下端起枪，瞄准了许文浦。

许文浦知道，这是最后的机会了，他用摩斯密码向李博雯发出了"0183、5517、6030"三组数字，并告诉她，输入密码后，改动它，或者打乱它。李博雯收到信息，回复许文浦：放心吧，文浦哥，我会完成任务，请你做我的入党介绍人。许文浦微笑着，再次发出密码：一定！其实你已经是一名合格的中国共产党党员了。博雯，来生再见。

李博雯强忍眼泪，转身走进总控室。

一会儿，韦汉走了出来。

"许文浦，毛森司令和陈重宗站长要见你最后一面，他们马上就到。"说着，韦汉给许文浦递上一支香烟，"在雄村，你对我也多有帮助。在厦门站，你也对我关照有加。只是，我们不是一条道上的人，你背叛党国，军法不容。可是，看在往日的情分上，我会让你痛快上路的。"

许文浦知道，此时的李博雯应该完成了他托付的任务，他微笑了一下，然后把烟蒂重重摔到地上，用脚把它碾碎。

"韦汉，你只是陈重宗的一个可怜的马前卒，甚至连马前卒也不是。你知道吗？昨天，解放军已攻下了海沧、港尾、集美，现在正在向石湖山、高崎发起猛攻，攻克鼓浪屿就是眼前的事。你知道吗？你们在屠杀无辜，负隅顽抗，你的那些党国高官早早携带家眷逃到了台湾。你知道吗？毛森和陈重宗的'鼓浪屿之波'计划中，是不让你和你的弟兄们走出鼓浪屿的。你知道吗？'鼓浪屿之波'是不会得逞的，鼓浪屿是永远不会沉没的！"

"许文浦,你死到临头,还跟我说这些,有用吗?"

这时,毛森和陈重宗匆匆赶到,站在许文浦面前。

陈重宗清了清嗓子:"许副站长,现在看来,武汉的马副站长、雄村的郭履洲副主任对你的怀疑没错了吧?"

许文浦笑笑:"陈站长,我听说你的老婆孩子都到台湾了,接下来去台湾的名单中有你吗?"

陈重宗刚要说什么,却被毛森止住。

毛森脱下手套,掏出香烟,给许文浦递了一支。

毛森说道:"戴局长看中你,看重你,可他看错了你。"

许文浦说:"毛司令,蒋介石看中你,看重你,可他也看错了你。你从上海逃到厦门,本应该受到军法处置,可他偏偏放你一马,还委以厦门警备司令部司令的重任与你。他相信,以你的能力实施'鼓浪屿之波'没问题,可他错了。"

毛森气急败坏,咆哮道:"不管谁对谁错,现在就送你上西天!"

接着,毛森一挥手,一排子弹射向了许文浦……

两个小时后,毛森在快艇上下达爆破鼓浪屿的指令。

无论韦汉怎么启动,鼓浪屿都安然无恙。

这时,毛森命令韦汉上岛检查。当韦汉带着队员走下快艇时,毛森向警卫使了一个眼色,警卫端起冲锋枪向韦汉等人射击,顿时海滩血红一片……

10 月 16 日,中国人民解放军第三野战军第十兵团兵临厦门。从北、西、南三个方向,对厦门岛完成了半月形包围,突击部队在厦门岛北半部全线突破,并迅速向周围扩张。

同日,解放军把企图从海上逃窜的国民党军残部压缩在胡里山炮台、曾厝垵一线海边,全部歼灭。

10 月 17 日上午,五星红旗插上了日光岩。厦门和鼓浪屿宣告解放。

两个月后。

1949 年 12 月 17 日,李博雯带着欧阳红、褚珊珊、曾佳佳、谭宁来到鼓浪屿,在许文浦牺牲的地方捧了一些泥土,把它放进装有胡子珍衣灰的瓦罐中,然后把他们安放在鼓浪屿东南处的毓园。墓碑的正面刻着"徽州儿女"四个金光闪闪的大字。

烽烟散去,尘埃落定。先烈雄风,永镇海疆。代表着战争和死亡的烈士墓碑的背后,是中国共产党人的革命故事。他们在看不见的战线上,为了同一个黎明奋勇前进,他们都做出了无悔的生死抉择。他们是伪装者,更是利剑,他们用生命刺破长夜、铸就丰碑。他们值得我们永远铭记。

今天,我们在日光岩上听天风海涛,在英雄山的琴园里听百年回响,呼吸着英雄的气息,感受着英雄的脉动。

美丽的鼓浪屿上,英雄的徽州儿女,一座座高耸的丰碑岿然屹立。

鼓浪屿四周是海,海啊,你是无数孤独的水。

徽州的四周是山,山啊,你是无数高昂的信念。